Tara und Tahnee

Verloren im Tal des Goldes

Patrick Hertweck

Tara und Tahnee

Verloren im Tal des Goldes

Thienemann

TEIL 1

DER FREMDE

24. Oktober 1856

Der Winter brach in diesem Jahr früh herein. Gegen Mittag war ein eisiger Wind aufgekommen und keine Stunde darauf tanzten die ersten Schneeflocken in das abgelegene Tal am Flusslauf des Feather River.

Am Abend stand Tahnee Fitch am Fenster der vom Ofenfeuer nur dürftig erwärmten Blockhütte und knetete ungeduldig die Hände. Tahnee war elf Jahre alt und wartete auf ihren Vater. Allmählich machte sie sich Sorgen. Schon vor Sonnenaufgang war er in die Wälder aufgebrochen und eigentlich wollte er spätestens am frühen Nachmittag zurück sein. Nun dämmerte es bereits und noch fehlte jede Spur von ihm.

Sicher hält ihn nur dieses Mistwetter auf, dachte Tahnee und drückte die Stirn gegen das Holz der geschlossenen Fensterläden. Durch einen Spalt zwischen den Brettern schaute sie nach draußen – in das wilde Schneegestöber und die aufkeimende Dunkelheit jenseits der Hütte.

Ob Dad sich gerade durch das Schneetreiben kämpft?, überlegte sie. Oder ist er droben in den Bergen in der verlassenen Einsiedlerhütte untergekrochen und wartet dort auf das Abflauen des Sturmes?

Ihm geht es gut, versuchte sich Tahnee zu beruhigen. Schließlich kannte ihr Vater die Launen der Sierra. Und dieser Wintersturm war beileibe nicht der erste und auch nicht der schlimmste, den sie bislang erlebt hatten.

»Ab ins Bett«, murmelte sie nun zu sich selbst. Entschlossen wandte sie sich ab, löste die Schleife um den Pferdeschwanz und ließ ihre flachsblonden Haare frei.

Da flauten das Heulen und das Tosen ringsumher plötzlich ab und Tahnee erstarrte. Wie versteinert stand sie da, bis der Orkan erneut heranbrauste, nun noch lauter und wütender, als habe er in dieser kurzen Pause neuen Atem für sein Toben geschöpft.

Langsam drehte Tahnee den Kopf wieder zum Fenster, denn in den wenigen Sekunden trügerischer Stille hatte sie ein Geräusch vernommen. Ein Geräusch, das gewiss nicht vom Sturm herrührte.

Leise. Wiederkehrend. Ungewöhnlich für diese Gegend. – Das unverwechselbare Klirren schwerer Sporen.

Erneut drückte sie die Stirn gegen die Bretter und spähte durch den Spalt hinaus. Mit ernster Miene betrachtete Tahnee nun das gespenstisch zuckende Licht, das inmitten des Schneetreibens zu schweben schien und langsam näher kam.

Ein paar Minuten darauf beobachtete sie, wie ein Mann in einem langen Mantel auf die Blockhütte zumarschierte und sein schnaubendes Pferd, das er am Zügel geführt hatte, am Pflock neben dem Eingang festband. Als er seine Sturmlaterne in die Höhe hob, sah Tahnee zwischen dem breitkrempigen Hut und dem schwarzen Tuch vor dem Mund des Reiters für einen Moment ein funkelndes Augenpaar aufblitzen.

Ihr lief ein Schauer über den Rücken. Ängstlich wich sie ein paar Schritte zurück. Die Sekunden dehnten sich endlos, bis drei harte Schläge im Zimmer widerhallten.

Das ungeduldige Hämmern gegen die Tür rüttelte Tahnee auf. Rasch schnappte sie ihr Jagdmesser, schob es seitlich in den Bund ihrer Wildlederhose und zog das Hemd darüber. Anschließend riss sie die Doppelflinte vom Wandhaken und legte den Lauf in die Armbeuge.

Sie atmete einmal tief durch und rief dann mit kräftiger Stimme: »Kommen Sie herein!«

Langsam senkte sich die Klinke. Knarrend schwang die Tür auf. Schnee stob über die Dielenbretter. Die frostige Kälte zerrte an Tahnees Hemd. Im Türrahmen stand ein groß gewachsener Mann mit flatterndem Mantel und umtost von wirbelnden Flocken.

Der Fremde hatte die Laterne auf dem Tisch abgestellt. Nun schickte die Flamme hinter dem Glas einen flackernden Schein durch den Raum.

Grußlos hatte der Mann die Blockhütte betreten. Begleitet vom Klingen seiner Sporen war er zum Tisch gestiefelt. Dann hatte er sich auf einen der beiden Schemel gesetzt und das Tuch unter sein Kinn geschoben. Schweigend drehte er jetzt eine Zigarette.

Tahnee hatte sich keinen Millimeter vom Fleck gerührt. Mit der Flinte im Arm stand sie in der Raummitte. Angewidert betrachtete sie die Finger des Fremden. Diese waren ungewöhnlich lang und dünn und bewegten sich flink wie Insektenbeine.

Was soll ich nur tun?, fragte sich Tahnee und entschied, ihre Waffe auf keinen Fall wieder wegzustellen. Ihr Vater hatte ihr mehrfach eingeschärft, jeder fremden Seele, die ihre Einöde durchquerte, mit Vorsicht zu begegnen. Erst recht, wenn er nicht da war und sie nicht wusste, wann er wieder auftauchen würde.

Was hat den Mann bloß um diese Jahreszeit in das Tal geführt? Normalerweise verirrte sich höchstens mal ein Goldgräber hierher oder der eine oder andere Waldläufer kam auf seinem Weg aus den Bergen an ihrem Zuhause vorbei.

Der Fremde steckte sich jetzt die Zigarette in den Mundwinkel und nahm den Hut ab. Dies gab Tahnee Gelegenheit, den unbekannten Gast genauer in Augenschein zu nehmen.

Hager war er. Seine Züge knochig, die Nase scharf geschnitten und die Lippen dünn. Das grau durchsetzte Haar war geölt und so glatt nach hinten gekämmt, dass es auf dem Schädel zu kleben schien. Die Haut in dem verwitterten Gesicht hatte die Farbe von gegerbtem Leder und war knittrig wie Papier, das man zerknüllt und anschließend nur halbwegs wieder geglättet hatte.

Nun schlug der Fremde die Beine übereinander und ließ seinen Blick durch den Raum schweifen. Plötzlich spürte Tahnee ihr Herz pochen. Zugleich merkte sie, wie ihr Unbehagen wuchs. Das Schweigen des Mannes, welches das Knistern des Ofenfeuers und das Brausen des Windes umso lauter tönen ließ, machte sie allmählich nervös.

Daher fasste sie sich ein Herz und fragte geradeheraus: »Wer sind Sie und was wollen Sie?«

Der Mann entfachte ein Zündholz an seiner Stiefelsohle und führte die Flamme zur Zigarettenspitze. Er inhalierte zunächst ein paar Züge, bevor er sprach. Allerdings murmelte er so leise und undeutlich vor sich hin, dass Tahnee einen Schritt näher kommen und den Kopf vorrecken musste, um seine Worte zu verstehen.

»Ihr haust zu zweit hier. Du und … dein Vater, nehme ich an. Eine Frau wohnt hier nicht.«

Tahnee zog die Stirn in Falten, wie immer, wenn ihr etwas missfiel. Sie holte Luft für eine passende Erwiderung, doch da fuhr der Mann schon mit seinem heiseren Gemurmel fort.

»Es gibt auch keine weiteren Rotznasen. – Warum ein so einsames und abgeschiedenes Leben?«

Sein Blick glitt über die Pritsche zu dem Schaukelstuhl

und verharrte dann auf den leeren Haken für die Gewehre an der Wand.

»Er ist auf der Jagd!«, stellte der Fremde fest und Tahnee meinte in seinem Flüstern einen selbstzufriedenen Klang mitschwingen zu hören. »Hat in den Wäldern sicher Fallen aufgestellt. Das Wetter ist ungewöhnlich rasch umgeschlagen. Selbst für diese Gegend. – Deshalb ist er noch nicht zurück.«

Endlich sah der Mann Tahnee direkt an, mit Augen von einem so blassen Blau, dass sie beinahe durchsichtig erschienen. Unterdessen zog er an seiner Zigarette und blies ihr einen Schwall Rauch entgegen.

Tahnees Miene verfinsterte sich und ihre Hand schloss sich fester um den Lauf der Flinte. »Das alles geht Sie einen Dreck an!«, platzte es aus ihr heraus. »Sagen Sie mir, was Sie wollen, und dann verschwinden Sie.«

Der Angesprochene warf den Zigarettenstummel auf den Bretterboden, trat ihn mit dem Stiefel aus und hob abwehrend eine Hand.

»Eine berufsbedingte Unart«, sagte er nun lauter und Tahnee wunderte sich über den unangenehm kratzigen Klang seiner Stimme. »Ich beobachte und ziehe daraus meine Schlüsse.«

»Sind Sie ein Detektiv oder was?«, erwiderte Tahnee schroff.

Der Unbekannte lachte trocken auf. »Sagen wir, ich bin ein Suchender.« Gedankenvoll blickte er zu den geschlossenen Läden des einzigen Fensters der Hütte.

Derweil kniff Tahnee verdrossen den Mund zusammen, denn nach dieser knappen Antwort war sie nicht schlauer als zuvor.

»Sie haben mir noch nicht verraten, was Sie hier wollen«, sagte sie. »Außerdem gehört es sich doch wohl, dass Sie sich vorstellen«, schob sie hinterher.

»Mein Name ist Lennard Crane!«, sagte der Mann und ein gemeines Grinsen erschien um seine Lippen. »Was deine Frage angeht: Womöglich habe ich erwartet, ein aufgewecktes Kind komme in Anbetracht des Wetters von selbst auf des Rätsels Lösung.« Seine wässrigen Augen blickten sie auffordernd an.

»Meinetwegen können Sie sich hier eine halbe Stunde aufwärmen«, brummte Tahnee widerwillig. »Aber dann verduften Sie wieder!«

Der Mann erwiderte darauf nichts, sondern blickte zum Kessel auf dem Ofen. »Ich vermute, darin befindet sich Kaffee oder vielleicht auch Tee? Mir ist beides recht. Nach dem langen Ritt bei dieser Kälte wird mir etwas Warmes gut tun.«

»Von mir aus«, sagte Tahnee kurz angebunden und zuckte mit den Schultern.

Langsam ging sie rückwärts vom Tisch fort. Dabei ließ sie den Mann nicht aus den Augen. Am Ofen klemmte sie die Waffe unter die Achsel, nahm einen Blechbecher vom Regal und goss Tee ein. Auf dem Weg zurück beobachtete sie aufmerksam die Hände des Fremden. Sie nahm sich vor, ihm ja nicht zu nahe zu kommen. Deshalb hielt sie auf die gegenüberliegende Tischseite zu, beugte sich vor und schob ihm den Becher hinüber.

Wie eine angreifende Schlange schoss die linke Hand des Mannes vor. Tahnee erschrak so sehr, dass ihr das Blut aus dem Gesicht wich. Mit angehaltenem Atem schaute sie nach unten und sah, wie sich seine Faust öffnete und den Blick auf einen mit Schwielen und Narben überzogenen Handteller freigab. Auf diesem lag das matte Silberkreuz, das immer an einem Lederriemen um ihren Hals hing. Tahnee sah zu dem Mann auf und erschrak noch mehr. Seine rot geränderten Augen waren aufgerissen und leuchteten wie glühende Kohlen, während er ihren Glücksbringer begaffte.

Voller Ekel vor diesem gierigen Blick stieß sie sich vom Tisch ab. Der Anhänger wurde von der Lederschnur um ihren Hals mitgezogen. Hastig stopfte ihn Tahnee wieder unters Hemd und brachte die Waffe erneut in Anschlag.

»Was *soll* das?«, keuchte sie atemlos.

Das Gesicht des Mannes wirkte mit einem Mal noch eingefallener. Sein Mund war nur noch ein dünner Strich. Der unbestimmbare Ausdruck in seinen Augen ließ Tahnee plötzlich mehr frösteln als die Winterkälte, die in die Blockhütte kroch.

»Das Kreuz … ist es ein Geschenk?«, fragte der Fremde mit einem Beben in der Stimme, das seine Erregung verriet.

Unterdessen öffnete er mit seinen spinnenhaften Fingern den Kragenknopf des schwarzen Staubmantels. Seine Rechte tauchte in eine der Innentaschen.

Tahnee reckte drohend die Flinte vor und seufzte erleichtert auf, als die Hand ohne Waffe wieder zum Vorschein kam. Stattdessen umklammerte sie eine Papierrolle. Mit einer erhobenen Augenbraue taxierte der Fremde das Mädchen. Anscheinend wartete er auf eine Antwort. Aber Tahnee dachte gar nicht daran, diesem zwielichtigen Kerl auch nur irgendetwas aus ihrem Leben preiszugeben. Das Kreuz mit dem eingefassten honiggelben Stein in der Mitte war tatsächlich ein Geschenk. Sie hatte es zum elften Geburtstag von ihrem Vater bekommen. Bis zu jenem Tag hatte er den Talisman getragen. Sie erinnerte sich noch genau an seine Worte, als er ihn ihr um den Hals gebunden hatte.

»Tahnee«, hatte er gesagt und ihr dabei tief in die Augen geblickt. »Das Kreuz hat deiner Mutter gehört. Sie gab es mir in der Stunde ihres Todes. Das hier ist ein Bernstein. Man sagt ihm nach, dass er seinem Besitzer Glück bringt. Dieses Amulett hat mich viele Jahre begleitet und beschützt. Trage es immer bei dir. Es soll nun auf dich achtgeben.«

Der Fremde hielt ihr jetzt das Pergament entgegen. Tahnee klemmte die Waffe erneut unter die Achsel, riss ihm die Rolle aus der Hand und wickelte sie geschwind auseinander.

Es war ein Steckbrief. Er musste schon älter sein. Das Papier war wellig und an den Rändern eingerissen. Die Schrift war bereits ziemlich verblasst. Die Mitteilung lautete:

GESUCHT:

TOT ODER LEBENDIG

DIESER MANN!

EIN BANDIT & MÖRDER

$1.000 BELOHNUNG

UNTERZEICHNET VOM GOUVERNEUR DES
SAN FRANCISCO COUNTY

Entgeistert starrte Tahnee auf die Zeichnung, die dem Text beigefügt war. Diese zeigte ein Gesicht, das ihr allzu vertraut war. – Es gehörte ihrem Vater.

Tahnee erkannte ihn an den dichten Brauen, der markanten Stirn und den hohen Wangenknochen. Sogar das charakteristische Muttermal unter seinem linken Auge war darauf abgebildet. Den gebogenen und gestutzten Schnurrbart trug ihr Vater jedoch schon lange nicht mehr. Vor Jahren hatte er sich einen prächtigen Bart stehen lassen, den er jeden Morgen sorgsam mit seinem Schildpattkamm in Form brachte. Außerdem trug er sein lockiges Haar seither für gewöhnlich schulterlang.

Tahnee ließ das Papier sinken und betete innerlich, dass der Fremde ihre Bestürzung nicht bemerkt hatte. Die Gedanken in ihrem Kopf kreisten um die Frage, wie es passieren konnte, dass ihr Vater auf einem Steckbrief gelandet war. Nur war für solche Überlegungen jetzt keine Zeit. Erst mal musste sie diesen Kerl wieder aus der Hütte bekommen, ehe – ihr Atem stockte und das Herz hämmerte schneller in ihrer Brust –, ehe ihr Vater heimkam.

Erst in diesem Augenblick ging Tahnee auf, in welch schrecklicher Gefahr ihr Vater schwebte.

Ich darf mir nichts anmerken lassen!

Die Ermahnung half ein wenig, das Zittern ihrer Hände zu unterbinden.

»Wer ist das?«, fragte sie in einem arglosen Tonfall. »Sollte ich den …?«

Ihre Stimme verebbte von der einen auf die andere Sekunde. Der Mann hatte nämlich die restlichen Messingknöpfe seines Mantels geöffnet, sodass Tahnee jetzt freie Sicht auf seine beiden Revolver in ihren Hüftholstern hatte.

Das Papier entglitt ihren Fingern. Es segelte zu Boden. Sie packte den Flintenlauf und wollte auf ihn anlegen, doch der Mann zielte bereits mit einer der Waffen auf sie.

»Wenn ich bitten dürfte, Miss, das Gewehr dorthin!«, sagte er in einem unpassend höflichen Tonfall und deutete mit dem Schießeisen zur Tischplatte. »Das Messer in der Hose ebenfalls.«

Tahnee biss trotzig die Zähne aufeinander. Ihr Daumen spannte den Hahn der Waffe …

Der Knall war markerschütternd. Beißender Pulverrauch hing in der Luft und Holzsplitter regneten aus dem Loch nieder, das die Kugel aus dem Colt des Fremden in einen der rauchgeschwärzten Deckenbalken gerissen hatte.

Tahnees Ohren klingelten. Ihre Hände bebten vor Schrecken und Wut. Ihre Augen sprühten Funken, während sie die qualmende Mündung des Revolvers betrachtete. Widerstrebend legte sie die Flinte auf dem Tisch ab, zog das Jagdmesser unter dem Hemd hervor und schob es neben die doppelläufige Schusswaffe.

»Verraten Sie mir endlich, wer Sie sind und weshalb Sie nach diesem Mann suchen!«, keuchte sie, denn sie musste die Worte regelrecht aus ihrem zugeschnürten Brustkorb herauspressen.

Der Fremde antwortete nicht.

»Sie sind ein Kopfgeldjäger«, warf sie ihm entgegen und gab sich keine Mühe, die Abscheu in ihrer Stimme zu verbergen.

Der Fremde reagierte nicht. Ausdruckslos starrte er zur Tür, als konzentriere er sich darauf, die Geräusche außerhalb der Hütte zu deuten.

Die Angst um ihren Vater wurde langsam unerträglich. Dennoch zwang sich Tahnee, Ruhe zu bewahren. Sie musste irgendetwas unternehmen. – Bloß was, das war die Frage.

»Ich kenne den Mann nicht und er ist nicht hier«, sagte sie. »Das sehen Sie ja.«

Ihr Gegenüber blieb stumm.

Als Tahnee in seine mitleidlosen Augen blickte, wusste sie mit einem Mal, dass sie einen kaltblütigen Mörder ins Haus gelassen hatte. Sie konnte das Niederträchtige seines Wesens beinahe riechen. Von diesem Mann waren weder Anteilnahme noch Gnade zu erwarten, ganz gleich, ob sie ihm ins Gewissen redete oder ihn auf Knien anbettelte.

»Warum verschwinden Sie nicht einfach?«, fragte sie dennoch.

»Ich bleibe hier«, sagte der Fremde nur tonlos, ohne die Tür aus den Augen zu lassen. »Ich weiß, wer dein Vater ist. Das Kreuz hat es mir verraten. Und jetzt sei still!«

Tahnee spürte Verzweiflung in sich aufsteigen. Ungeachtet ihrer wackligen Knie tat sie einen Schritt zur Seite. Sogleich folgte ihr die Mündung des Colts. Verzagt ließ sie die Schultern fallen und blickte auf die Zeichnung ihres Vaters auf dem Steckbrief zu ihren Füßen. Ein darüber stehender Satz sprang sie förmlich an.

Tot oder lebendig.

Auf einmal musste Tahnee mit den Tränen kämpfen. Aber sie durfte ihren Gefühlen nicht nachgeben! Sie biss sich auf die Unterlippe und schluckte den Kloß im Hals hinunter.

»Schon möglich, dass mein Vater Geheimnisse vor mir hat«, sagte sie mit brüchiger Stimme. »Aber eines steht fest: Er ist kein Bandit und schon gar kein Mörder!«

Tahnee hielt den Atem an, als der Mann in einem widerlich gleichgültigen Tonfall erwiderte: »Ich pflege meine Geschäfte zu Ende zu bringen. Meine Unternehmung ist abgeschlossen, wenn er am Galgen baumelt.«

Draußen heulte der Wind. Das Dachgebälk knarrte. Die Hütte ächzte unter der Wucht des Sturms. Lange starrte Tahnee ratlos vor sich hin, bis sich ihre Augen auf die Laterne auf dem Tisch richteten.

Plötzlich hellten sich ihre Züge auf und ihre Hände ballten sich zu Fäusten.

»Ich weiß nicht, wann mein Dad zurückkehrt«, sagte sie mit etwas festerer Stimme. »Aber an Ihrer Stelle würde ich beten, dass Sie dann längst über alle Berge sind.«

Endlich drehte der Kopfgeldjäger den Kopf zu ihr. Kalte Augen fixierten sie. Trotzdem beugte sich Tahnee mit herausfordernder Miene vor.

»Halt endlich den Mund!«, zischte ihr Gegenüber und Tahnee bekam nun auch die Mündung der zweiten Pistole zu sehen.

»Okay«, sagte sie und holte tief Luft. »Lassen Sie mich nur eines noch loswerden.«

»Ich höre. Aber beeil dich und treib keine Spielchen mit mir. Eine falsche Bewegung und dein Vater sieht seine Tochter erst im Himmel wieder. – Hast du verstanden?«

»Habe ich«, gab sie zurück und blickte ihm direkt in die Augen. »Sie haben ganz recht! Dad und ich leben alleine hier. Meine Mutter ist schon lange tot. Auch von unseren Miwok-Freunden ist keiner mehr da. Sie starben entweder an Hunger und an den Krankheiten, die von den Goldsuchern eingeschleppt wurden, oder sind einfach fortgegangen, weil ihre Heimat zerstört und verloren war. Es gab aber auch welche, die hiergeblieben sind, um für ihre Rechte zu kämpfen. Wissen Sie, was denen passiert ist?« Tahnee stockte kurz und sprach dann gedämpft weiter. »Sie wurden allesamt umgebracht. Von Männern wie Ihnen.«

Erneut verstummte sie.

»Bist du endlich fertig?« Der Fremde wies mit einem der beiden Pistolenläufe auf den freien Schemel. »Dann setz dich dahin!«

»Gleich«, hauchte Tahnee und trat dicht an den Tisch heran. »Hören Sie gut zu! Ich lasse nicht zu, dass ich auch noch meinen Vater verliere. Wenn Sie ihn erwischen wollen, dann müssen Sie vorher mir eine Kugel verpassen.«

Ihr Blick grub sich tiefer in seine Augen. Zeitgleich glitten ihre Handflächen unter die Tischplatte. Sie holte tief Atem, spannte ihre Unterarme an und genoss den Moment, als sich die Pupillen des Mannes weiteten, weil ihm dämmerte, dass ihm etwas entgangen war.

Mit aller Kraft riss Tahnee den Tisch hoch. Zwei Schüsse bellten durch die Nacht. Ein greller Feuerblitz leuchtete in der Hütte auf – und Tahnee rannte um ihr Leben.

Mit wenigen Sätzen war Tahnee an dem umgeworfenen Tisch vorbei und stürzte zum Ausgang. Sie packte die Klinke, stieß die Tür auf, wirbelte auf der Schwelle herum und warf einen letzten Blick zurück. Der Kopfgeldjäger rappelte sich gerade vom Boden auf, neben ihm sein umgekippter Schemel. Er war umgeben von einem ovalen, vom ausgelaufenen Öl der Laterne genährten Feuerteppich. Verwirrt starrte er auf die Flammen, die gierig an der gewachsten Baumwolle seines Mantelsaums leckten. Tahnee spürte auf den Wangen die Hitze des Feuers und über ihr Gesicht flog ein bitteres Lächeln. Dann trat sie nach draußen und schlug die Tür hinter sich zu.

Ab sofort zählte jede Sekunde.

Ohne auf die klirrende Kälte zu achten, griff sie rasch nach dem Rundholz, das an der Außenwand der Hütte lehnte und welches ihr Vater immer unter die Klinke klemmte, wenn sie gemeinsam ihr Heim verließen, damit sich während ihrer Abwesenheit keine hungrigen Bären über die Vorräte hermachten. Schnell schob Tahnee die Stütze unter den Türgriff. Und das keinen Augenblick zu spät, denn nur einen Wimpernschlag darauf wurde heftig, aber vergeblich daran gerüttelt. Während sich Tahnee mit kalter Miene abwandte, hörte sie ein wütendes Gebrüll. Unmittelbar danach rammte von innen etwas so heftig gegen die Eingangstür, dass diese in ihren Angeln erbebte.

Doch da war Tahnee schon auf halbem Weg zum Pferd des Fremden. Während ihr Schneeflocken entgegenpeitschten und der Wind mit eisigen Klauen unter ihr dünnes Hemd drang, eilte sie zu dem Tier. Dieses schien das Feuer bereits zu wittern. Unruhig stampfte es mit den Hufen und seine Augen rollten wild in ihren Höhlen. Daher zwang sich Tahnee, die letzten Schritte langsamer zu nehmen. Sie blieb neben dem zurückweichenden Pferd stehen und legte ihm sacht eine Hand auf die Flanke. Mit der anderen löste sie die Zügel vom Pfosten. Ihre Rechte wanderte höher und ihre Finger umschlossen das Sattelhorn. Behutsam hob sie ein Bein an. Dann glitt ihre Schuhspitze in den Steigbügel.

Plötzlich scheute das Pferd. Ungestüm riss es den Kopf herum und Tahnee zog sich gerade noch rechtzeitig in den Sattel hoch, ehe das verängstigte Tier lospreschte. Auf der Stelle entglitten ihr die Lederriemen und sie verlor beinahe das Gleichgewicht. Geistesgegenwärtig beugte sich Tahnee vor, um ihre Hände in die Mähne des Pferdes zu graben. Derweil presste sie ihre Schenkel gegen die Seiten des davongaloppierenden Tieres. Schon jagten sie über die schneebedeckte Talsohle, entlang der Felshänge zu beiden Seiten, die nur als schwarze, steil aufragende Masse im schwindenden Dämmerlicht zu erahnen waren.

Tahnee jubelte innerlich auf und wollte schon einen Blick zurück riskieren, als das Donnern eines Schusses durch die Nacht rollte. Während dessen Echo vielfach von den Berghängen widerhallte, bäumte sich das Pferd mit einem schrillen Wiehern auf und Tahnee wurde aus dem Sattel geschleudert.

Sie schlug so hart rücklings auf, dass ihr die Luft wegblieb und sie beinahe das Bewusstsein verlor. Stöhnend richtete sie sich auf und blickte benommen dem Pferd des Kopfgeldjägers hinterher, das sich in wilder Hast entfernte und vor ihren Augen im Zwielicht verschwand.

Dann erst drehte sie sich um und erschauderte. Ungefähr hundert Schritte lagen nun zwischen ihr und der Blockhütte. Aus deren Dach stoben verglühende Funken. Unter dem Gebälk leckten Flammen. Aus sämtlichen Ritzen des Hauses strömte Qualm hervor. Doch was Tahnee in namenloses Entsetzen stürzte, war die undeutliche Gestalt, die genau in ihre Richtung marschierte. Jetzt hielt diese an und hob mit beiden Händen einen langen Gegenstand hoch. Es war der Fremde, der einen Weg aus seinem brennenden Gefängnis gefunden hatte und nun ausgerechnet mit ihrer Flinte Jagd auf sie machte.

Dies hatte Tahnee gerade erst begriffen, als das neuerliche Donnern eines zweiten Gewehrschusses die sturmtosende Dunkelheit zerriss.

Sie warf sich in den Schnee und presste sich flach auf den Boden. Unschlüssig und am ganzen Leib schlotternd lag Tahnee da. Vorsichtig hob sie schließlich das Gesicht und sah voller Schrecken, dass der Mann den Abstand zu ihr schon so gut wie halbiert hatte. Rasch sprang sie auf und rannte, so schnell sie konnte, davon – hinein in die klirrend kalte Düsternis.

Nach einigen Minuten blieb Tahnee stehen und schnappte nach Luft. In ihren Fingern und Zehen hatte sich ein taubes Gefühl eingenistet. Furchtsam spähte sie in das Schneetreiben. Links glaubte sie, im Schein der lichterloh brennenden Hütte einen Schatten huschen zu sehen.

Sie rannte weiter, in nördliche Richtung, wo das flache Grasland nach einer halben Meile in einen Hügel überging. Dahinter schlossen sich die Wälder an. Bald war sie derart außer Puste, dass an Rennen nicht mehr zu denken war. Keuchend und gegen den heranbrausenden Sturm gebeugt, wankte Tahnee der Anhöhe entgegen. Grobkörniger Schnee hieb ihr ins Gesicht. Ihre Haut brannte wie von tausend Nadelstichen. Immer wieder suchte sie mit zusammengekniffenen Augen ihren Verfolger. Sie konnte ihn jedoch nirgends entdecken. Die Sicht wurde von Minute zu Minute schlechter. Sicher war er irgendwo in der Nähe, und mit der Gewissheit kroch zu der Kälte auch lähmende Angst in ihre Glieder.

»Mach schon!«, befahl sie sich und stapfte mit klappernden Zähnen weiter.

Irgendwann stieg das Gelände an und Tahnee quälte sich die Erhebung hinauf, die sie eigentlich auf dem Rücken des Pferdes hatte überwinden wollen, um dann in den angrenzenden Wald einzutauchen und der Route ihres Vaters in Richtung Berge zu folgen. Ihr Plan war, sich bis zu der verlassenen Hütte durchzuschlagen, wo ihr Vater womöglich in diesen Stunden Schutz suchte. Ein riskanter Einfall, denn bis dorthin brauchte man beritten schon bei gutem Wetter ein bis zwei Stunden. Nun aber lag Schnee, es jagte ein grimmiger Sturm von den Bergen herab und die Sicht war mehr als schlecht. Überdies trug Tahnee bei dieser mörderischen Kälte außer ihren Mokassins, einer Lederhose und einem Baumwollhemd nichts am Körper, weil ihre Fäustlinge, Stiefel und ihr Wintermantel in der Blockhütte waren und dort gerade zu Asche verbrannten. Zu allem Überfluss hatte sie nicht einmal mehr ein Pferd, sondern wühlte sich völlig durchnässt und unterkühlt durch beinahe knietiefen Schnee. Erst jetzt wurde ihr bewusst, dass ihre Lage aussichtslos war, denn im Umkreis von fünfzehn Meilen gab es weder eine Siedlung noch eine einzige sonstige Behausung.

Es war nicht zu leugnen: Sie war verloren.

Trotzdem ging Tahnee weiter. Die nackte Angst trieb sie die Steigung hinauf. Einmal nur, nicht weit unterhalb der Kuppe, musste Tahnee anhalten, um ihren zitternden Beinen und dem rasenden Herz eine kurze Pause zu gönnen, ehe sie sich auf allen vieren und mit zusammengepressten Zähnen weiterschleppte.

Dann war sie oben.

Schwankend und mit rasselndem Atem kam sie auf die Beine. Sie fror inzwischen so entsetzlich, dass sie einfach auf die Knie sinken und hemmungslos weinen wollte. Stattdessen beschirmte Tahnee die Augen mit einer steifen Hand und blickte auf das jenseitige Gelände hinab. Sie sah rein gar nichts – außer einem schweren Vorhang aus herabsausenden Schneeflocken in nahezu vollständiger Dunkelheit.

Sie drehte sich zur anderen Seite. Hier war die Sicht um keinen Deut besser. Nur in der Ferne konnte sie ein unruhig funkelndes Glühen erblicken, wo einmal ihr Zuhause gewesen war.

Da hörte Tahnee ein kaum wahrnehmbares Klirren links von sich. Mit weit aufgerissenen Augen sah sie in die Richtung des Lautes. Im letzten Dämmerlicht des vergehenden Tages erkannte sie ihn. Den kauernden Schatten neben einem Felsvorsprung. Panik übermannte Tahnee, denn nun löste er sich aus seinem Versteck und wuchs in die Höhe. Die Silhouette des Jägers schälte sich aus der Düsternis und Tahnee wusste nun, auch er war außer Sicht- und Hörweite über die breite Flanke auf den Hügel gestiegen. Gemeinsam mit dem verräterischen Schellen seiner Sporen kam er näher. Nur wenige Meter vor ihr blieb er stehen. Sein zerfledderter und angesengter Staubmantel wurde vom Sturm gebauscht und die Krempe seines Hutes flatterte im Wind. In aller Ruhe richtete der Kopfgeldjäger den Lauf der Waffe auf seine Beute.

Unwillkürlich taumelte Tahnee einen Schritt zurück. Ihre Sohlen traten ins Nichts. Wild mit den Armen rudernd, stürzte sie rücklings und rutschte die der Hütte abgewandten Hangseite hinunter. Dann überschlug sie sich, immer und immer wieder, bis sie endlich auf dem Bauch, halb von Schnee begraben, liegen blieb.

Mühsam kämpfte sie sich auf die Beine. Schwankend stand sie eine Weile im Windbrausen. Dann stolperte sie vorwärts, obgleich sie längst kein Gefühl mehr in den Füßen hatte. Alle paar Meter sank sie auf die Knie. Von Mal zu Mal kam sie schwerfälliger wieder hoch, um blindlings weiterzuwanken, bis die eisige Luft und der gnadenlose Wind den letzten Rest Wärme aus ihrem Körper vertrieben hatten. Irgendwann fiel sie hin und rollte auf den Rücken. Mit flachem Atem lag sie da und verspürte merkwürdigerweise gar nichts mehr – nicht einmal Angst oder Kälte.

Am Rande ihrer Wahrnehmung meinte sie, wieder ein Geräusch zu hören. Da wurde sie fest unter den Achseln gepackt und hochgerissen. Tahnee wollte aufschreien und wild um sich schlagen, doch sie brachte keinen Laut hervor und auch ihre Arme und Beine gehorchten ihr nicht mehr. Unsanft landete sie bäuchlings auf einer breiten Schulter. Umgehend erschlafften ihre verkrampften Glieder. Der Geruch von Wald und Tabak stieg in ihre Nase, das Aroma von Geborgensein und Vertrautheit.

Tahnee musste ihn nicht sehen, um zu wissen, wer sie trug.

Sie schreckte aus dumpfer Ohnmacht auf, hörte das Knarzen von Schritten und ein angestrengtes Schnaufen. Benommen betrachtete sie die Stiefelabdrücke in dem makellosen Weiß. Sie dämmerte weg, tauchte wieder aus ihrer Betäubung auf und drehte müde den Kopf hin und her. Ein Knarren und Ächzen dröhnte in ihren Ohren. Hinter den Schneewehen erahnte sie vom Wind gebeutelte Bäume. Dann wurde es wieder still und verworrene Traumbilder von fremden Männern mit Revolvern und verheerenden Feuersbrünsten stiegen in ihr auf.

Als Tahnee das nächste Mal zu sich kam, war der Sturm abgeflaut. Sie lag auf dem Grund einer Waldlichtung, umgeben von schwarzen aufstrebenden Stämmen. Halb betäubt betrachtete sie den sternenlosen Nachthimmel über sich, aus dem keine Flocken mehr hinabfielen. Vor dem vollen Mond jagten Wolken wie Gespenster dahin.

Tahnee fühlte sich wie in einem Kokon gefangen. Sie senkte das Kinn auf die Brust, um zu erkennen, was sich um ihren Körper wand. Verwirrt erfasste sie, dass sie in eine Pferdedecke gewickelt war. Ein plötzliches nahes Rascheln brachte dunkle Erinnerungen an das kürzlich Erlebte zurück. Mit brennenden Augen sah sie auf. Unscharf schwebte das Gesicht ihres Vaters über ihr. Sein Bart war weiß und starr wie aus Marmor gemeißelt. Eiskristalle glitzerten in dem eingefrorenen Dickicht. Die Lippen schimmerten blau und aus seinen Augen sprachen Sorge und Furcht.

Eine große breite Hand legte sich auf ihren Schopf. Sein Gesicht kam näher und Tahnee hörte dicht an ihrem Ohr seine Stimme flüstern: »Du musst ganz still sein! Der Mistkerl ist uns auf den Fersen. Ich bringe dich jetzt fort.«

Tahnee spürte eine flüchtige Berührung seiner Lippen auf ihrer Stirn. Angst packte sie, als sich seine Schritte entfernten, und Erleichterung überwältigte sie, als jene gleich darauf wieder näher kamen. Schwer sank etwas auf sie nieder.

Tahnee hob noch einmal den bleiernen Kopf und ihre tauben Lippen umspielte ein erschöpftes Lächeln. Auf ihr ausgebreitet lag der muffige und modrige Büffelfellmantel ihres Vaters, den dieser über alles liebte und den sie im wahrsten Sinne des Wortes nicht riechen konnte. Dennoch ließ sie es geschehen, dass ihr Vater nun auch den Mantel mit einem Hanfseil fest um ihren Körper schnürte. Tahnee merkte bereits, wie die entsetzliche Erstarrung von ihr wich und sich ihre Glieder mit einem Kribbeln und Jucken zurückmeldeten.

Dann wurde sie wieder hochgehoben, getragen und quer über einen Sattel gelegt. Schon sanken ihre Lider über die Augen und sie fiel erschöpft in einen tiefen, traumlosen Schlaf.

AUS TARAS TAGEBUCH

8. September 1856

Liebe Mama,

verzeih bitte, dass ich erst heute wieder Gelegenheit für ein paar Zeilen an Dich finde. Ich war eine ganze Weile krank ans Bett gefesselt. Darum gab es einfach nichts Neues zu erzählen. Aber heute war ein ganz besonderer Tag. Deshalb habe ich mich vor dem Schlafengehen noch an meinen Sekretär gesetzt, um Dir einen Brief zu schreiben.
Aber alles der Reihe nach!
Mitte letzten Monats habe ich plötzlich Fieber bekommen. Es stieg so rasch, dass ich bald wie ein Ofen geglüht habe und Großvater unseren Kutscher Cyrill runter in die Stadt schicken musste, um ihn nach dem Hausarzt rufen zu lassen. Bis Doktor Lindsay bei uns auf dem Hügel ankam, war ich bereits so weggetreten, dass ich von seinem Besuch rein gar nichts mitbekommen habe. Molly hat mir später erzählt, dass der Arzt nach seiner Untersuchung richtig besorgt war

und meinte, man müsse schnellstmöglich mein Fieber senken. Deshalb hat er sie angewiesen, mir alle paar Stunden ein neues Paar Essigstrümpfe anzulegen. Außerdem sollte die alte Molly einen Heiltrank aus heißem Wasser, Knoblauch, Thymian und Honig ansetzen und mir fünfmal am Tag und einmal in der Nacht ein paar Löffel davon einflößen. Sei es wegen dieses widerlichen Hexengebräus oder dank Mollys Gebeten – am übernächsten Morgen hatte ich das Schlimmste überstanden. Trotzdem musste ich auf Anweisung des Arztes noch ganze zwei Wochen lang im Bett bleiben. Ich sage Dir, hätte mir Großvater nicht sämtliche Abenteuer von Natty Bumppo aus seiner Bibliothek auf meinen Nachttisch gelegt, wäre ich gewiss gestorben. Nicht wegen dem Fieber, sondern aus purer Langeweile! Aber dank James Fenimore Cooper ging die Zeit alles in allem doch recht rasch vorbei.

Mitte der vergangenen Woche war meine Temperatur endlich wieder so, wie es sich gehört, und langsam bekam ich auch wieder Appetit.

Daraufhin hat mir Großvaters Leibarzt endlich erlaubt aufzustehen und sogar einen kleinen Spaziergang in unserem Garten zu machen.

Aber das war noch nicht alles!

Als ich nach dem kurzen Streifzug vorm Haus ziemlich erschöpft auf meiner Matratze lag, hat mich Doktor Lindsay plötzlich gemustert, als wäre ich ein seltenes Tier. Dabei kratzte er sich nachdenklich das Kinn unter seinem schneeweißen Rauschebart. Dann sah er Großvater ernst an und meinte zu ihm, mit einer Lungenentzündung sei nicht zu spaßen. Um wieder ganz gesund zu werden, bräuchte ich dringend täglich eine Dosis kräftiger Seeluft. Ab sofort solle man mich regelmäßig von unserem Hügel hinabführen und für ein Stündchen ans Meer bringen.

Du kennst ihn ja, Mama. Selbst wenn die Welt unterginge, würde Großvater keine Miene verziehen. Aber wenn er aufgebracht ist, glitzern seine Augen gefährlich. Glaube mir, nach den Worten des Doktors sprühten sie förmlich Funken. Doch dann wandte er sich mir zu und sein Blick wurde freundlicher. Seine Augen wirkten irgendwie matt und traurig. Da erst habe ich erkannt, wie ihn meine Krankheit mitgenommen haben muss. Seit dem Ausbruch des Fiebers scheint er noch hohlwangiger und blasser geworden zu sein als ohnehin schon. Mit seiner gebogenen Nase und den dichten grauen Brauen sieht er ein wenig wie ein in die Jahre gekommener Raubvogel aus.

Ohne den Blick von mir zu lösen, sagte er nach einem lang gedehnten Seufzen: »Edward, Sie wissen, was ich von der Welt dort draußen halte. Kinder haben im Wilden Westen nichts verloren. Wir befinden uns an einem gesetzlosen Ort. Er wird bevölkert von Verbrechern und ist voller Gefahren. Sie können also gewiss ermessen, wie sehr es mir widerstrebt, Ihren Rat zu befolgen. Aber um ihrer Gesundheit willen, werde ich meine Enkelin künftig zu meinen Spaziergängen an der Küste mitnehmen.«

Ja, und so geschah es, dass ich heute zum allerersten Mal in meinem Leben unser Grundstück verlassen und die Welt jenseits des Nob Hill betreten durfte.
Kurz nach Sonnenaufgang hat mich Molly also geweckt und angezogen. Nach einem raschen Frühstück wurde ich von ihr in eine warme Decke gewickelt und Minuten später saß ich schon neben Großvater in der Kutsche. Cyrill lenkte den offenen Wagen durch das Tor. Dann ging es den Hügel runter und anschließend quer durch die Stadt in Richtung Ufer. War ich vielleicht aufgeregt, als wir die Pacific Street entlangfuhren und ich plötzlich mitten in dem Trubel steckte, den ich bisher nur durch mein Fernglas beobachten konnte! Du kannst Dir nicht ausmalen, wie es dort aussieht! Die Straßen entlang der Zelte, Bretterhütten und einfachen Steinhäuser sind nicht wie bei uns auf dem Hügel gepflastert, sondern voller Schlamm und Löcher. Die holprigen und zerfurchten Wege sind heillos verstopft, und kreuz und quer fahren Fuhrwerke und Karren, die mit Kisten, Fässern, Tuchballen und Käfigen voller schnatternder Enten und Hühner beladen sind. Auch die hölzernen Gehwege an beiden Seiten der Hauptstraße sind völlig überfüllt und das vor allem mit abgerissenen, bärtigen Kerlen. Überhaupt scheinen in der Stadt bis auf jede Menge streunender Hunde beinahe nur Männer zu leben, denn ich habe höchstens eine Handvoll Frauen und überhaupt keine Kinder gesehen. Im Traum hätte ich mir nicht vorstellen können, was für ein schrecklicher Lärm dort drunten herrscht! An so gut wie je-

der Straßenecke hocken entweder Bettler, die nach Almosen jammern, oder Händler, die lautstark ihre Ware anpreisen. Aus den Gassen und Gängen dringt dazu ein lautes Gegröle. Und auch die vielen Fuhrwerke machen einen Höllenkrach. Die meiste Zeit musste ich mir die Ohren zuhalten. Schlimmer noch war allerdings der Geruch. Man möchte sich die ganze Zeit über die Nase zuhalten, dermaßen stinkt es. Was haben wir für ein Glück, dass wir unser Haus nicht in der Stadt, sondern auf einem der Hügel stehen haben!
Irgendwann waren wir schließlich raus aus dem Gewusel und kamen durch das Hafengelände. Da konnte ich zum ersten Mal das Durcheinander in der nebelverhangenen Bucht von Nahem sehen. Von meinem Fenster aus habe ich zwar eine freie Sicht auf die Stadt. Aber auch mit dem Fernrohr, das mir Großvater zu meinem elften Geburtstag geschenkt hat, kann ich wegen der Häuser nur die vielen Masten hinter den Dächern sehen. Jetzt wurde mir klar, dass diese zu verlassenen und verrottenden Schiffen gehören, die im Hafenwasser vor sich hin dümpeln. Dicke Schichten von Muscheln und Seetang bedecken ihre Rümpfe und in ihrem Takelwerk nisten die Möwen. Ein paar wenige Boote, die recht nah am Ufer liegen, hat man über Holzstege mit dem Festland verbunden. Wie man an den angebrachten Schildern erkennen kann, dienen die nun als Saloons und Hotels. Eines mit Namen *Euphemia* scheint sogar das Gefängnis der Stadt zu sein!
Als wir die gewundene Küstenstraße entlangfuhren und die

Stadt hinter uns ließen, musste ich Großvater einfach fragen, was es mit diesem schauerlichen Schiffsfriedhof auf sich hat.
Zuerst sah er mich nur widerwillig an, aber nach ein paar Sekunden hat er dann doch müde gelächelt und gesagt: »Da du nun früher als geplant Bekanntschaft mit diesem Schlammloch machen wirst, sollte ich dir einiges erklären.«
Also erzählte er mir von dem Goldrausch, der hier vor etwa sieben Jahren ausbrach und dieses Land für immer verändert hat. Und so erfuhr ich auch, dass diese Schiffe aufgegeben wurden, weil damals nicht nur die Passagiere von Bord gingen, um im Hinterland nach Gold zu suchen, sondern oft auch die komplette Besatzung.
Stelle sich das mal einer vor!
Großvater war gerade fertig, als mir ein salziger und leicht säuerlicher Geruch in die Nase stieg. In diesem Moment tat sich vor uns das Golden Gate auf und ich konnte endlich das große, weite Meer sehen. Der Anblick war einfach überwältigend und so schön, wie ich mir niemals erträumt hätte. Ich kann gar nicht beschreiben, was für ein besonderer Augenblick das für mich war.
Ein paar Minuten später hielten wir nicht weit entfernt vom Presidio, dem Militärstützpunkt an der Spitze der Halbinsel, vor einem steinigen Strand an und Großvater stieg mit zusammengepressten Zähnen aus dem Wagen. Dann spazierte er, auf seinen Stock gestützt, und wegen seiner Arthritis ein wenig steifbeinig davon. Ich musste, behütet von unserem

Cyrill, in der Kutsche sitzen bleiben. Also schaute ich auf die schäumende und glitzernde Wasserfläche und hörte dabei dem Wellenrauschen und dem Geschrei der Möwen zu.
Eine gute Stunde später kam Großvater zurück. Wir machten uns auf den Heimweg und fuhren wieder den Zelten und Baracken am Fuße der Hänge entgegen. Dabei schaute ich zu unserem Hügel, auf dem einzelne zerstreute Gebäude zu sehen waren. Ganz oben auf der Kuppe konnte ich sogar unser Haus erkennen, das von hier aus winzig klein aussah. Aber dann fielen mir die Augen zu. Erst als wir die Einfahrt hinauffuhren, bin ich wieder aufgewacht und fühlte mich so frisch wie lange nicht mehr.
Das war es für heute, liebe Mama. Ich muss zu Bett. Morgen nimmt mich Großvater in aller Herrgottsfrühe wieder mit zur Küste. Also, bis bald mit neuen Berichten von meinen Ausflügen hinaus in die Welt!

Ich vermisse Dich!
Deine Tara

SIERRA NEVADA

25. Oktober 1856

Tahnee öffnete die Augen und Dunkelheit umgab sie. Lächelnd schlug sie das Fell über sich beiseite und wurde von einem eisigen Schrecken erfasst, als ihr nicht der Duft frisch aufgebrühten Kaffees in die Nase stieg, sondern der Geruch von Schimmel und morschem Holz. Auf der Stelle verstand sie, dass sie nicht in ihrer Blockhütte war. In den trügerisch friedlichen Sekunden nach dem Aufwachen hatte sie die schlimme Auseinandersetzung mit dem Kopfgeldjäger komplett vergessen. Jetzt fielen die Erinnerungen in grausamer Klarheit über sie herein.

Hastig fuhr Tahnee auf. Sie befand sich in einem kalten, düsteren Raum. In der Ecke flackerte ein kleines Ofenfeuer. Sie wusste nun, wo sie war. In Bill Johnsons Blockhütte. Früher hatten sie und ihr Vater den alten Trapper ab und zu besucht. Im vergangenen Winter war Bill Johnson gestorben, nachdem er sich bei der Jagd das Bein gebrochen hatte und an Wundbrand erkrankt war. Ihr Vater hatte den Toten in seiner Hütte gefunden, als er nach ihm hatte sehen wollen, und auf einer Lichtung hinterm Haus begraben. Seither stand das Heim des Trappers leer und begann allmählich zu verfallen.

Augenblicklich kroch Tahnee die Angst wieder in die Glieder.

»Dad?«, fragte sie mit bebender Stimme in die Finsternis.

Eine unerträglich lange Sekunde blieb alles still, dann hörte Tahnee leise Schritte näher kommen. Sie hielt den Atem an, bis vor ihren Augen ein Zündholz aufleuchtete und das Gesicht eines bärtigen Mannes beschien. Kurz darauf brannte die Flamme am Docht einer Kerze und ihr Vater trat an das Bett heran.

Schweigend blickte er auf seine Tochter. Dann stellte er die Kerze auf einen Tisch neben sich, zog einen Schemel heran und hockte sich neben der Pritsche hin.

Als sich seine großen Hände um ihre schlossen, stiegen Tahnee Tränen in die Augen. Plötzlich wurde ihr bewusst, dass es ihr Heim nach der vergangenen Nacht nicht mehr gab. Auch ahnte sie, dass die Gefahr noch lange nicht gebannt war. Vor allem aber traf sie der besorgte und schuldbewusste Ausdruck im Gesicht ihres Vaters, während er sie stumm betrachtete.

»Dad«, wimmerte sie und verstummte, weil sie keine Worte fand.

»Ist schon gut, Kleines«, sagte er mit beruhigender Stimme. »Ich bin hier. Dir wird nichts geschehen. Aber wir müssen auf der Hut sein. Jeden Moment geht die Sonne auf. Dann können wir von hier verschwinden. Während du geschlafen hast, war ich noch einmal drunten im Tal. Dort treiben sich noch mehr von den Mistkerlen herum.«

Als Tahnee das hörte, riss sie erschrocken die Augen auf und die Hände ihres Vaters schlossen sich ein wenig fester um die ihren. »Mach dir keine Sorgen. Die sind wohl in der Überzahl, aber wir beide kennen dafür die Gegend wie unsre Westentasche. – Nicht wahr?«, schob er mit einem aufmunternden Augenzwinkern hinterher.

»Aber wo wollen wir denn hin?«, fragte Tahnee ängstlich.

»Wir verschwinden erst einmal durch die Wälder. Dann sehen wir weiter. Noch ist es aber zu dunkel.«

»Okay«, stieß Tahnee erschöpft aus und kräuselte nachdenklich die Stirn. Plötzlich sah sie den Steckbrief vor ihrem inneren Auge. »Ich weiß, warum die nach dir suchen. Dad, sag mir bitte, was ist da dran?«

Ihr Vater wich ihrem Blick nicht aus, sondern schaute ihr fest in die Augen, was Tahnee mehr beruhigte, als es alle Worte vermocht hätten.

»Du fragst mich allen Ernstes, ob ich ein Bandit und Mörder bin?«, fragte er und hob dabei zweifelnd eine Braue.

Tahnee senkte den Blick und schüttelte vehement den Kopf. »Aber nein«, murmelte sie. »Ich meinte, wieso du auf einem Steckbrief gelandet bist.«

Als sie wieder zu ihm aufsah, umspielte ein trauriges Lächeln seine Lippen. »Das weiß ich doch.«

»Du wirst zu Unrecht beschuldigt. Kannst du denen das denn nicht beweisen?«

»Kleines, wir leben im Wilden Westen. Weit weg von Recht und Ordnung. Wenn hier jemand mit Geld und Einfluss den Kopf eines Mannes fordert und dafür mit einer Belohnung winkt, dann ist er das Gesetz. Er allein kann über Leben und Tod eines Menschen entscheiden. Und niemand wird ihn dafür zur Rechenschaft ziehen.«

Tahnee schwieg nach diesen Worten erschüttert.

»Aber wer kann denn wollen, dass du gehängt wirst?«, fragte sie schließlich. »Und wieso hast du mir nichts davon erzählt, Dad?«

Mit gequälter Miene fuhr sich Paul Fitch durchs Haar. Geistesabwesend starrte er jetzt an seiner Tochter vorbei, während er sprach. »Ich … muss dir dringend etwas erzählen. Ich hätte es längst tun müssen, aber …«, murmelte er und stockte.

»Aber was?«, fragte Tahnee ungeduldig.

»Es ist etwas geschehen, was ich selbst nicht verstehe. Ich weiß einfach nicht, wie ich es dir erklären kann«, sagte er und sah wieder zu ihr.

Sein Gesichtsausdruck erinnerte sie daran, wie zerstreut und gedankenversunken ihr Vater in den letzten Wochen gewesen war. Etwas musste ihn schon seit geraumer Zeit beschäftigt haben. Hatte er vielleicht geahnt, dass ein Unglück auf sie zurollte?

Doch noch ehe sie ihren Vater bitten konnte, noch mehr

preiszugeben, sagte der: »Komm. Wir müssen nachsehen, wo die Sonne steht.«

Schon war er von dem Hocker aufgestanden und im Schatten jenseits des Kerzenscheins verschwunden.

Rasch kroch Tahnee nun vollends unter dem muffigen Bärenfell hervor und stieg aus dem Bett. Sie blickte an sich hinab. Um ihren dünnen Körper schlackerte eines von Johnsons Wildlederhemden. Es reichte ihr bis zu den Knien. Suchend sah sie sich um und erahnte ihre Klamotten auf einer Leine über dem Ofen. Sie huschte hinüber. Dort standen auch ihre Mokassins. Sie betete innerlich, dass diese einigermaßen getrocknet waren, denn in der Hütte des Trappers würde nur schwerlich passendes Schuhwerk für sie zu finden sein.

Dann ging sie zu ihrem Vater. Er stand vor dem Eingang und blickte durch eine Klappe in der Tür nach draußen. Tahnee stellte sich neben ihn und sah gleichfalls auf die baumlose, schneebedeckte Ebene. Noch war der Himmel dunkel, aber ein heller Streifen hinter den Bergen im Osten kündigte den Morgen an.

Ihr Vater nickte zufrieden. »Gleich ist es so weit. Du kannst dich schon mal …«, begann er und verstummte urplötzlich. Rasch beugte er sich vor und starrte mit äußerster Konzentration durch die Luke.

Tahnee hielt den Atem an. Denn auch sie hatte etwas gehört. Das weit entfernte Wiehern eines Pferdes. Rasch trat sie näher vor das kleine Fenster und blickte bang hinaus.

Die Gipfel der jenseitigen Berge schienen nun zu glühen. Dahinter kroch die rote Morgensonne hervor. Ihre Strahlen fielen auf die weiße Fläche und brachten den Schnee zum Glitzern.

Am Horizont tauchte die Silhouette eines Reiters auf.

»Der Himmel steh uns bei«, flüsterte ihr Vater und jetzt sah auch Tahnee, dass nicht nur ein Reiter näher kam. Insgesamt sieben Pferde traten aus dem Dämmerlicht.

»Schnell, zieh dich an!«, sagte ihr Vater.

Doch Tahnee bewegte sich nicht von der Stelle. Betroffen blickte sie immer noch durch die Luke.

Da wurde sie am Hemd gepackt und ihr Vater schaute sie streng an. »Kleines, wir dürfen keine Zeit verlieren!«, sagte er und schob sie in Richtung Ofen.

Während sich Tahnee mit rasendem Herzen das Hemd vom Leib riss und in aller Eile ihre Klamotten überzog, schnappte Paul Fitch seine Büchse, hängte sich ein ramponiertes Pulverhorn um den Hals und schulterte seine Patronentasche.

Tahnee schlüpfte eben in die Mokassins, da hörte sie ihn sagen: »Das ist für dich!«

Er deutete zu einem Schemel, auf dem weitere Kleidung des alten Trappers lag. Schnell zog Tahnee die viel zu große Jacke an, stülpte sich die graue Wollmütze über die Ohren und steckte die Hände in die Pelzfäustlinge.

»Wir müssen durch den Hinterausgang!«, drängte ihr Vater.

Im Hinausgehen blies er noch die Kerze aus, dann drückte er die niedrige Tür in der rückwärtigen Hüttenwand auf.

Tahnee folgte ihm hinaus und hielt abrupt an. Blinzelnd stand sie in der Morgensonne, den Waldstreifen vor Augen, der sich an die hoch aufragenden Felshänge hinter der Blockhütte schmiegte. Die Luft war so klar wie Glas und die Stille beinahe vollkommen. Nur das ferne Rauschen des Flusses war zu hören. Plötzlich kam ihr die drohende Gefahr unwirklich vor, als hätte sie alles, was in den vergangenen Stunden geschehen war, nur geträumt.

Da wurde sie jäh am Jackenärmel gepackt und zum Pferd ihres Vaters gezogen, das schon für ihre Flucht gesattelt und an einer Tanne festgebunden war.

»Rauf mit dir«, befahl ihr Vater, packte ihren Hosenbund und wuchtete sie mit erstaunlicher Kraft auf den Pferderücken. Anschließend steckte er seine Flinte in ein Halfter neben der Satteltasche und band den Zügel los. Schnaufend kam er hinter ihr in den Sattel.

Auf der Stelle schlang sich ein Arm um Tahnee und Paul Fitch gab seinem Pferd die Sporen.

Wie betäubt lehnte sich Tahnee an ihren Vater und starrte in den blauen Himmel. Die Kälte des Morgens spürte sie nicht. Stattdessen stieg in ihr kalter Zorn gegen die Männer auf, die in ihre Heimat eingedrungen waren, um ihr Leben zu zerstören. Tahnees Zorn war sogar stärker als die Angst, die in ihrer Magengrube lauerte.

Als sie aus dem Wald ritten und die Hufe des Pferdes über eine abschüssige Schneedecke jagten, fühlte sich Tahnee bereit, den Kampf gegen ihre Feinde aufzunehmen, um sich und ihren Vater zu retten – oder an seiner Seite zu sterben. Sie löste den Blick vom Himmel und sah den Abhang hinab, an dessen Ende der Feather River aufblitzte.

Als sie den Fluss erreicht hatten, sprang Paul Fitch aus dem Sattel und eilte zu einer gewölbten Erhebung unter dem Schnee. Keuchend warf er dort Äste und Reisig beiseite.

Tahnee sprang ihm bei. Gemeinsam legten sie ein Kanu frei, das unter dem Geäst versteckt war. Schon hatte ihr Vater ein Seil gegriffen, das am Bug vertäut war, und zog das Boot näher zum Fluss.

Tahnee blickte in die ungestüme Strömung, auf der vereinzelte Eisbrocken trieben.

»Dad, wir wollten doch durch die Wälder abhauen«, rief sie ihm gegen das Tosen und Grollen des Flusses zu.

Ihr Vater wischte sich mit einem Ärmel den Schweiß aus dem Gesicht, ehe er antwortete. »Unser Vorsprung ist nicht groß genug. Auf dem Gaul holen sie uns sicher ein und wir sind geliefert.«

Tahnee blickte noch einmal bang auf die reißenden Fluten.

»Kleines, wir nehmen das Kanu vom alten Bill. Das ist unsere einzige Chance«, sagte ihr Vater, als er ihren argwöhnischen Gesichtsausdruck sah. »Die gefährlichen Stromschnellen kommen erst in drei Meilen. Bis dahin sind wir aus dem Boot. Wir legen schon vorher auf der anderen Seite an. Das dürfte reichen. Bis die Hunde eine Stelle gefunden haben, an der sie rüberkommen, sind wir längst über alle Berge. – Bitte pack mit an.«

Tahnee fügte sich ihrem Schicksal. Während ihr Vater an dem Strick zog, schob sie das Kanu von der Heckseite an. Wenige Meter vor der Uferböschung richtete sich ihr Vater auf und sah mit zusammengekniffenen Augen zu den Rottannen hinter dem Schneefeld.

Plötzlich ging er auf seine Tochter zu und blickte ihr mit todernster Miene ins Gesicht. »Tahnee, ich muss dir noch etwas sagen. Hör bitte genau zu und stell keine Fragen«, sagte er mit gehetzter Stimme. »Du musst das wissen, falls mir etwas zustößt oder wir getrennt werden.«

Tahnee riss die Augen auf. »Dad, sag so was nicht. Das wird nicht …«

»Herrgott, sei still und hör mir zu!«, wurde sie barsch unterbrochen und ihr Vater packte sie an den Handgelenken.

Plötzlich schwammen Tahnees Augen vor Tränen und ein dicker Kloß schnürte ihr die Kehle zu. In diesem Moment zog sie der Vater zu sich her und drückte sie so fest an sich, dass Tahnee das Pochen seines Herzens spüren konnte.

»Ich weiß, ich weiß«, sagte er. »Du musst jetzt stark sein. Ja? Solltest du ohne mich zurechtkommen müssen, dann tust du genau das, was ich dir nun sage. – Versprich es mir, bitte!«

Er schob sie wieder von sich, und Vater und Tochter blickten sich erneut in die Augen, bis Tahnee ihm mit einem Nicken das Versprechen gab. Dann hörte sie aufmerksam zu.

In raschen, abgehackten Worten erklärte Paul Fitch: »Also, sollten wir getrennt werden, musst du dich irgendwie nach San Francisco durchschlagen. Dort gehst du auf direktem Weg zu dem Haus ganz oben auf der Kuppe des Hügels, der gleich neben der Stadt aufragt. Es ist ein prächtiges Anwesen und nicht zu übersehen. In diesem wohnt ein Mann mit dem Namen Charles Reed. Geh zu ihm und sag ihm, dass ich dich schicke.«

Als er geendet hatte, starrte ihn Tahnee mit gerunzelter Stirn an. Doch da hatte sich ihr Vater schon umgedreht und stapfte zu seinem Pferd. Dort zog er sein Gewehr aus dem Holster und legte es ins Boot. In Windeseile löste er die Schnallen der Satteltasche und warf diese hinterher.

Unterdessen blickte Tahnee ängstlich zu der etwa eine Meile entfernten Wand aus Bäumen. Da sah sie, wie an verschiedenen Stellen berittene Pferde aus dem Gehölz hervorbrachen.

»Dad, sie kommen!«, kreischte Tahnee auf und ihr Herz begann zu rasen.

»Verdammt!«, fluchte Paul Fitch und schnappte sich erneut das Tau.

Eilig zerrte er das Kanu hinter sich her. Tahnee schob es mit aller Kraft von hinten an. Ihr Vater stand schon bis zu den Knien im Wasser, als Tahnee einen furchtsamen Blick zurückwarf. Die sieben Reiter hatten ihre Pferde auf dem Schneefeld angehalten. Trotz der Entfernung glaubte sie zu erkennen, dass die Männer in ihre Richtung starrten. Wie zur Bestätigung sprangen die Pferde gleichzeitig los und hetzten auf sie zu.

Ihr Vater winkte sie hektisch heran. Tahnee rannte um das Boot herum und nahm ihm das Seil ab. Schon stemmte er sich gegen das Kanu. Es glitt in die Fluten und er riss ihr den Strang wieder aus den Händen.

»Rein mit dir!«, keuchte er atemlos und Tahnee stieg geschwind in das hin und her schaukelnde Boot. Sogleich lehnte sie sich über dessen Rand und reichte ihrem Vater die Hand.

In dieser Sekunde zerriss ein Schuss die winterliche Stille. Paul Fitch stürzte vornüber. Das Seil entglitt seinen Händen. Durch die starke Strömung nahm das Boot sofort Fahrt auf.

Tahnee schrie aus Leibeskräften, während das Kanu herumgewirbelt wurde und ihre Augen orientierungslos umherirrten. Gerade noch sah sie, wie das aufgeschreckte Pferd ihres Vaters davongaloppierte und die Kopfgeldjäger in wilder Hast über die Fläche heranpreschten, da verlor sie das Gleichgewicht.

Hart schlug sie seitlich mit dem Kopf auf dem Bootsrand auf. Reglos lag sie auf den Holzplanken, während der Fluss sie davontrug.

Zuerst hörte Tahnee das dröhnende Rauschen des Flusses. Dann öffnete sie die Augen und blickte benommen in das endlose Blau über sich. Unterdessen wanderte ihre Hand zu der pulsierenden Stelle an der rechten Schläfe.

Vorsichtig befühlte sie die blutende Wunde, während sie den schmerzenden Kopf anhob und verwundert um sich blickte. Auf beiden Seiten jagten Bäume und Büsche an ihr vorüber.

Alle Farbe wich aus ihrem Gesicht.

Sie rappelte sich vollends hoch und starrte auf die Wellen, Wirbel und Stromschnellen, durch die das hin und her schwankende Kanu trieb. Hastig blickte Tahnee nun in den Rumpf des Bootes. Es versetzte ihr einen entsetzlichen Stich im Herzen, als sie dort das Gewehr und die Satteltasche ihres Vaters entdeckte. Dann sah sie darunter das Paddel. Geschwind zog Tahnee es heraus und hielt umgehend Ausschau nach einer Stelle, an der sie anlegen konnte. Doch auf beiden Uferseiten war die Böschung dafür viel zu steil. Ohnehin war die Strömung so stark, dass sie das Boot unmöglich zum Halten bringen konnte.

Voller Furcht erinnerte sich Tahnee plötzlich an die Worte ihres Vaters. Er hatte ihr gesagt, dass die gefährlichen Stromschnellen nach drei Meilen begannen.

War sie etwa schon so weit auf dem Feather River flussabwärts getrieben?

Angespannt blickte Tahnee wieder nach vorne. Keine hundert Fuß entfernt wuchsen zerklüftete Felsen in die

Höhe. Der Fluss bog dort in eine Schlucht aus senkrechten Klippen.

Tahnee ballte die Hände fest um den Schaft des Paddels. Als das Kanu die Schlucht erreicht hatte, schoss es an schroffen Wänden entlang. Tahnee musste kräftig mit dem Paddel steuern, damit das Boot nicht ausscherte. Indes wurde der Fluss zusehends schmaler und die Strömung noch reißender. Das Wasser donnerte in ungeheurer Lautstärke durch die Kluft. Gischt schoss über den Bug, sprühte Tahnee ins Gesicht und ergoss sich in den Rumpf. Das Boot schlingerte und bockte wie ein störrisches Pferd.

Ohne Unterlass stieß Tahnee das Paddel ins Wasser, erfüllt von panischer Sorge, dass das Kanu herumgewirbelt und so vollends zum Spielball der Wasserkräfte wurde.

Mit einem Mal erstarrte sie mitten in der Bewegung. Zu Tode erschrocken sah sie vor sich eine unfassbar enge Klamm zwischen den Hängen. Brodelnd wurde das Wasser dort hindurchgepresst.

»Gütiger Gott«, flüsterte Tahnee. Nun konnte sie nichts mehr ausrichten. Sie warf das Paddel ins Boot und führte die Hände an dessen Rand. Ihre Finger krampften sich um das Holz. Fest presste sie die Zähne aufeinander.

Auf einmal stieg der Bug vor ihr in die Höhe, um sich gleich darauf langsam wieder hinabzusenken. Tahnee hielt den Atem an und hatte plötzlich das Gefühl zu fallen. Das Kanu wurde förmlich durch die Flussenge gespien. Sekunden später peitschte eine eiskalte Wasserfontäne über den

Bug und traf Tahnee mit voller Wucht. Dann wurde das Boot kräftig durchgeschüttelt und die wilde Fahrt jäh gestoppt. Backbord war das Kanu gegen einen Geröllberg gestoßen, der hinter der Schlucht ins Wasser ragte.

Es dauerte einen Moment, bis Tahnee verstand, dass sich der Bug in den Steinen verhakt hatte. Gleichzeitig spürte sie, wie die Strömung am Rumpf zerrte.

Tahnee handelte geistesgegenwärtig. So schnell sie konnte krabbelte sie auf allen vieren nach vorn, kam an der Bootsspitze hoch und sprang.

Ihre Füße landeten auf einem flachen Felsblock. Rasch suchten ihre Hände Halt. Vorsichtig schaute sie zurück. Sie musste die Satteltasche und das Gewehr in Sicherheit bringen. Doch in diesem Moment ertönte das Krachen von Holz, das Boot löste sich aus der Klammer der Steine und war wieder frei. Hilflos musste Tahnee zusehen, wie es samt der Waffe und dem überlebenswichtigen Gepäck mit dem Proviant davontrieb.

Blass und zitternd kletterte Tahnee das Ufer hinauf. Endlich hatte sie den zerklüfteten Hang aus Felsabbrüchen überwunden und wankte auf schlammige Erde. Dort überfiel sie augenblicklich ein Schwindel. Sie sank auf die Knie und wartete, bis sich der Trommelwirbel in ihrer Brust beruhigt hatte.

Nach einer Weile kam sie mühevoll wieder hoch und wankte auf wackeligen Beinen in das Buschwerk jenseits des Flussufers. Erst jetzt, nach überstandener Lebensgefahr, spürte sie die Schmerzen in ihrem Schädel. Während sie durch das Dickicht taumelte und ein dünnes Rinnsal Blut an ihrem Gesicht herabrann, bemerkte Tahnee am Rande ihrer Wahrnehmung, dass hier und da kleine Schneeanhäufungen auf der Erde lagen. Es waren Reste des gestrigen Schneefalls. Offensichtlich war der Schnee in dieser Gegend bereits geschmolzen. Der Fluss hatte sie allem Anschein nach viele Meilen talabwärts getragen. Mit zusammengekniffenen Augen blickte Tahnee zurück nach Norden. Die schneebedeckten und von tiefen Tälern durchschnittenen Berge sah sie wie durch einen Schleier. Doch erschienen sie ihr unendlich fern.

Ziellos schleppte sie sich weiter, weg vom Fluss, dessen Donnern in ihrem Rücken allmählich leiser wurde. Ihre Kopfschmerzen nahmen unterdessen zu und waren bald so stark, dass sie zu keinem klaren Gedanken mehr fähig war.

Zuerst glaubte Tahnee an eine Sinnestäuschung, als sie unerwartet einen Menschen erblickte. Die Gestalt war wie ein stiller Schatten hinter einem Busch hervorgetreten. Gerade und unbeweglich stand sie da und sah zu ihr herüber.

Verschwommen konnte Tahnee erkennen, dass der Mensch vor ihr eine Hand zum Gruß erhob und sie heranwinkte.

Ohne zu überlegen, stolperte sie auf ihn zu. Auch der andere setzte sich in Bewegung und kam ihr entgegen.

Bald erkannte sie, dass es ein Indianerjunge war, der kaum älter als sie sein mochte. Der schlaksige Knabe, dessen pechschwarze Haare in der Mitte gescheitelt und zu einem Pferdeschwanz gebunden waren, trug nichts weiter als ein Hemd und einen Schurz aus Hirschleder.

Sogleich legte er den Arm um Tahnees Schultern, stützte und führte sie. Nach ein paar Minuten erreichten sie eine Lichtung, auf der eine Reihe verfallender Maidu-Hütten stand. Der Junge lenkte Tahnee zu einem der von Erdwällen umgebenen Bauten des verwaisten Dorfes. Davor ließ er von ihr ab und schlüpfte durch ein mit Kiefernrinde umkleidetes Gerüst aus Ästen in die Behausung. Tahnee starrte zunächst unentschlossen auf den Eingang, dann folgte sie ihm.

Im Innern roch es nach Erde, Kiefernnadeln und Rauch. In einer steingefassten Grube auf dem Boden loderte ein niedriges Feuer. Der Junge kniete schon davor und wies auf eine Schlafstatt. Tahnee nickte ihm zu und ließ sich auf den Fellen nieder. Sie zitterte am ganzen Körper, hinter ihren Schläfen pochte und wummerte der Schmerz, ihr Kopf war bleischwer. Kraftlos sank sie auf das Lager des fremden Jungen. Sogleich legte dieser eine Decke aus Hasenfellen über sie.

Dann verschwand der Junge aus der Hütte. Nach einiger Zeit kehrte er zurück und legte zwei Steine in die Feuerasche. Auf diesen setzte er vorsichtig eine Hartholzschale ab.

Schwerfällig kam Tahnee hoch. Aus der Schale über der Flamme stieg mittlerweile Dampf auf. Sie sah, wie der Indianer nun eine Handvoll winziger cremefarbener Santakraut-Blüten in das erwärmte Wasser streute und danach ein herzförmiges Blatt in das Nass tauchte. Dann streckte er Tahnee das Blatt hin und deutete mit einem Finger an seine Schläfe.

Sie verstand. Mit zitternder Hand nahm sie es entgegen und legte sich den wärmenden Umschlag auf die schorfige Beule.

Der Junge wies mit einem Daumen auf sich. »Pokom.«

Tahnee machte die gleiche Geste und sagte: »Tahnee.«

Der Indianer wiederholte ihren Namen und lächelte. Da fielen Tahnee die Pockennarben auf, die sein Gesicht bedeckten, und sie ahnte, warum das Maidu-Dorf verlassen war. Der Goldrausch hatte sämtlichen Indianerstämmen in Kalifornien den Garaus gemacht. Die Maidu, Nisenan, Wintun oder Yuroks waren nahezu verschwunden. Sie waren von Krankheiten und Seuchen dahingerafft worden, welche die Eindringlinge in ihre Welt eingeschleppt hatten. Andere wurden vertrieben oder massakriert, damit auf ihrem Land weitere Placers errichtet werden konnten, wie die Goldschürfer die neuen Siedlungen nannten, auf denen nach dem Edelmetall gesucht wurde.

Während der Junge mit einem Zweig in der Schale rührte,

dachte Tahnee voller Wehmut an ihre Miwok-Freunde, von denen kein einziger mehr da war. Erst in diesem Augenblick traf sie der Gedanke an ihren Vater wie ein Donnerschlag. Die Verzweiflung, die sie nun übermannte, war kaum zu ertragen.

Durch einen Tränenschimmer sah sie, wie der Junge eine kleinere Holzschüssel ins Wasser tauchte und ihr auch diese hinhielt. Danach umfassten seine Hände eine imaginäre Schale und führten sie zum Mund.

Tahnee gehorchte, trank einen Schluck von dem Tee und verzog das Gesicht, weil der ziemlich bitter schmeckte. Der Junge grinste und hielt sich mit zwei Fingern die dünne, gebogene Nase zu. Nun lächelte auch Tahnee schwach und legte als Zeichen des Dankes eine Hand auf ihr Herz.

Der Maidu nickte und sprang auf. Mit zum Boden weisenden Handflächen gab er ihr zu verstehen, dass sie warten solle. Dann eilte er aus der Hütte und Tahnee war wieder allein.

Müde starrte sie ins Feuer. Obwohl ihr nicht mehr schwindelig war und auch die Kopfschmerzen merklich nachgelassen hatten, fühlte sie sich hundeelend. Jeder Knochen im Körper tat ihr weh und sie war so erschöpft, dass sie am liebsten Tage durchgeschlafen hätte. Aber das alles war nichts im Vergleich zu dem heftigen Brennen in ihrer Brust.

Wie hatte es nur so kommen können, dass sie nun hier allein in der Hütte eines Indianerjungen saß, viele Meilen entfernt von dem Ort, der bisher ihr Zuhause gewesen war?

Wenn sie an den vergangenen Abend dachte, war es ihr, als läge er Tage oder gar Monate zurück. So vieles war seither geschehen. Nur knapp hatte sie die Begegnung mit einem Kopfgeldjäger überlebt, um ein Haar wäre sie in einem Schneesturm umgekommen und nur mit viel Glück hatte sie eine Fahrt auf einem reißenden Fluss mit halbwegs heiler Haut überstanden.

Sie musste sich geradezu zwingen, ihren Gedanken die ganze Wahrheit hinzuzufügen: Dad ist den Männern in die Hände geraten und wurde angeschossen. Jetzt wartet der Galgen auf ihn. Wenn er nicht so schwer verletzt wurde, dass er schon tot ist.

Plötzlich musste sie an die Worte ihres Vaters denken, die er vor Morgengrauen in der Hütte des verstorbenen Trappers zu ihr gesprochen hatte.

Wir leben im Wilden Westen. Weit weg von Recht und Ordnung. Wenn hier jemand mit Geld und Einfluss den Kopf eines Mannes fordert und dafür mit einer Belohnung winkt, dann ist er das Gesetz. Er allein kann über Leben und Tod entscheiden.

Tahnee presste die Lippen aufeinander und ballte die Fäuste. Sie wusste nicht, was mit ihrem Vater war. Aber sie würde es herausfinden. Als Erstes musste sie irgendwo Verpflegung auftreiben. Außerdem brauchte sie dringend ein Pferd oder ein Maultier.

Pokom riss sie aus ihren Überlegungen, als er zurück in die Hütte kam und sie eifrig nach draußen winkte.

Der Indianer deutete auf einen Baumstamm vor seiner Behausung. Tahnee nahm dort Platz und der Junge hockte sich neben sie. Anschließend saßen beide schweigend in der Sonne, die bereits hoch am Himmel stand, und lauschten dem Zirpen und Zwitschern ringsumher. Tahnee bedauerte es in diesem Moment sehr, dass sie nur Moquelumnan, die Sprache der Miwok, gelernt hatte. Zu gern hätte sie mit Pokom geredet und mehr über ihn erfahren.

Da wurde ihr auf einmal eine gelbliche Wurzel in den Schoß gelegt. Pokom führte die Finger an seine Lippen und Tahnee betrachtete skeptisch die Knolle. Dieses Gewächs war ihr unbekannt, es hatte auch nicht auf dem Speiseplan ihrer Miwok-Freunde gestanden.

»Essen!«, hörte sie den Jungen plötzlich sagen und trotz ihrer niedergeschlagenen Stimmung musste sie lachen. Der Indianer hatte offenbar irgendwo ein paar Brocken ihrer Sprache aufgeschnappt.

»Okay«, sagte sie und biss ein Stück ab. Zu ihrer Verwunderung schmeckte die Wurzel angenehm süßlich und die Konsistenz war kein bisschen faserig.

»Gut?«, fragte Pokom und Tahnee antwortete lächelnd: »Ja, schmeckt gut!«

Da war er schon wieder aufgesprungen und zu einer Wiese gerannt. Während Tahnee mehr von der Knolle aß, beobachtete sie den Jungen, der dort wie ein junger Hund umhersprang. Es hatte fast den Anschein, als wollte er in dem Gras irgendetwas fangen.

Endlich kam er zurück und Tahnee hob erstaunt die Augenbrauen. Zwischen Daumen und Zeigefinger beider Hände hielt Pokom jeweils eine riesige, mit den Hinterbeinen zappelnde Heuschrecke. Frohgemut ließ er sich neben Tahnee nieder und hielt ihr stolz seinen Fang vor die Nase. Anschließend riss er einem der beiden Insekten mit den Zähnen den Vorderkörper samt Kopf ab. Unter genüsslichem Schmatzen zerkaute er den Bissen. Tahnee stieß einen Seufzer aus. Lebendige Heuschrecken gehörten nicht gerade zu ihrer Leibspeise. Aber die Indianer waren gastfreundliche Menschen und sie wollte Pokom keinesfalls beleidigen. Also tat sie es ihm gleich und rieb sich, nachdem sie das zappelnde Ding endlich hinuntergewürgt hatte, als Zeichen der Anerkennung über den Bauch.

Pokom machte nun ein nachdenkliches Gesicht. Offenbar fehlten ihm für eine Frage, die er stellen wollte, die Worte. Suchend sah er sich um, während er die Handflächen öffnete.

Wollte er vielleicht wissen, ob sie allein unterwegs war?

Tahnee überlegte. »Wie soll ich dir das nur erklären«, murmelte sie. »Vater«, sagte sie schließlich und musste wieder gegen einen Kloß im Hals ankämpfen. »Weißt du, was das Wort bedeutet?«

Der Indianer nickte zögernd und plötzlich brach Tahnee in Tränen aus.

»Vater tot?«, sagte der Junge leise und klopfte ihr sacht auf den Rücken.

Tahnee schüttelte energisch den Kopf, während ihr die Tränen über die Wangen liefen.

»Was?«, fragte Pokom.

»Was passiert ist, möchtest du wissen?«, sagte Tahnee schniefend. Dann strich sie sich mit dem Zeigefinger quer über die Stirn und machte so das Zeichen für eine Hutkrempe, mit dem die Indianer einen weißen Mann darstellten. Anschließend krümmte sie den Finger und ahmte das Schießen mit einer Pistole nach.

Pokom machte große Augen und fragte: »Wo?«

Tahnee wies zum Fluss und schwenkte dann den ausgestreckten Finger stromaufwärts Richtung Berge.

Pokom blickte ein paar Sekunden in die Ferne. Dann nickte er wieder und darauf versanken sie in Schweigen.

Eine ganze Weile saßen die beiden still nebeneinander und streckten die Gesichter der wärmenden Sonne entgegen. Tahnee genoss das Gefühl, nicht allein zu sein. Ungewisse Tage voller Gefahren lagen vor ihr. Es kam ihr so vor, als wäre sie kurzzeitig aus einem Albtraum erwacht, in den sie sich verirrt hatte.

Als die Sonne ihren Zenit überschritt und weiter nach Westen wanderte, wusste Tahnee, es war Zeit zu gehen, und stand auf.

»Ich muss weiter«, sagte sie zu Pokom, der gleichfalls auf die Beine kam. Sie legte noch einmal eine Hand auf die Brust und sagte: »Danke.«

»Wo du?«, fragte Pokom.

Tahnee zuckte mit den Schultern und wies mit einer Hand nach Westen.

Pokom hob rasch einen Zeigefinger und wedelte mit diesem hin und her. »Geh da!«, stieß er aus und deutete in Richtung Nordwesten. »Da Pokom Freund.«

Tahnee folgte seinem Fingerzeig. Sie sah Kiefernwälder und weit dahinter einen einzelnen Berg, der in einem spitzen Gipfel endete. Gespannt blickte sie zu Pokom.

Dieser ahmte die Topografie des Berges nach, indem er mit den Händen ein Dreieck formte.

»Da Pokom Freund!«, sagte er nochmals.

»Geh da!«, wiederholte er mit Nachdruck und machte eine scheuchende Bewegung mit der Hand.

Tahnee nickte, um ihm zu zeigen, dass sie verstanden hatte. Offenbar lebte in der Nähe des Berges ein Bekannter von Pokom, der sie vielleicht mit etwas Wegzehrung versorgen konnte. Sie dachte nach. Keinesfalls durfte sie dem Flusslauf folgen. Dort war die Gefahr, entdeckt zu werden, zu groß. Wenn die Kopfgeldjäger auch sie in die Finger bekamen, würde sie ihrem Vater nicht mehr helfen können. Der Berg lag im Westen und damit in der Richtung, die sie ohnehin einschlagen musste. Außerdem brauchte sie dringend Hilfe, wollte sie die nächsten Tage überstehen.

»Okay«, sagte Tahnee also und lächelte Pokom an. »Begleitest du mich?«, fragte sie und veranschaulichte ihre Frage, indem sie zuerst auf ihn, dann auf sich und am Ende zu dem spitzen Berg wies.

Doch der Maidu schüttelte nur den Kopf.

Tahnee fiel noch etwas ein. Wie weit musste sie wohl gehen, bis sie auf den Freund des Indianerjungen traf? Um das zu erfahren, ließ sie Zeige- und Mittelfinger wie zwei Beine durch die Luft laufen. Anschließend deutete sie schulterzuckend hinauf zur Sonne.

Pokom hob zuerst rätselnd eine Braue an, doch eine Sekunde darauf erstrahlten seine Augen. Auch er deutete zur Sonne und fuhr dann eine Linie über den Himmel bis zu einer Stelle tief im Westen.

Sollten mich meine Beine bis dorthin tragen, dachte Tahnee, werde ich bei diesem Freund also ankommen, noch ehe die Sonne untergegangen ist.

»Lebe wohl, lieber Pokom«, sagte sie nun.

Der Junge senkte kurz das Kinn auf die Brust und hob dann die Hand.

Tahnee wollte sich eben abwenden, da sagte Pokom: »Zack.«

»Zack?«, fragte Tahnee.

»Freund. Zack«, erwiderte der Maidu und Tahnee nickte ein letztes Mal.

Sie überquerte den verwaisten Dorfplatz. Auf der Wiese dahinter blickte sie nochmals über die Schulter zurück. Zu ihrer Überraschung war Pokom nirgends mehr zu sehen.

Bald tauchte Tahnee in den Nadelholzwald ein. Während der folgenden Stunden hielt sie den spitzen Berggipfel mit den Augen fest.

Die Luft war schwer vom süßlichen Geruch der Kiefern, während sich Tahnee ihren Weg durchs Unterholz bahnte, vorbei an stattlichen Bäumen, die sich hoch in den blauen Himmel reckten. Immer wieder musste sie auf rutschigem Grund in verschattete Senken hinabsteigen, in denen noch Schnee lag, um gleich darauf wieder sonnenbeschienene Anhöhen zu bezwingen, welche eine atemberaubende Aussicht auf dicht bewaldete Hügel und hohe, weiß gekrönte Gebirgszüge boten.

Doch Tahnee sah von alledem nichts. Stur starrte sie auf den Boden vor sich. Nur hin und wieder suchte sie nach dem markanten Gipfel des einsam aufragenden Berges, der trotz der fortschreitenden Stunden kaum näher zu kommen schien. Verbissen kämpfte sie sich voran, alle Konzentration auf den Weg gerichtet, der vor ihr lag. Tahnee wusste, ein falscher Schritt in dieser Wildnis konnte den sicheren Tod bedeuten und damit auch das Ende aller Hoffnung, ihren Vater wiederzusehen. Für den Moment kam es allein darauf an, die nächste Etappe zu schaffen.

Nach einer Weile aber begannen doch Gedanken in ihrem Kopf zu kreisen. Zunächst befiel Tahnee die plötzliche Sorge, ob sie Pokom auch wirklich richtig verstanden hatte. Was war, wenn sie nicht auf das Heim seines Freundes stieß und ohne Nahrung und Unterschlupf hier in den Wäldern die kalte Nacht überstehen musste?

Die Antwort lag auf der Hand: Sie wäre verloren. Schon jetzt fühlte sie sich ausgelaugt und erschöpft. Es war nur eine Frage der Zeit, bis sie ihre Kräfte vollends verließen.

Um sich abzulenken, rief sich Tahnee die Botschaft ihres Vaters ins Gedächtnis. Deren Sinn blieb ihr jedoch unverständlich, sosehr sie auch darüber nachdachte. Falls sie voneinander getrennt würden, sollte sie sich nach San Francisco durchschlagen und in der Stadt umgehend das Haus eines Mannes aufsuchen. Warum sie dorthin sollte und wer dieser Unbekannte war, darüber hatte er kein Wort verloren. Tahnee war sicher, dass sie von diesem Charles Reed noch nie etwas gehört hatte.

Nachdem sie einen weiteren Hang erklommen hatte, blieb Tahnee schließlich auf einem sonnigen Flecken zwischen den Bäumen stehen. Sie war außer Atem. Ihre Beine schmerzten. Sie musste eine Pause einlegen.

Linker Hand lugten Felsen aus dem Waldboden, um die sich dicke Baumwurzeln klammerten. Dort wankte sie hin und hockte sich auf einen der Steine.

In der Ferne hörte sie den Ruf eines Rebhuhns, der wie das Heulen eines Kindes durch den Wald hallte. An einen Baumstamm vor ihr hämmerte ein schwarz-weiß gescheckter Specht mit dem Schnabel gegen die Rinde. Erneut kam Tahnee ihre Umwelt unwirklich vor, als würde sie all das nur träumen und brauchte nur abzuwarten, bis sie in ihrem Zuhause die Augen aufschlug und alles wieder seinen gewohnten Gang nahm.

Warum hatte sie nicht gemerkt, dass eine schreckliche Gefahr wie eine dunkle Gewitterwolke über ihrem Leben aufgezogen war?

Es hatte dafür nie einen Grund gegeben, stellte sie fest und wusste im selben Augenblick, dass das nicht ganz stimmte. Plötzlich sah sie den Gesichtsausdruck ihres Vaters vor sich, nachdem dieser von einer seiner Reisen nach San Francisco zurückgekehrt war. Dorthin ritt er zweimal im Jahr, um am Hafen seine Felle zu verkaufen und ihre Vorräte mit Zucker, Kaffee und Mehl aufzufüllen. Irgendetwas musste dort geschehen sein, was ihn seither beschäftigt hatte.

Hat Dad dort vielleicht den Steckbrief mit seinem Bild darauf gesehen?, überlegte sie.

Tahnee konnte nur raten, aber offensichtlich hatte er ihr nicht alles über sein Leben erzählt. Irgendwo musste es einen schwarzen Fleck geben, über den sie nichts wusste und der dazu geführt hatte, dass jemand ein Kopfgeld auf seine Ergreifung ausgesetzt hatte.

Wie hatte das nur geschehen können?

Ratlos dachte Tahnee darüber nach, was ihr Vater ihr an vielen Abenden in den vergangenen Jahren immer wieder erzählt hatte. Nie hatte er mit irgendetwas hinterm Berg gehalten. Als sie alt genug war, hatte er sogar das Versprechen eingelöst, über die dunkelste Stunde seines Lebens zu erzählen, die ihm die Frau und seiner Tochter die Mutter genommen und ihn vor die grauenvollste Entscheidung gestellt hatte, die man sich überhaupt vorstellen konnte.

So hatte Tahnee von seiner Kindheit in Armut an der Ostküste erfahren und von seinen Eltern, die früh gestorben waren. Er hatte ihr von seinem großen Traum erzählt, das Elend in seiner Heimat hinter sich zu lassen und zur Pazifikküste zu ziehen. In den fruchtbaren Tälern Kaliforniens, in welchen Orangen, Zitronen, Granatäpfel und Weizen im Überfluss wuchsen, wollte er ein neues Leben beginnen. Obwohl sich ihr Vater damals jeden Bissen vom Mund absparen musste, hatte er jeden Cent, den er entbehren konnte, beiseitegelegt, um eines Tages in das Land der Verheißung aufbrechen zu können.

Er hatte gerade genug Geld zusammen, um sich einen Planwagen und Proviant für die weite Reise zu kaufen, da lernte er eine junge Frau kennen und verliebte sich Hals über Kopf in sie.

Aus diesem Grund brach er schließlich nicht allein in ein neues Leben auf. Als er sich im Frühjahr 1844 einem Siedlertrack in Independence anschloss, hatte er, frisch verheiratet, Eleanor Fitch an seiner Seite. Gemeinsam fuhr das Paar einer hoffnungsvollen Zukunft entgegen, nicht ahnend, dass ihr Weg quer über den Kontinent in einer entsetzlichen Katastrophe enden würde.

So war es gekommen, dass sich Paul Fitch ohne seine Frau, aber dafür mit seiner Tochter eine neue Existenz in den Tälern der Sierra Nevada als Jäger und Fallensteller aufbauen musste. Trotz des Schicksalsschlags und aller Entbehrungen und Härten des Lebens inmitten der Natur fand er schließlich sein Glück fernab der Menschen. Wenigstens versicherte er dies seiner Tochter bei jeder Gelegenheit und Tahnee hatte nie daran gezweifelt.

Doch nun, während sie irgendwo in den Ausläufern der Sierra Nevada – verschwitzt, entkräftet und mit einer mächtigen Beule über der Schläfe – auf einem Felsen saß, fragte sie sich, ob ihr Vater die Wahrheit gesagt hatte.

War es möglich, dass er sich an diesem Flecken Erde vor jemandem versteckt hatte, der auf der Suche nach ihm war? Und wenn dem so war, warum hatte er ihr nichts davon erzählt?

Als die Schatten der Bäume länger geworden waren, wuchtete Tahnee sich auf die Beine. Ein Blick zum Himmel bestätigte ihr, dass die Sonne schon recht tief im Westen stand. Sie musste wieder los. Das Haus des Mannes, zu dem sie unterwegs war, konnte nicht mehr weit sein.

AUS TARAS TAGEBUCH

23. SEPTEMBER 1856

Liebste Mama,

ich muss Dir unbedingt erzählen, was vorhin Merkwürdiges passiert ist. Beim besten Willen kann ich mir darauf keinen Reim machen. Aber wie immer, alles schön der Reihe nach. Deshalb fange ich am besten dort an, wo mein letzter Brief an Dich geendet hat.
Ich habe Dir ja erzählt, dass ich neuerdings dank Doktor Lindsay jeden Morgen zur Küste kutschiert werde. Die ersten Tage war ich noch so geschwächt, dass ich im Wagen Seeluft schnupperte, während Großvater seinen Spaziergang machte. Dann meinte er, es sei langsam an der Zeit, ein paar Schritte zu wagen. Also habe ich mich bei Cyrill, unserem Fahrer, untergehakt und bin mit ihm am Strand entlanggeschlendert. Am ersten Tag schafften wir es gerade mal bis zur nächsten Biegung, wo ich außer Puste stehen blieb. Auch wenn wir nicht weit kamen, es hatte sich gelohnt! Denn von

dort aus konnten Cyrill und ich eine Gruppe dicker Seelöwen beobachten, die sich auf einem Felsen im Sonnenlicht rekelten.
Da mir Großvater aufgetragen hatte, jeden Tag wenigstens zehn Yards weiter als am vorherigen zu gehen, wurde unsere Runde von Mal zu Mal länger. Ende der zweiten Woche hatte ich bereits solche Fortschritte gemacht, dass ich mir vornahm, Großvater am folgenden Montag erstmals zu begleiten. Doch dann zog am Nachmittag eine dichte Wolkendecke über der Küste auf und es schüttete bis in die Nacht wie aus Kübeln.
Wie immer, wenn das Wetter umschlägt, machte Großvater seine Arthritis zu schaffen. Er lässt sich ja nie etwas anmerken, aber es war ihm anzusehen, dass er schlimme Schmerzen hatte. Als er am Abend nicht zum Essen erschien, habe ich geahnt, dass es ihm richtig schlecht ging. Spät am Abend ist dann Molly in mein Zimmer gekommen, hat sich auf meine Bettkante gesetzt und mir erklärt, dass Großpapa die nächsten Tage nicht aus dem Haus könne. Deshalb würde sie mich zur Küste begleiten, bis er wieder auf dem Damm sei.
Also hat am nächsten Morgen nicht Großvater, sondern Dein früheres Kindermädchen mit mir den Ausflug ans Meer unternommen. Und so saß Molly neben mir, als es diesen seltsamen Zwischenfall gab, wegen dem ich jetzt so aufgewühlt bin.
Und das kam so: Da es zwar nicht mehr regnete, aber da-

für ein heftiger Seewind ging, sind wir diesmal nur bis zu den Seelöwen spaziert. Den Ohrenrobben schien das Mistwetter nichts auszumachen. Unentwegt sprangen die Tiere von dem Felsvorsprung, klatschten in die Fluten und zogen dann im Wasser Kreise. Uns gefiel das Schauspiel so sehr, dass wir trotz der heranpeitschenden Böen wenigstens eine halbe Stunde zugeschaut haben. Danach gingen wir zur Kutsche zurück. Molly und ich wickelten uns rasch in unsere Wolldecken und freuten uns während der Rückfahrt auf einen heißen Tee im Kaminzimmer.

Als wir durch die Stadt fuhren, nieselte es schon wieder. Weil Sonntag war, gab es wenig Betrieb auf der Pacific Street und wir kamen schneller voran als unter der Woche. Ich war gerade in Gedanken bei Großvater und seiner Arthritis, als Cyrill die Kutsche um eine Kurve lenkte und plötzlich heftig an den Zügeln riss. Wir kamen so abrupt zum Stehen, dass Molly und ich beinahe von der Bank und gegen den Kutschbock geschleudert worden wären.

Nachdem ich mich wieder aufgerichtet hatte, erkannte ich, dass Cyrill fluchend eine Faust reckte und vor der Kutsche ein Mann stand. Offenbar hatte der gerade die Straße überqueren wollen und wäre um ein Haar von uns überfahren worden.

Mir fiel gleich auf, dass er ganz anders ausschaute als die Männer, die sich hier sonst herumtreiben. Die stecken für gewöhnlich in Lederstiefeln, tragen weite Hosen aus Zelttuch und ausgewaschene Leinenhemden und haben Stroh- oder

Schlapphüte auf den Köpfen. Dieser dagegen hatte Fransenhosen und eine Hirschlederjacke an. Weil er ohne Kopfbedeckung unterwegs war, konnte man sein ungewöhnlich langes dunkles Haar sehen. Er hatte zwar auch einen Bart, aber keinen dieser üblichen Zottelbärte. Seiner war so voll und gepflegt wie der von Doktor Lindsay. Nur war er nicht weiß, sondern kastanienbraun. Wenn ich jetzt darüber nachdenke, sah er eigentlich so aus, wie ich mir Natty Bumppo immer vorgestellt habe.

Dann trat der Mann zur Seite, um uns den Weg frei zu machen, und unser Wagen fuhr wieder an. Als wir an ihm vorbeirollten, blickte er zu Molly und mir in die Kabine.

Mama, in diesem Augenblick ist etwas geschehen, was ich Dir wahrscheinlich gar nicht richtig erklären kann. Eigentlich ist nämlich gar nichts passiert, außer dass er auf einmal erschrocken die Augen aufgerissen hat. Aber da waren wir schon an ihm vorbei, und ich habe mich verwundert nach ihm umgedreht. Wie vom Donner gerührt stand der Mann am Straßenrand und starrte uns mit entsetztem Gesicht nach. Plötzlich fing er an, uns hinterherzuwinken und irgendetwas zu rufen. Aber da bogen wir schon um die nächste Ecke und so verschwand der Fremde endgültig aus meinem Sichtfeld.

Als ich nun Molly ansah, merkte ich, dass irgendetwas nicht stimmte. Ihr sonst so rosiges Gesicht war aschfahl. Man hätte meinen können, ihr wäre ein Geist begegnet. Wie erstarrt blickte sie auf den Kutschenboden. Ihre Augen schimmer-

ten verdächtig. Und ihre Hände zitterten nicht nur, nein, sie bebten richtig!
Erst nach langen Sekunden drehte Molly den Kopf zu mir. Plötzlich packte sie mich an den Schultern und sagte mit strenger Stimme: »Du wirst deinem Großvater von diesem Vorfall nichts erzählen! Und sobald wir wieder zu Hause sind, vergisst du diesen Mann. Hast du mich verstanden?«
Du hast selbst viele Jahre mit Molly zusammengelebt und bist in ihrer Obhut aufgewachsen. Darum brauche ich Dir nicht zu sagen, dass sie ein herzensguter Mensch ist. Du kannst Dir sicher denken, wie mir nach ihren Worten zumute war. Noch mehr erschreckt hat mich ihr drohender Gesichtsausdruck. Gott sei Dank blickte sie mich gleich wieder so gütig wie immer an und auch der feste Griff um meine Schultern löste sich.
Sanft streichelte sie mir über die Wange und sagte sehr leise: »Verzeih mir, mein Kind. Ich weiß, du kannst das nicht verstehen. Aber du musst den Mund halten. Tu es, wenn nicht mir zuliebe, dann für deinen Großvater. Er ist alt und krank. Wir dürfen ihn nicht beunruhigen. Hörst du?«
Ehe ich darauf etwas erwidern konnte, legte mir Molly einen Finger auf die Lippen. »Pssst«, flüsterte sie. »Sag bitte nichts, Tara. Ich schwöre bei meinem Leben, ich werde dir verraten, warum ich dich um diesen Gefallen bitte. Aber noch ist die Zeit dafür nicht gekommen. Solange schweigen wir darüber und leben weiter wie bisher. Kannst du das einer alten Amme versprechen?«

Sie blickte mir tief in die Augen und streckte mir ihre Hand entgegen. Zuerst habe ich gezögert. Aber als ich sah, dass neue Tränen in ihre Augen stiegen, ergriff ich sie und gab Molly dieses Versprechen.

Wie soll man das verstehen? Kannte Molly diesen Mann etwa? Warum soll ich keinem davon erzählen? Fragen über Fragen! Kein Wunder, dass ich mir seit unserer Rückkehr darüber den Kopf zerbreche. Doch je länger ich nachdenke, desto unwirklicher kommt mir alles vor.
Wenn ich Dich nur fragen könnte, was Du davon hältst! Ist es möglich, dass Molly Rahner ein Geheimnis hat? Ich kann mir das eigentlich nicht vorstellen. Und doch scheint es so …

In Liebe,
Deine Tara

DER EINSIEDLER

25. OKTOBER 1856

Der Himmel hatte sich bereits rot gefärbt, als Tahnee zwischen bewaldeten Hügeln endlich das Heim des Einsiedlers fand. Zunächst sah sie eine einfache Koppel, auf der ein klappriger Esel an kargen Grasbüscheln knabberte. Auf halbem Weg den Hang hinab, entdeckte sie ein einfaches Haus aus Grassoden und Steinen. Argwöhnisch schaute sich Tahnee um. Doch außer dem Esel, grunzenden Schweinen in einem Verschlag sowie einer Handvoll frei laufender Hühner war nirgends sonst ein Lebewesen zu entdecken. Allerdings stieg aus einem rostigen Rohr im Dach der Hütte Rauch auf. Allem Anschein nach war der Bewohner zu Hause.

Langsam ging Tahnee auf die aus groben Latten gezimmerte Eingangstür zu. Sie atmete einmal tief durch und klopfte.

Niemand antwortete.

Also schlug sie härter gegen das Holz und rief: »Hallo? Ist da jemand?«

Weil sie wieder keine Antwort erhielt, beugte sie sich vor und horchte aufmerksam. Hinter der Tür waren keine Geräusche zu vernehmen.

Was sollte sie tun?

Tahnee überlegte, dann beschloss sie, einfach hineinzugehen. Vielleicht hauste hier ja ein halb tauber Greis, der den unerwarteten Besucher nicht gehört hatte. Andernfalls hatte der Bewohner sicher nichts dagegen, wenn sie in der Hütte auf seine Rückkehr wartete. Daher schob sie die Tür auf und linste in den düsteren Raum dahinter.

Aus den Augenwinkeln nahm sie wahr, wie eine Horde Ratten oder verflucht großer Mäuse davonhuschte und in dunklen Ecken verschwand. In dem Zimmer standen ein Bett mit einer strohgefüllten Matratze sowie ein Ofen und ein Tisch. Sonst gab es nur noch eine Tür neben dem Ofen, die wahrscheinlich zur Vorratskammer führte. Dieser armselige Raum war also die Behausung von Pokoms Freund.

Tahnee ging nun über den unebenen Lehmboden zu dem Tisch und betrachtete zwei wurmstichige Fässer, die danebenstanden.

»Was für eine Bruchbude«, seufzte sie.

Da fiel ihr Blick auf eine Blechtasse. Sie stand mitten auf der Tischplatte, war halb mit Tee gefüllt und Dampf stieg von ihr auf. Dieser Zack musste gerade eben noch hier gewesen sein. Folglich kehrte er sicher bald zurück. Tahnee beschloss, auf ihn zu warten, und ließ sich auf einem der beiden behelfsmäßigen Sitzplätze nieder.

Eine ganze Zeit saß Tahnee nun schon da. Obwohl sie so müde wie selten zuvor in ihrem Leben war, bedrängte sie eine nagende Unruhe. Sie hatte die Tür nicht wieder zugezogen und so konnte sie erkennen, wie draußen die Schatten länger und länger wurden und das Tageslicht allmählich erlosch.

Wo bleibt dieser Mensch denn nur, dachte sie und zuckte im gleichen Augenblick zusammen. Da hörte sie das Getrappel von Pferdehufen.

Langsam stand Tahnee auf und schlich auf wackeligen Beinen zum offenen Eingang. Bange spähte sie hinaus und erstarrte. Auf einem Trampelpfad zwischen den Bäumen kamen zwei Reiter das Tal hinabgeritten.

Wie gelähmt beobachtete sie die beiden schnauzbärtigen Männer, die an der Koppel entlangtrabten und dabei suchend die Köpfe hin und her wendeten. Ihr brauchte niemand zu verraten, dass diese zwei zu den Kopfgeldjägern gehörten und nach wem sie Ausschau hielten.

Voller Panik blickte sich Tahnee in der Hütte nach einem Versteck um, obgleich sie bereits wusste, dass es kein brauchbares gab. Sie konnte sich bestenfalls in dem Abstellraum oder unterm Bett verbergen. Sollten sich ihre Verfolger in der Hütte umsehen, würde ihr das bestenfalls einen Aufschub von Minuten einbringen.

Bei dem Gedanken packte sie das nackte Grauen. Doch ihr blieb keine andere Wahl, denn die Reiter stiegen bereits vor dem Eingang von ihren Pferden.

Tahnee wich in die Dunkelheit des Zimmers zurück und entschied sich für das Bett als Versteck. Sie kroch so weit wie möglich darunter. Ihr Herz hämmerte schmerzhaft gegen ihre Rippen, während sie sich dicht an die Wand unter dem Rost presste.

Undeutliche Stimmen drangen an ihre Ohren. Dann kamen Schritte näher und keine Minute darauf sah sie, wie nacheinander zwei Paar schmutziger Stiefel in den Raum traten.

Eines schritt sogleich zur Tür der Vorratskammer. Unverzüglich wurde sie aufgerissen. Das andere ging schnurstracks auf die Schlafstatt zu und blieb davor stehen.

Tahnee hielt den Atem an. Sie war sicher, ihr letztes Stündlein hatte geschlagen. Gleich würde sich der Träger dieser Stiefel hinunterbeugen und sie entdecken.

Doch in diesem Augenblick schallte eine tiefe Stimme durch den Raum.

»'tschuldigen Sie, zwei Mister. Das mein Haus. Was Sie hier wollen?«

Beide Stiefelpaare vor Tahnees Augen wirbelten auf den Absätzen herum und ihre Spitzen deuteten nun zum Eingang. Dort sah Tahnee zwei klobige Schuhe und über diesen einen Teil der dazugehörigen Beine, die in einer zerschlissenen Wollhose steckten.

»He, Reuben, schau mal, wen wir da haben«, meldete sich jetzt eine andere Stimme zu Wort. »Dacht ich's mir doch gleich, dass in diesem Drecksloch ein Nigger hausen muss.«

Als Antwort erklang zunächst ein gehässiges Kichern, dann fügte eine dritte Stimme an: »Leg mal schön die Flinte weg, Freundchen, sonst erlebst du gleich dein blaues Wunder.«

»Was Sie hier wollen?«, fragte der tiefe Bass nochmals.

»Das verrat ich dir, wenn du das verdammte Ding weggelegt hast«, antwortete der zweite Reiter.

»Gut. Ich kein Ärger will.«

Tahnee sah nun, wie eine Schrotflinte auf dem Lehmboden abgelegt wurde.

»So ist's brav, schwarzer Mann!«, sagte die Stimme des ersten Reiters. »Und jetzt spendierst du uns erst mal einen Drink! Wir mussten auf unserem Ritt jede Menge Staub fressen. Ich und mein Kumpel hier brauchen dringend einen Rachenputzer.«

Die beiden Kopfgeldjäger hockten sich auf die Fässer und streckten die Beine aus. Die klotzigen Schuhe gingen derweil zur Tür neben dem Ofen. Unterdessen traute sich Tahnee wieder flach zu atmen. Sie war vor Angst schweißgebadet und zog die Nase kraus, weil sie einen plötzlichen Niesreiz unterdrücken musste.

Einer der beiden Kopfgeldjäger trampelte jetzt mit den Stiefeln auf den Boden. »Pfui Teufel«, keuchte er, »will der uns vergiften? Der Fusel brennt einem ja die Kehle durch. Was für 'ne Frechheit, uns so was vorzusetzen. Soll ich dem dafür 'ne Kugel verpassen, Hank?«

Der andere erwiderte darauf nichts. Stattdessen richtete

er eine Frage an den Bewohner der Hütte, der nun neben dem Tisch stand: »He, Kohlenfresse, hör mal. Wir beide suchen nach wem. Hat sich heut zufällig wer bei dir blicken lassen, der hier nicht hergehört?«

Die Worte des Mannes jagten Tahnee einen weiteren Schauer über den Rücken. Zugleich versuchte sie fieberhaft, das Kribbeln tief in ihren Nasenhöhlen zu ignorieren und nicht noch mehr von dem Staub unter dem Bett einzuatmen.

»Mmmmhhh …«, brummte jetzt die tiefe Stimme.

»Mmmmhhh, was?«, erwiderte die Stimme dieses Hank schneidend.

»Weiß nicht. Hier nur war 'n Mädel. Wollt mich armen Mann beklau'n. Da hab ich gezeigt meine Flinte da. Dann ist schnell weg wie 'n Hase, wenn der sieht Fuchs.«

»Wohin ist sie getürmt? Und wann war das?«, fuhr nun der Mann, der Reuben hieß, aufgeregt dazwischen.

»Wo? Wie soll ich wissen! Ist gerannt nach … äh … dort.«

»Und wann war das? Pack schon aus! Oder soll ich dir 'ne Ladung Blei in deinen schwarzen Wanst jagen?«

»Oh«, jammerte die tiefe Stimme plötzlich. »Ich sagen, Mister! Bitte nicht schießen mich tot. Mädel war hier, da Sonne noch war da. Ich Ihnen zeigen, wo die hin.«

Schon stapften die großen Schuhe nach draußen.

Tahnee hatte nur noch am Rande den merkwürdigen Verlauf des Gesprächs mitbekommen. Sie musste inzwischen ihre ganze Konzentration aufbringen, um kein Geräusch von sich zu geben, weil das Kitzeln in ihrer Nase so unerträglich geworden war, dass es ihr die Tränen in die Augen trieb. Inständig flehte sie den Himmel an, dass sich endlich auch die Kopfgeldjäger entfernten. Zu ihrer unendlichen Erleichterung kamen diese kurz darauf von den Fässern hoch und stiefelten dem Mann hinterher. Als sie aus dem Raum waren, vernahm Tahnee undeutlich einen Wortwechsel. Rasch führte sie eine Hand zur Nase und hielt sie sich mit den Fingern zu. So lag sie noch Minuten da, bis erneut das Getrappel von Pferdehufen zu ihr drang und bald darauf Stille einkehrte.

Augenblicklich steckte Tahnee die Nase in den Ärmel ihrer Jacke und nieste ein paarmal leise hinein. Da kamen die klobigen Schuhe in den Raum zurück. Die Tür wurde zugezogen und unerwartet ertönte abermals diese unfassbar tiefe und volltönende Stimme.

»Du kannst jetzt rauskommen. Die Luft ist rein.«

Tahnee saß auf einem der beiden Fässer, während der Bewohner der Hütte Brot und eine Schwarte aus der Kammer neben dem Ofen holte und dann den Speck in Streifen schnitt.

Tahnee betrachtete den Mann mit großen Augen. Er trug eine Hose aus grauer Wolle, ein schmutziges Hemd in derselben Farbe und über diesem einen ärmellosen Fellmantel.

Als Gürtel diente ihm ein dickes Seil und auf seinem mächtigen Kopf saß eine löchrige Melone mit einer Adlerfeder im Hutband. Aber was Tahnee in Staunen versetzte, war weniger seine Aufmachung. Vor ihr stand vielmehr der größte, breiteste und schwärzeste Mensch, dem sie je begegnet war.

Nun stapfte dieser Hüne mit zwei Tellern zum Tisch. Dann hockte er sich auf das andere Fass und fixierte Tahnee aus rabenschwarzen Augen, die im Licht der Laterne auf dem Tisch glitzerten.

»Lass uns erst mal was essen«, sagte er. »Du siehst hungrig aus.«

»Danke schön«, murmelte Tahnee, und schon begann der Mann den Berg aus Speck und Maisbrot auf seinem Teller in sich hineinzustopfen.

Weil ihr Magen wie ein wildes Tier knurrte, machte sich auch Tahnee daran, ihre Portion zu verputzen. Schweigend kauten der Mann und das Mädchen vor sich hin, bis beide Teller wie leer gefegt waren.

Anschließend schnalzte der Bewohner der Hütte zufrieden mit der Zunge und legte seine Beine auf den Tisch. Mit verschränkten Armen blickte er seinen Gast an.

Tahnee linste derweil unsicher zu dem gutmütigen Gesicht mit der breiten Nase und den vollen Lippen.

»Magst du dich nicht vorstellen?«, fragte ihr Gegenüber.

»Ich bin Tahnee«, sagte sie.

»Willkommen in meinem bescheidenen Heim, Tahnee«, sagte der Mann. »Ich heiß …«

»Zack!«, kam Tahnee ihm zuvor.

Der Mann hob daraufhin verwundert eine Augenbraue. »Mein Name ist Zakaria Zagadou. Nur meine Freunde nennen mich Zack. Da ich hier weit und breit nur einen einzigen hab, muss dich Pokom zu mir geschickt haben. – Richtig?«

Tahnee nickte und der schwarze Riese schüttelte verzagt den Kopf. »Der Junge ist mir ein Rätsel, kann ich dir sagen. Ein Jahr ist das jetzt her, seit aus meiner Vorratskammer öfters Essen verschwunden ist. Es fehlte allerdings immer nur so viel, dass man mit der Beute grade mal einen leeren Magen füllen konnte. Eines schönen Tages hab ich den Langfinger dann auf frischer Tat ertappt. Es hat ganz schön gedauert, bis ich ihm mit Händen und Füßen klarmachen konnte, dass er hier nix stibitzen muss, wenn er hungrig ist. Seitdem besucht mich Pokom alle paar Wochen in meiner Einöde, wenn es ihm an Nahrhaftem fehlt und ihm der Sinn nach Gesellschaft steht. Ich versorg ihn dann immer mit dem Nötigsten. Der Junge greift mir dafür auf dem Hof ein bisschen unter die Arme und danach plaudern die Rothaut und ich ein Weilchen. Man glaubt es kaum, wie gut sich zwei Menschen mit verschiedenen Sprachen unterhalten können, wenn sie ein paar gemeinsame Wörter haben und dazu mit den Händen fuchteln.«

Plötzlich musste Tahnee grinsen. Sie konnte ihm nach ihrer Begegnung mit dem Indianerjungen nur beipflichten.

»Der arme Teufel könnt gern bei mir wohnen. Das hab

ich ihm schon ein paarmal angeboten. Aber er will einfach nicht herziehen. Um nichts in der Welt ist er von dem Grund fortzubekommen, auf dem er seine Leute begraben musste. Man kann das ja irgendwie verstehen. Aber mir tut es in der Seele weh, wenn ich mir vorstelle, dass Pokom dort sommers wie winters ganz allein haust. Wenigstens ist er ein zäher Bursche, denn er hat wohl als Einziger von seiner Sippe die Blattern überlebt.« Jetzt lächelte der Hüne Tahnee an. »Pokoms Freunde sind natürlich auch meine Freunde. Du darfst mich also Zack nennen.«

»Okay«, sagte Tahnee und erwiderte zögerlich das Lächeln. Unsicher blickte sie zu dem Mann auf.

»Was liegt dir auf dem Herzen? Raus mit der Sprache!«, sagte dieser und zwinkerte ihr zu.

»Es ist nur …«, begann Tahnee. »Sie haben vorhin so anders geredet. Das waren doch Sie, oder?«

Aus der fassbreiten Brust ihres Gegenübers dröhnte augenblicklich ein herzhaftes Lachen. »Ach, darüber wunderst du dich! – 'tschuldigen Sie, Ma'am. Du haben denken, ich sein dummer Nigger?« Plötzlich wurde das Lächeln in seinem Gesicht dünner und seine Stimme eine Spur ernster. »Merk dir eins, Tahnee: Schweinehunden wie den beiden eben sollte man niemals auf Augenhöhe begegnen. Das gilt erst recht für Menschen mit meiner Hautfarbe. Schwarze sind für diese Kerle nicht halb so viel wert wie ein Stück Dreck. Vor solchen Leuten vergisst man seinen Stolz am besten für ein Weilchen und sorgt lieber dafür, dass sie sich einem überlegen fühlen. Deshalb hab ich vor deinen Verfolgern einen begriffsstutzigen Nigger gespielt, den man veräppeln und herumschubsen kann. Du hast es ja selbst erlebt, wie sie dem Simpel seine Geschichte mit dem Mädchen geglaubt haben, weil sie ihm so eine Lüge nicht zutrauen würden. Ohne meine Schauspielerei wär das nicht so glimpflich ausgegangen vorhin und ich hätte mir womöglich eine Kugel eingefangen.«

»Ich verstehe«, sagte Tahnee leise. »Wieso wussten Sie eigentlich, dass ich hier war?«

Jetzt wurde Zacks Lächeln wieder breiter. »Das ist ganz einfach. Ich hab gute Ohren und man muss auf der Hut sein, wenn man allein in der Wildnis lebt. Ich hatte mir eben einen Tee gemacht, da hab ich gehört, dass jemand zu meiner Hütte kommt. Deshalb bin ich schleunigst los, um mich hinterm Haus zu verstecken. Von dort aus konnte ich beobachten, wie ein Mädchen den Hang runterkam. Erst mal hab ich abgewartet, ob das Kind auch wirklich allein unterwegs ist. Als ich mir grade sicher war, hörte ich aus der andren Richtung Geräusche. Kurz drauf kamen die Reiter her. Es war nicht zu übersehen, dass die Kerle nach jemandem suchen. Man brauchte nicht besonders helle zu sein, um zu erraten, nach wem. Immerhin hatte sich Minuten vorher ein verängstigtes Mädchen in der einzigen Behausung weit und breit verkrochen.«

»Das haben Sie echt prima angestellt«, sagte Tahnee und nun schenkte sie ihrem Gegenüber ein offenes Lächeln.

»Find ich auch«, sagte Zack und lachte wieder laut auf. Als sein Lachen verklungen war, faltete er die riesigen Hände und bettete sie auf seine Beine. Anschließend wandte er Tahnee das Gesicht zu. »Magst du mir verraten, was die Kerle von dir wollen?«

Tahnee wich seinem Blick aus und senkte die Augen. Sie konnte das Geschehene selbst noch gar nicht begreifen. Schon bei der Vorstellung, dem Mann davon zu erzählen, begannen ihre Gefühle zu brodeln und ihren Brustkorb zuzuschnüren. Außerdem musste sie auf der Hut sein. Es gab sicher jede Menge Leute, die sich gern das Kopfgeld für ihren Vater verdienen würden. Dieser Zack war allem Anschein nach ein netter Kerl, aber sie hatte ihn schließlich gerade erst kennengelernt.

Tahnee hob deshalb als Antwort nur die Schultern und blickte mit entschuldigender Miene zu dem riesenhaften Mann auf.

Der nickte sogleich bedächtig mit dem Kopf. »Schon gut, du brauchst es mir nicht zu verraten. Es ist vermutlich sogar besser, wenn du das für dich behältst. Wer weiß, vielleicht kommen die Männer in den nächsten Tagen wieder hier vorbei, weil sie mir auf den Zahn fühlen wollen, sobald sie kapieren, dass ich sie auf eine falsche Fährte gesetzt hab. Was ich nicht weiß, kann ich auch nicht ausplaudern.«

Zack hatte für Tahnee einen Tee aufgesetzt. Nachdem er die Blechtasse vor sie hingestellt hatte, war er hinausgegangen, um die Hühner und den Esel für die Nacht in den Stall zu bringen. Tahnees Hände umklammerten nun das angenehm warme Gefäß. Über ihren Schultern lag eine Felldecke, denn in der Hütte war es kühl geworden, seit draußen die Sonne vollends untergegangen war. Während sie ihren Tee trank, wurden Tahnees Augenlider immer schwerer.

Mittlerweile war der hünenhafte Mann zurückgekehrt und saß wieder mit hochgelegten Beinen auf seinem Fass. Mitleidig betrachtete er Tahnee.

»Du kannst dich dort hinlegen«, sagte er und nickte zum Bett. »Ich hau mich später vor dem Ofen aufs Ohr.«

»Kommt nicht infrage«, sagte Tahnee.

Zack grinste breit. »Glaub mir, ich hab schon an ganz anderen Orten die Nacht verbracht.«

Tahnee betrachtete den Mann und dachte plötzlich, was für ein einsames Leben er hier allein in der Natur führen musste.

»Wo kommen Sie eigentlich her?«, fragte sie geradeheraus.

»Das ist eine lange Geschichte. Ich bin vor vielen Jahren von meinem Herrn in Virginia abgehauen und so weit wie möglich von dort geflohen. So bin ich schließlich über viele Umwege auf diesem Flecken gelandet, wo man mich nicht so leicht wieder einfängt.«

»Und Sie leben hier ganz allein?«

»Nun ja, wie man's nimmt. Mit Pokom gibt's einen Freund, der mich hin und wieder besuchen kommt, und dazu hab ich einen blinden alten Esel, dem ich nach dem

Aufwachen einen schönen Morgen und vor dem Schlafengehen eine gute Nacht wünsche.«

»Aha«, murmelte Tahnee nur, weil das für sie nach einem ziemlich einsamen Leben klang.

»Sicher fragst du dich, ob sich meine Flucht überhaupt gelohnt hat, da ich ja nun hier am Ende der Welt in Armut und ganz ohne meine Familie lebe und immer damit rechnen muss, dass ich eines Tages aufgespürt und wieder zurückgebracht werde«, sagte Zack nun, als hätte er ihre Gedanken erraten. »Dazu kann ich nur sagen, dass man mit Worten niemandem so richtig begreiflich machen kann, wie das ist, wenn man in Knechtschaft lebt und schlimme Prügel bezieht, falls man sich mal einen eigenen Willen leistet. Außerdem ist das Loch hier für mich nur eine Bleibe auf Zeit. Ich bin mir sicher, dass der Tag bald kommen wird, an dem alle im Land in Freiheit leben können und jeder Mensch vor dem Gesetz gleich sein wird.« Zack nahm nun die Beine vom Tisch und beugte sich zu Tahnee vor. »Eines schönen Morgens werd ich dann von meinem Tal in die Stadt runterspazieren und mir dort einen feinen Anzug kaufen, damit auch der letzte Hinterwäldler erkennt, dass neue Zeiten angebrochen sind, in denen auch frühere Sklaven echte Gentlemen sein dürfen.«

»Aha«, murmelte Tahnee erneut, weil sie nichts auf das unerreichbare Wunschdenken dieses armen Menschen zu erwidern wusste.

»Du glaubst, ich träume. Das seh ich dir an. Da hast du

schon recht, Tahnee. Aber ich mein es trotzdem genau so, wie ich das sage.«

Plötzlich funkelten im Licht der Flamme die Augen des riesenhaften Mannes wie Diamanten. Dann zwinkerte ihr Zack geheimnisvoll zu, hob die Laterne hoch und stand auf. Darauf zog er ein Fell von seinem Bett und breitete dieses auf dem Boden vor dem Ofen aus.

»Es ist Zeit für eine Mütze Schlaf.« Er gähnte, legte sich auf seinem Nachtlager nieder und drehte die Flamme der Laterne aus.

Tahnee saß noch ein paar Minuten im Dunkeln da und dachte über Zacks Worte nach. Schließlich stand auch sie auf und schleppte sich auf müden Beinen zum Bett.

Der Schlaf kam schon über sie, als Zacks Stimme ein letztes Mal zu ihr sprach.

»Ich bin zwar nur ein armer schwarzer Mann, aber wenn Freunde von mir mal Hilfe brauchen, können sie immer auf mich zählen. – Gute Nacht, Tahnee.«

Es wurde still und kurz darauf erfüllte ein lautes Schnarchen die Kammer.

Tahnee schlief in dieser Nacht wie ein Stein. Am folgenden Morgen erwachte sie nur allmählich, als würde langsam ein schwarzes Tuch von ihren Sinnen gezogen. Schließlich öffnete sie blinzelnd die Augen.

Die Tür der Hütte stand offen und ein grauer Lichtstreifen fiel auf den Lehmboden. Gähnend richtete sich Tahnee auf und blickte auf Zacks verlassenes Nachtlager vor dem Ofen. Sofort schlug sie die Decke beiseite und tappte zum Eingang. Dort empfing sie eine schneidende Kälte. Rasch schlang Tahnee die Arme um den Oberkörper und spähte nach draußen.

Die Berge in der Ferne waren hinter einem Vorhang grauer Wolken verborgen. Nebelschwaden waberten die Hügel hinab. Der Talkessel lag noch düster und still im Schatten der bewaldeten Hänge. Vor dem Haus liefen die Hühner auf dem mit Raureif bedeckten Boden umher, und auf der Koppel knabberte der Esel wieder an den Grasbüscheln. Tahnee blickte nach links. Das Schweinegehege war verschlossen. Auch auf der anderen Seite der Hütte gab es von Zack nirgends eine Spur.

Fröstelnd lief Tahnee in den Raum zurück. Vor dem Tisch blieb sie mit gerunzelter Stirn stehen. Die Flasche, die Tassen und die Teller waren abgeräumt worden. An deren Stelle lag dort ein prall gefüllter Leinenbeutel. Daneben entdeckte Tahnee etwas Merkwürdiges. Sie trat näher und schaute es sich genauer an. Zack musste auf die Tischplatte ein paar Hände Mehl gestreut und dann glatt gestrichen haben. Anschließend hatte er mit einem Finger eine Botschaft darin hinterlassen.

Dort stand: *Für Dich!*

Tahnee lächelte gerührt, dann griff sie nach der Tasche

und setzte sie auf einem der Fässer ab. Staunend blickte sie hinein. Nacheinander nahm sie den Inhalt heraus und legte Teil für Teil auf dem Tisch ab. So brachte sie zuerst eine zusammengefaltete Wolldecke und dann ein Jagdmesser mit einem Hirschhorngriff, eine Lederflasche, eine Schachtel Langzündhölzer, Dörrfleisch, Zwieback, Maismehlfladen sowie eine Handvoll getrockneter Pflaumen ans Licht.

Mit schimmernden Augen betrachtete Tahnee Zacks Gaben. Dann steckte sie das Messer in den Hosenbund und beeilte sich, alles andere wieder in den Beutel zu packen und diesen zu schultern. Sie würde nicht auf die Rückkehr ihres Gastgebers warten. Zack hatte ihr sicher die Botschaft hinterlassen, weil er nicht vorhatte, rechtzeitig vor ihrem Aufbruch zurückzukehren.

Vielleicht ging er in den Wäldern seiner täglichen Arbeit nach. Oder er hatte irgendwo Stellung bezogen, um die Gegend im Auge zu behalten. Womöglich mochte er auch einfach keine Abschiede. Sie wusste es nicht und würde es auch nicht mehr erfahren. Es war Zeit, weiterzuziehen.

Tahnee war schon an der Tür. Da hielt sie noch einmal inne und kehrte zurück. Als sie die Hütte verließ und wieder hinaus in die Welt trat, stand in dem Mehl eine neue Botschaft geschrieben.

Danke, Zack!

AUS TARAS TAGEBUCH

24. September 1856

Liebe Mama,

es ist etwas Schlimmes passiert!
Ich bin immer noch ganz durcheinander und meine Hände wollen einfach nicht aufhören zu zittern.
Aber zuerst muss ich Dir schreiben, dass es Großvater nicht gut geht. Molly hält gerade Wache an seinem Bett, Doktor Lindsay sagt jedoch, es handle sich nur um einen Schwächeanfall. Außerdem sei sein Patient ein zäher alter Knochen und sicher in ein paar Tagen wieder wohlauf.
Anscheinend hat dem Arzt niemand verraten, was sich heute Abend auf unserem Grundstück zugetragen hat. Ich denke nämlich nicht, dass Großvater aus Erschöpfung zusammengeklappt ist. Ich glaube, er hat eine Art Schock erlitten.
Irgendwie muss der Verrückte aus der Stadt rausgefunden haben, wo wir wohnen, und ist dann offenbar über die Mauer geklettert. Ich habe ihn mit eigenen Augen gesehen

und auch mitbekommen, wie Großvater ihn kurz vor seinem Anfall entdeckt hat.
Ich weiß nicht, ob ich schon mal erwähnt habe, dass ich vor dem Zubettgehen oft noch nach draußen gehe, um Trojan aus seinem Verschlag zu lassen und danach Cookie und Darko ein paar Möhren oder Äpfel vorbeizubringen. Meist treffe ich im Stall auf Cyrill. Während er ausmistet und Trojan sich auf das Heu legt, striegle ich dann die beiden Pferde. Heute war ich spät dran. Deshalb war es schon fast dunkel, als ich fertig war. Komischerweise lag unsere Dogge nicht wie sonst immer auf ihrem Platz. Also beschloss ich, Trojan zu suchen, denn Großvater sieht es nicht gern, wenn der Hund unbeaufsichtigt über unser Gelände stromert.
Vor dem Haus fand ich ihn nicht. Deshalb bin ich zur Nordseite unseres Anwesens marschiert, wo im Erdgeschoss die Räume des Gesindes liegen. Inzwischen war der Mond aufgegangen und so wurde die Wiese hinterm Haus in ein kaltes Licht getaucht. Auf der habe ich Trojan dann entdeckt.
Mit gerecktem Hals und schwanzwedelnd stand er mitten auf dem Rasen und blickte gebannt zur alten Eiche an der Mauerecke hinüber. Ich bin gleich zu ihm hin, habe sein Halsband gepackt und wollte ihn wegziehen. Aber er war nicht von der Stelle zu bewegen und starrte weiterhin zu den Schatten unter dem Baum, wo Du Deine letzte Ruhestätte gefunden hast. In Erwartung, dass er dort ein Grauhörnchen oder ein verirrtes Kaninchen aufgestöbert hatte, habe also auch ich dorthin gesehen.

Augenblicklich gefror mir das Blut in den Adern. Denn undeutlich konnte ich unter dem Astwerk eine Gestalt erkennen, die direkt vor deinem Grabstein stand.
Da bekam ich eine Heidenangst. Sofort bin ich einen Schritt zurückgewichen. Dabei muss ich auf einen trockenen Zweig getreten sein, denn es knackte unter meinen Sohlen, was in der abendlichen Stille furchtbar laut klang. Wie erstarrt stand ich nun da und spürte, wie mir kalte Schauer über den Rücken liefen, während die Gestalt langsam direkt auf mich zukam. Dann trat sie aus dem Schatten und verharrte im Mondlicht. Jetzt konnte ich den Menschen deutlich sehen und wollte meinen Augen kaum trauen.
Ohne Zweifel war es der Mann, dem wir gestern Morgen in der Stadt begegnet sind. Wieder blickte er mich mit diesem entgeisterten Ausdruck im Gesicht an.
»Wie heißt du?«, fragte er mit einem Mal.
Vielleicht hätte ich ihm sogar geantwortet, so perplex war ich in diesem Augenblick. Aber kaum war die Frage über seine Lippen gekommen, da war über mir plötzlich ein wildes Klopfen zu hören. Rasch drehte ich den Kopf und erblickte hinter einem Erkerfenster Großvater. Ich kann unmöglich beschreiben, wie sehr mich sein Anblick erschreckt hat, so verzerrt war sein Gesicht, während er mit einer Faust auf die Scheibe einschlug.
Der Schreck rüttelte mich wach und ich wirbelte wieder zu dem Unbekannten herum. Doch der stand nicht mehr vor mir. Ängstlich äugte ich nach allen Seiten, ohne den

Eindringling zu entdecken. Offenbar hatte ihn Großvaters Lärmen vertrieben. Erleichtert schaute ich noch einmal an der Hausfassade hinauf. Hinter der Scheibe flackerte nur das gelbe Licht einer Lampe. Großvaters Gesicht war verschwunden.

Anschließend sah ich zu Trojan. Schuldbewusst wich er meinem vorwurfsvollen Blick aus, dann winselte er kläglich und schlich mit eingezogenem Schwanz zu seinem Zwinger.

Während ich ihm hinterhertrottete, fragte ich mich, was mit ihm los war. Eigentlich ist er ein mustergültiger Wachhund, der sofort anschlägt, wenn er etwas Verdächtiges hört, und normalerweise jeden ungebetenen Gast von unserem Grundstück verjagt. Es wollte mir einfach nicht in den Kopf, wieso er den Fremden nur angesehen hatte, anstatt ihn zu stellen.

Kurz darauf ging ich durch den Vordereingang ins Haus. Aus dem Treppenhaus hallte Mollys Stimme, die lauthals nach unserem Butler Stokes rief. Wie von der Tarantel gestochen, rannte ich die Stufen zum zweiten Stock hinauf. Mitten im Flur kauerte Molly neben einem ausgestreckten Körper. Erfüllt von schrecklicher Angst eilte ich dorthin. Auf dem Boden lag Großpapa. Er war besinnungslos und seine Hände umklammerten eine Flinte. Sekunden darauf kam Stokes keuchend herangelaufen und teilte uns mit, Cyrill sei bereits auf dem Weg zu Doktor Lindsay.

Liebe Mama, was hat das nur zu bedeuten? Könntest Du nur hier bei mir sein! Es wäre so schön, mit jemand darüber reden zu können, dem ich vertraue. So sitze ich nun hier – immer noch zitternd und allein mit meinen Gedanken – vor einem Brief, der voller Fragen steckt und in dem keine Antworten stehen.

Deine Tara

WILDNIS

26. Oktober 1856

Tahnee stieg die Erhebung hinter dem Haus hinauf und drang tiefer in den Wald, bis sie auf einen Bachlauf traf. Die aufsteigende Sonne im Rücken, wanderte sie neben dem Gewässer her, fort von den Bergen, dem Meer und den menschlichen Siedlungen entgegen.

In den Wipfeln der Baumriesen erklangen Vogelrufe. Die Sonnenstrahlen brachten den Tau auf Blättern und Gräsern zum Funkeln. Das beständige Gurgeln und Flüstern des Wassers begleitete ihre Schritte. Tahnees altes Leben lag in Trümmern, aber die Natur war wie eh und je mit dem ersten Licht des Tages erwacht. Aus dieser Beständigkeit schöpfte sie auf den ersten Meilen ihrer Wanderung Kraft und sogar ein wenig Zuversicht, dass sich ihr Schicksal doch noch zum Guten wenden konnte.

Während der Morgen in den Mittag überging, klammerte sich Tahnee an die Hoffnung, dass sie – durch welche Mächte auch immer – spüren würde, wenn ihr Vater tot wäre.

»Dad lebt«, redete sich Tahnee zu und bald wiederholte sie die Worte in ihrem Kopf wie ein heiliges Mantra.

So wanderte sie vor sich hin und merkte kaum, wie die Sonne ihren Zenit überschritt und das Gluckern einem Rauschen wich, weil der Bach in einen der vielen Nebenflüsse des Feather River mündete.

Irgendwann blieb Tahnee stehen und wunderte sich über das dumpfe Donnern, das sie plötzlich umgab. Als wäre sie aus einem Wachtraum aufgeschreckt, sah sie sich um. Da erkannte sie, dass der Hügelkamm vor ihr in einen Canyon abfiel. In diesen stürzte der Fluss, dem sie seit einiger Zeit gefolgt war.

Tahnee ging zum Rand der Schlucht vor und blickte hinab auf den verschatteten See am Fuße des Abgrunds, in welchen sich der Wasserfall ergoss. Dann folgten ihre Augen dem blauen Streifen in der Tiefe, der von dem See wegführte und sich durch eine grüne Fläche schlängelte, an deren Seiten Bergketten emporragten. Tahnee kniff die Augen zusammen und spähte in die dunstige Ferne, wo sich der Lauf des Flusses verlor. Bis dorthin wollte sie es bis zum Abend schaffen.

Bange hielt sie sogleich nach einem möglichen Abstieg Ausschau. Der Hang vor ihr fiel ziemlich steil ab. Deshalb sah Tahnee nach links und rechts zu den zerklüfteten Bergrücken, die jeweils in einigen Meilen Entfernung die Talseiten begrenzten. Diese waren zwar weniger steil, aber der Weg dorthin sehr weit.

Unentschlossen blickte Tahnee erneut in den Canyon.

Welchen Weg sollte sie nehmen? Den gefährlicheren oder den längeren?

Ehe sie sich entschied, musste sie erst einmal etwas essen und trinken. Deshalb hockte sie sich mit überkreuzten Beinen in den Schatten einer mächtigen Pinie.

Zuerst trank sie ein paar Schlucke von dem lauwarmen Wasser aus ihrer Feldflasche. Dann vertilgte sie zwei trockene Maismehlfladen. Anschließend knabberte sie an einem Streifen Dörrfleisch und sandte Zack im Geiste einen Dankesgruß zu.

Tahnee wusste eine Menge über Pflanzen und sie war in der Lage, essbare von giftigen zu unterscheiden. Außerdem konnte sie wilde Rüben und nahrhafte Früchte aufspüren und mit einem spitzen Ast oder einer selbst gebastelten Angel Fische fangen. Dennoch war Zacks Proviant von unschätzbarem Wert für sie, denn sie wollte sich nicht ausdenken, wie viel Zeit und Mühe es sie gekostet hätte, unterwegs auch noch ausreichend Nahrung für sich aufzutreiben.

Tahnee kaute jetzt auf dem zähen Dörrfleisch herum. Unterdessen dachte sie über ihre nächsten Schritte nach, denn bislang war sie in erster Linie auf der Flucht gewesen. Sie hatte alles daransetzen müssen, nicht von den Kopfgeldjägern erwischt zu werden. Nun war es höchste Zeit, sich darüber klar zu werden, was genau sie danach zu tun gedachte.

Tahnee zog eine der schrumpeligen Pflaumen hervor und

steckte sie sich in den Mund. Nachdenklich lutschte sie an der süßen Trockenfrucht und wog dabei ihre Möglichkeiten ab.

Schließlich beschloss sie, zunächst weiter nach Westen zu wandern, bis sie auf den Sacramento River stieß. Dann wollte sie parallel und in sicherem Abstand zum Flusslauf Richtung Süden weiterziehen. Bei erstbester Gelegenheit musste sie in irgendeiner der Goldgräbersiedlungen, die es dort zuhauf gab, ein Pferd auftreiben und dann beritten weiter, um so schnell wie möglich nach Sacramento zu gelangen. Von da aus würde sie mit dem Schiff die letzten Meilen überwinden, ehe sie an ihr Ziel kam – San Francisco!

Sie musste dorthin! Da ihr Vater vom Gouverneur des San Francisco County gesucht wurde, würde ihm gewiss in der Stadt der Prozess gemacht. Sobald sie dort eintraf, musste sie ihn irgendwie aus den Fängen der Kopfgeldjäger befreien und verhindern, dass er am Galgen landete.

Vielleicht konnte sie bei diesem Vorhaben sogar auf Hilfe hoffen, denn inzwischen glaubte Tahnee, den Sinn der Botschaft verstanden zu haben. Wer auch immer dieser Charles Reed war, ihr Vater ging anscheinend davon aus, dass sie in dessen Haus in Sicherheit war. Er hatte ihr also für alle Fälle einen Treffpunkt genannt, wo sie wieder zueinanderfanden, sollten sie getrennt werden. Wenn dem so war, fand sie in diesem Mann sicher auch einen Verbündeten, der ihr zur Seite stand, um ihren Vater zu befreien und vor dem Strick zu retten.

Erfüllt von neuem Mut stand Tahnee auf, nahm den Leinenbeutel mit ihrem Proviant auf und hängte ihn sich wieder um die Schulter. Dann ging sie zum Rand des Abgrunds.

Skeptisch blickte sie in die Tiefe. Allein der Gedanke, dort hinunterzuklettern, schnürte ihr die Kehle zu. Mit einer leichten Gänsehaut auf den Oberarmen schaute sie nach links, wo der Fluss schäumend in die Schlucht stürzte. Unschlüssig hob Tahnee den Kopf und beobachtete ein wenig neidisch den Truthahngeier, der über ihr mit ausgebreiteten Schwingen einsame Kreise zog.

Soll ich oder soll ich nicht?, fragte sie sich, als mit einem Mal ihre Sinne Alarm schlugen. Zuerst wusste sie nicht, warum, doch dann bemerkte sie es. Das Vogelzwitschern und das Grillenzirpen waren plötzlich verstummt und einer angespannten Stille gewichen. Furchtsam drehte Tahnee den Kopf und blickte in die Schatten des Waldes. Zuerst hörte sie das Knacken brechender Zweige, dann das Klirren von Zaumzeug und das dumpfe Trampeln von Hufen.

Pfeilschnell sprang Tahnee ein paar Meter die Böschung hinunter und kauerte sich hinter einen Steinhaufen. Mit angehaltenem Atem hörte sie die Geräusche näher kommen. Mit ihnen krochen zwei Schatten auf sie zu und glitten über sie hinweg.

Vorsichtig lugte Tahnee über den Steinwall und blickte den beiden Reitern hinterher, die über ihr am Abhang entlangritten und sich suchend umblickten. Es waren die beiden Schnauzbärte aus Zacks Hütte.

Nach einer Weile waren sie nicht mehr zu sehen und auch das Klirren und Hufschlagen verlor sich in der Ferne. Erleichtert richtete sich Tahnee auf und wandte sich dem Abhang zu, denn soeben war ihr die Entscheidung über den richtigen Weg abgenommen worden. Sie musste den Abstieg in den Canyon wagen, denn dieser würde ihr einen kostbaren Vorsprung vor ihren Jägern verschaffen.

Der Abhang war zwar steil, aber zunächst gab es in dem zerklüfteten Fels genügend breite Vorsprünge, auf denen Tahnee stehen konnte. So kam sie ohne große Kletterkünste ein gutes Stück voran. Nach etwa einem Drittel der Wegstrecke fiel die Felswand jedoch beinahe senkrecht ab und schien nur noch aus blank gewetztem Stein zu bestehen.

Ängstlich presste Tahnee den Rücken in eine Felsnische und beugte sich vorsichtig vor, um unter sich nach einem Einstieg zu suchen. Neben ein paar aus dem Fels ragenden Sträuchern konnte sie Ritzen sowie etliche schmale Vorsprünge in der Wand erkennen.

Das ist machbar, redete sich Tahnee Mut zu. Sie durfte sich allerdings nicht die kleinste Unachtsamkeit erlauben, denn der Abgrund war so tief, dass sie einen Sturz nicht überleben würde. Verzagt hob Tahnee den Kopf und blickte zu der inzwischen weit entfernten Stelle, an der sie den Abstieg begonnen hatte.

Dann schob sie die Leinentasche auf ihren Rücken und drehte sich vorsichtig um. Sie ging in die Knie und ihre Finger gruben sich in zwei Spalten im Gestein, während sie ein Bein ausstreckte, um mit dem Fuß Halt zu finden. Das Blut pochte in ihren Adern, als sie über die Schulter in die Tiefe blickte. Einen Augenblick lang wollten ihre Muskeln den Dienst verweigern, doch dann atmete Tahnee einmal durch und begann die nahezu senkrechte Felswand hinabzuklettern.

Vorsichtig setzte sie Fuß um Fuß auf die winzigen Felsvorsprünge, während sich ihre Finger in Löcher im Gestein krallten. Bald klebte ihr das Hemd nass auf dem Rücken, der Schweiß lief ihr in die Augen und die Muskeln in ihren Armen und Beinen schmerzten. Doch Tahnee achtete nicht darauf, sondern blieb hoch konzentriert, um keinen Fehler zu machen.

Sie hatte schon gut die Hälfte der Wand überwunden, als sie aus den Augenwinkeln einen riesigen Schatten heranjagen sah. Instinktiv zog Tahnee den Kopf ein. Im selben Augenblick schrak sie heftig zusammen, weil plötzlich ein markerschütternder Schrei von den Hängen ringsumher zurückgeworfen wurde. Durch die unbedachte Bewegung rutschte ihre Fußspitze von dem vorstehenden Gestein und von einem Augenblick auf den nächsten hing Tahnee nur noch mit den Händen an der Felswand.

Während sie das Gesicht gegen den nackten Stein presste, suchten ihre Füße nach neuem Halt. Voller Entsetzen merkte Tahnee, wie ihre verkrampften Finger allmählich aus den Vertiefungen rutschten. In letzter Sekunde fand sie unter sich einen neuen Vorsprung und verlagerte ihr Gewicht sofort dorthin. Dann atmete sie erleichtert aus, denn nun konnte sie ihre Hände entlasten. So verharrte sie einige Atemzüge, bis sich ihr hämmernder Herzschlag wieder beruhigt hatte. Unterdessen schaute sie zu dem über ihr schwebenden Truthahngeier empor und warf dem Vogel ein paar stumme Flüche entgegen.

Der Schreck saß ihr noch immer in allen Gliedern, während sie sich weiter hinabhangelte.

Endlich erreichte Tahnee das Geröllfeld unter der Felswand. Kopfschüttelnd betrachtete sie ihre verschrammten Handflächen. Sie konnte kaum glauben, dass sie die Wand überwunden hatte.

Sie wandte sich um und blickte den Steilhang hinunter. Er war komplett mit Schotter bedeckt, nur da und dort wuchsen verkrüppelte Bäume und welkes Buschwerk. Nach der waghalsigen Kletterpartie würde der Rest des Weges ins Tal der reinste Spaziergang werden, befand Tahnee und setzte den Fuß auf das Geröll vor sich.

Ehe sie es sich versah, brach das lose Gestein unter ihren Sohlen weg. Tahnee schrie auf, ruderte mit den Armen und verlor jäh das Gleichgewicht. Rücklings fiel sie auf die scharfkantigen Steine und schon schlitterte sie den Abhang hinunter. Vergebens griff sie Halt suchend um sich und versuchte dabei, mit den Sohlen zu bremsen. Sie nahm rasant

Fahrt auf, bis ihr rechtes Bein gegen einen Stamm prallte, sie herumgewirbelt wurde und nach einem halsbrecherischen Überschlag mitten in einem Dornenbusch landete.

Stöhnend kroch sie aus dem Gestrüpp und zog sich mit verzerrtem Gesicht an einem Steinbrocken hoch. Heftig zitternd tastete Tahnee sich ab. Trotz der Schmerzen überall stellte sie beruhigt fest, dass sie sich wohl nichts gebrochen hatte.

»Das war knapp«, keuchte sie und war plötzlich trotz ihrer Blessuren froh, es mit heilen Knochen bis hierher geschafft zu haben. Sie lächelte sogar schwach, als sie sich vollends aufrichtete.

Da erst fiel ihr auf, dass sie ihre Tasche nicht mehr umhängen hatte. Sie fand sie in dem Dornenbusch, zog sie heraus und nahm langsam und bedächtig den Rest des Weges in Angriff.

Der Abend brach schon an, als sie endlich am Ufer des Sees stand. Schweißtriefend und überglücklich schaute Tahnee noch einmal zur Felswand empor, die aus der Ferne gar nicht mehr so furchterregend aussah. Ihr Blick schweifte zu dem in die Tiefe stürzenden Wasser, ehe er auf den kristallklaren Bergsee fiel und dort verharrte. Bis zum Einbruch der Dunkelheit wollte sie noch weiterwandern. Aber zuvor würde sie sich eine Pause gönnen.

Obwohl sie weit und breit gewiss das einzige menschliche Wesen war, sah sie sich nach allen Seiten um. Dann erst schlüpfte sie aus ihren Klamotten und tauchte in das eiskalte Nass. Eine kleine Weile ließ sie sich auf dem Rücken über das Wasser treiben und beobachtete mit einem befreiten Grinsen den Truthahngeier, der noch immer über dem Tal kreiste und nach Beute Ausschau hielt.

Erfrischt und voller Zuversicht zog sie sich wieder an und folgte kurze Zeit später dem Flusslauf durch karges, steiniges Gelände, das erst nach einer Weile einer wirtlicheren Landschaft wich. Tahnee kam eben an einer dicht gedrängten Baumreihe entlang der Bergrücken vorbei, als die Sonne hinter den Granitfelsen unterging und sich eine kalte Düsternis über das Tal legte.

Rasch wandte sich Tahnee dem Tannenhain hinter der Uferböschung zu und begann dort ein Nachtlager vorzubereiten. Zuerst scharrte sie in dem weichen Boden unter dem ausgespülten Wurzelwerk eines Baumes eine flache Mulde. Dann hob sie eilig ein paar Flusssteine auf und formte aus diesen einen Kreis in der Vertiefung. Auf dem Waldboden sammelte Tahnee trockenes Laub und kleine Zweige und schichtete diese inmitten der Steine aufeinander. Anschließend brach sie mithilfe von Zacks Messer lange Äste von einer Tanne und lehnte diese über der Vertiefung an die Baumwurzeln. Das letzte Tageslicht erlosch gerade, als ihr Schlafplatz fertig war.

Die notdürftige Höhle würde ihr ausreichend Schutz vor der Nachtkälte bieten. Außerdem konnte sie darunter ein kleines Feuer wagen, ohne den Verfolgern ihren Aufenthaltsort zu verraten. Ein offenes Lagerfeuer hingegen würde man bei Dunkelheit in dieser Gegend über viele Meilen sehen.

Sie kroch nun in ihren stockfinsteren Unterschlupf und kramte blind in der Tasche nach den Zündhölzern. Als sie diese gefunden hatte, entfachte sie das Laub und blies anschließend vorsichtig in die Glut. Bald schon knisterte und prasselte das Feuer vor sich hin.

In die mitgebrachte Decke gehüllt, trank Tahnee von dem Flusswasser, das sie nach ihrem Bad in die Feldflasche gefüllt hatte. Dann vertilgte sie hungrig ein paar Scheiben Zwieback und legte sich wegen der Blutergüsse diesmal nicht auf den Rücken, sondern seitlich hin.

Als Tahnee am folgenden Morgen aus ihrem Unterschlupf kroch, brach gerade das erste Licht hinter den Bäumen hervor. Inmitten einer dichten Nebelbank setzte sie sich auf eine Wurzel, nahm fröstelnd ein rasches Frühstück zu sich und dachte an ihren Vater.

Vielleicht ist er gar nicht weit weg von hier, überlegte sie. Sicher sind die Kopfgeldjäger dem Feather River gefolgt.

Automatisch richteten sich ihre Augen zur Bergkette auf

der Talseite gegenüber, hinter welcher nach ihrer Einschätzung der Fluss verlaufen musste. Sie fragte sich, warum sich zwei der Männer von den anderen getrennt hatten, und ahnte bereits die Antwort. Dieser Hank und sein Kumpan Reuben waren ausgesandt worden, um die Tochter des Gefangenen aufzuspüren.

»Aber warum?«, murmelte Tahnee und blickte sich achtsam um.

Dieser Lennard Crane ist bestimmt ihr Anführer, dachte sie. Er muss verdammt wütend auf mich sein, weil ich ihn überlistet habe und er wegen mir beinahe gegrillt worden wäre.

Bei der Erinnerung an die Begegnung musste sie unwillkürlich grinsen. Zugleich legte sich eine unterschwellige Furcht um ihr Herz. Tahnee wollte sich lieber nicht ausmalen, was der Fremde mit ihr anstellen würde, sollte er sie erwischen.

Noch war sie einigermaßen sicher. Doch sobald sie auf den Sacramento River stieß, würde sie auf der Hut sein müssen. Denn da würde sie auf die ersten Camps treffen und dort waren auch diese Mistkerle unterwegs. Sie durfte von niemandem gesehen werden! Weder von den Kopfgeldjägern noch von anderen, die sie verraten konnten. Zugleich musste sie sich sputen. Am besten wäre es, noch vor den Männern und ihrem Gefangenen nach San Francisco zu gelangen.

Ich brauche dringend ein Pferd, dachte sie. Wer weiß, wie

lange Dad dort festgehalten wird, bis ihn der Unbekannte aufknüpft, der ihn in die Finger bekommen will.

»Auf geht's!«, befahl sie sich.

Schon war sie aufgestanden, hatte ihren Beutel geschultert und marschierte mit entschlossener Miene los. Bis zum Nachmittag wollte sie das *Goldland* erreichen.

Während die Sonne an einem wolkenlosen Himmel aufgestiegen war, hatte Tahnee noch am Ufer des Flusses entlanglaufen können. Doch dann war der Seitenarm des Feather nach links in eine enge, unwegsame Schlucht gebogen und Tahnee war rechts an dem Gebirgszug vorbeigegangen. Minuten später hatte sie sich durch dorniges Strauchwerk kämpfen müssen, ehe sie nach etwa einer Stunde auf eine Lichtung aus Haarschotengras gestoßen war. Da hatte die Luft schon vor Hitze geflimmert und Tahnee war es so warm geworden, dass sie ihre Jacke ausziehen und um die Hüfte binden musste. Allmählich war das Grasland einem mit Schilf und Unkraut bewachsenen Untergrund gewichen und Tahnee hatte gemerkt, dass der Boden unter ihren Füßen weicher und weicher wurde.

Inzwischen hatte sie die Schuhe ausgezogen und watete mit hochgerollten Hosenbeinen und bis zu den Knien eingesunken durch sumpfigen Morast. Ein fauliger Gestank stieg in ihre Nase und die Luft war erfüllt vom Summen unzähliger Stechmücken. Ihre Wanderung war zur reinsten Qual geworden, denn jeder Schritt in diesem Schlick kostete Kraft.

Während der Schweiß in Strömen an ihr hinunterlief und Moskitos in schwarzen Schwärmen über sie herfielen, fluchte Tahnee leise vor sich hin. Der Weg war nicht nur furchtbar anstrengend, zudem kam sie nur quälend langsam voran.

Als die Mittagssonne direkt über ihr stand, blieb sie schließlich stehen und ließ den Blick kreisen. Sie befand sich mitten in einer riesigen Fläche aus Schilf und Tümpeln voller Brackwasser, aus denen Dampfschwaden aufstiegen. Nirgends gab es auch nur den winzigsten Schatten. Missgelaunt betrachtete Tahnee ein paar abgestorbene Bäume, deren Anblick weit und breit die einzige Abwechslung bot. Sie schätzte die Entfernung zu den Baumskeletten auf etwa hundert Schritte und beschloss, sich dorthin zu kämpfen.

»Da kann ich mich wenigstens hinsetzen«, knurrte sie grimmig und patschte auf einen umgestürzten toten Baumriesen zu.

Sie hatte es beinahe geschafft, als sie plötzlich an einem unter dem Schlamm verborgenen Wurzelgeflecht hängen blieb, vornüber stürzte und mit einem empörten Aufschrei der Länge nach in den Morast klatschte.

Minuten darauf saß sie vollkommen frustriert auf einem morschen Stamm und betrachtete ihre von einer Schlammschicht bedeckten Beine. Mit angeekelter Miene zupfte sie einen Blutegel von ihrer Wade. Danach wedelte sie die umherschwirrenden Insekten vor ihrer Nase weg und stierte finster zu dem grasbewachsenen Hügel, der im Westen das Ende der morastigen Ebene markierte.

»So ein Schlamassel«, murmelte sie vor sich hin und überschlug in Gedanken, wie lange sie brauchen würde, um den Rest der Strecke durch diesen Sumpf zu bewältigen. Selbst bei optimistischer Schätzung kam sie auf mindestens zwei Stunden.

Tahnee stöhnte und gönnte sich ein paar Schlucke aus der Feldflasche. Dann schob sie die letzte Trockenfrucht hinterher und hüpfte wieder in die schlammige Brühe.

Umgeben von Mückensummen und Froschquaken stapfte sie weiter, während die Sonne erbarmungslos auf die einsame Wanderin niederbrannte.

AUS TARAS TAGEBUCH

4. Oktober 1856

Liebe Mama,

heute steht bei uns das halbjährliche Großreinemachen an. Deshalb scheucht unser Butler Stokes seit den frühen Morgenstunden die komplette Dienerschaft durchs Haus, und in sämtlichen Zimmern im Erdgeschoss herrscht das reinste Drunter und Drüber.
Obwohl sich bis auf Doktor Lindsay kaum eine Sterbensseele zu uns verirrt, stellt man hier alles auf den Kopf. Das Silber wird gründlich poliert, unsere Perserteppiche werden gekämmt und die Holzböden gebohnert, während in der Waschküche alle Vorhänge in die Mangel genommen werden. Die Dienstmädchen und Hausdiener machen sich sogar über die Kristallleuchter, Ledersessel und Porzellanfiguren in den Mahagoniregalen her. Selbst die Bücher in den Vitrinen auf der Galerie und die Stiche an den Wänden im Kaminzimmer sind vor ihren Staubwedeln nicht sicher. Das

wird hier bestimmt so lange weitergehen, bis man jeden Fussel in diesen Gemäuern aufgespürt hat.
Weil ich den Unsinn nicht mehr ertragen konnte, habe ich mich jetzt in mein Zimmer verkrochen. Es gibt leider überhaupt nichts Erfreuliches zu berichten. Trotzdem möchte ich Dir wenigstens ein paar Zeilen schreiben.

Seit meinem letzten Brief an Dich sind schon wieder annähernd zwei Wochen ins Land gegangen. Mir kommt die Zeit allerdings viel länger vor. Seit dem seltsamen Abend ist hier alles anders. Das Leben fühlt sich für mich so an, als wäre eine große Wolke über dem Hügel aufgezogen, die auf unser Haus einen dunklen Schatten wirft.
Ich will versuchen, Dir das zu erklären!
Wie sein Leibarzt vorausgesagt hat, ist Großvater längst wieder bei Kräften und scheint seinen Zusammenbruch ohne bleibenden Schaden überstanden zu haben. Da das Wetter derzeit stabil ist, gibt wohl auch seine Arthritis wieder Ruhe, denn er muss nicht mehr bei jeder Bewegung die Zähne zusammenpressen und geht auch wieder aufrechter. Trotzdem ist er nicht mehr der Alte. Seit der Fremde bei uns aufgetaucht ist, ist Großpapa noch wortkarger als sonst und lässt sich kaum noch im Erdgeschoss blicken. Die meiste Zeit verbringt er oben im Büro oder in seinen Privaträumen. Da er ja schon vor zwei Jahren seinen Gouverneursposten aufgegeben und alle seine sonstigen Geschäfte niedergelegt hat, weiß Gott allein, was er den lieben langen Tag dort treibt.

Auch mit Molly stimmt irgendetwas nicht. Obwohl sie sich alle Mühe gibt, es zu verbergen, ist nicht zu übersehen, dass es in ihr rumort. Denn sobald sie glaubt, sie sei unbeobachtet, legt sich jetzt immer ihre Stirn in Falten und ihre Augen verlieren jeden Ausdruck. Spreche ich sie in diesem Zustand an, dann ist es, als müsste sie erst aus ihren Gedanken auftauchen, ehe sie wieder etwas von ihrer Umwelt mitbekommt.

Ich habe ihr natürlich gleich am nächsten Tag von der zweiten Begegnung mit dem Fremden erzählt und sie mit Fragen gelöchert. Aber sie weigert sich schlichtweg, darüber zu sprechen. Ganz gegen ihre Art wird sie sogar richtig böse, wenn ich von dem Thema anfange. Ich kann machen, was ich will, ich bekomme nicht mehr aus ihr heraus als die Mahnung, endlich damit aufzuhören, bevor Großvater etwas mitbekommt und einen weiteren Anfall erleidet.

Genauso schlimm wie Mollys und Großvaters Laune finde ich, dass man mir alle Freiheiten außerhalb des Hauses genommen hat. Meine Ausflüge ans Meer wurden ohne Angabe von Gründen einfach gestrichen und selbst in unseren Park darf ich nicht mehr allein, sondern nur noch mit Cyrill, der neuerdings immer einen Schlagstock und eine Pistole bei sich trägt. Auch zu Deinem Grab, auf das ich jeden Tag ein paar frische Blumen lege, folgt er mir wie ein Schatten. Auf meine Besuche mit Trojan abends im Pferdestall muss ich sogar komplett verzichten, weil die Türen nach draußen nun gleich nach dem Abendessen verriegelt werden.

Ich hätte nie gedacht. dass ich mir einmal den nachmittäglichen Algebra- oder Lateinunterricht bei Mr Dupin herbeisehnen würde, weil das mittlerweile die einzige Abwechslung in diesem Haus ist.
Weißt Du, Molly sagt immer zu mir, mit meinen goldenen Haaren und der blassen Haut sähe ich aus wie eine Prinzessin. Und unser riesiges Anwesen wäre mein Schloss. Aber nachdem ich ein paarmal diese Mauern verlassen durfte und nun nicht mehr, merke ich, dass ich hier nicht wie eine Prinzessin lebe, sondern wie eine Gefangene.
Wären nicht die Romane in Großvaters Bibliothek, würde ich todsicher den Verstand verlieren. Im Moment lese ich übrigens einen dicken Wälzer von einem Herman Melville, der mich wenigstens zeitweise aus diesen Gemäuern entführt. Sobald ich die Nase in ein Buch stecke, vergesse ich schnell, wie es mir hier ergeht. Wenigstens das ist mir geblieben.
Trotzdem hoffe ich, dass der Spuk bald ein Ende hat und sich die Wolke über unserem Leben verzieht, damit es beim nächsten Mal wieder Nachrichten gibt, über die es Dir zu schreiben lohnt.

Deine Tochter
Tara

UNTER GOLDGRÄBERN

27. Oktober 1856

Es brauchte ganze drei Stunden, bis der Sumpf hinter ihr lag und Tahnee sich daranmachte, den kahlen Buckel in der Landschaft zu überwinden. Als sie atemlos auf der Anhöhe stand und zur anderen Seite hinüberblickte, wälzte sich vor ihren Augen ein breiter Strom durch eine schier endlose, nur von wenigen Erhebungen unterbrochene Weite. Sie war am Sacramento River angelangt.

Mit wackeligen Beinen und schmerzendem Rücken stieg Tahnee die westliche Flanke hinab und ging noch eine Meile weiter nach Westen, ehe sie ihren Weg in Richtung Süden abseits der Flussrinne fortsetzte.

Wenig später stieß Tahnee auf die ersten Ausläufer von Zivilisation, als sie in Ufernähe die Überreste eines Zelts sah, dessen zerschlissene Plane wild im auffrischenden Wind flatterte. Kurz darauf kam sie an unzähligen, von Goldgräbern ausgehobenen Kratern vorbei, an alten Feuerstellen und an wahren Bergen aus rostigen Konservendosen und sonstigem Unrat. Noch immer hatte sie keine Menschenseele zu Gesicht bekommen. Offenbar mussten die Glücksritter am nördlichen Flusslauf schon vor einiger Zeit alles Gold aus der Erde geholt haben und weitergezogen sein.

Etwa eine Stunde später entdeckte Tahnee schließlich den ersten *Placer*, auf dem noch Betrieb herrschte. Vorsichtig näherte sie sich durch das Unterholz einer Handvoll Zelte aus alten Wagenplanen. Der Boden entlang des Gewässers war hier von Hölzern übersät, mit denen unterschiedlich große Vierecke abgesteckt waren. Das mussten die sogenannten *Claims* sein, Bodenparzellen, auf welchen nur die jeweiligen Pächter den Grund nach Bodenschätzen durchwühlen durften.

Tahnee hatte Goldschürfer noch nie bei der Arbeit gesehen. Deshalb nutzte sie ihre Rast, um heimlich aus dem Gestrüpp heraus das Treiben der Männer mit den wilden Bärten und schlammverkrusteten Stiefeln zu beobachten.

Etliche standen bis zu den Knien am Rande des Stroms und schwenkten Wasser in Pfannen herum. Andere schaufelten Sand und Steine aus dem Flussbett und zogen anschließend die Zacken von langstieligen Harken durch die lehmigen Anhäufungen am Ufer. An einer anderen Stelle schleppten zwei Männer einen großen Kübel zu einer Wippe. Auf dieser lag ein ausgehöhlter Baumstamm, der an einem Ende offen und am anderen mit einem hölzernen Gitter versehen war. In den schütteten sie die Erde aus dem Kübel, während ein dritter Mann aus einem Blecheimer

Wasser hinterhergoss und ein vierter gleichzeitig die Wiege hin und her bewegte.

Als sie ihre Tagesration verspeist und genug gesehen hatte, schleppte sich Tahnee weiter. Bis zum Abend kam sie noch an einigen Zeltlagern und Camps aus Wellblechhütten und Bretterbuden vorbei. Und als die Sonne allmählich unterging, tauchte am Horizont schließlich die erste größere Goldgräbersiedlung auf.

Tahnee hielt sich am Rande der Ansammlung von Hütten und Schuppen versteckt. Zu Tode erschöpft kauerte sie unter dem Schatten eines Baumes.

Die Kleidung an ihrem Leib starrte vor Dreck. Ihre Füße waren wund gelaufen und geschwollen. Die Haut auf Hals, Nacken und Gesicht schälte sich und war über und über von Insekten zerstochen.

Tahnee wartete auf den Einbruch der Dunkelheit. In ihrem Schutz wollte sie sich zu den Gebäuden schleichen, um dort ein Pferd zu entwenden.

Noch nie im Leben hatte sie etwas gestohlen. Heute würde sie es tun. Um ihren Vater wiederzufinden, war ihr jedes Mittel recht.

Zwischen den Bäumen verborgen, beobachtete sie, wie mit schwindendem Tageslicht die Goldwäscher von ihren Schürfstellen zurückkehrten. Zuerst ratterte eine Handvoll

Fuhrwerke heran. Diesen folgten struppige Männer, welche die schlammige Straße zwischen den Baracken und Strohschuppen entlangschlurften und nacheinander in ihre Hütten krochen.

Tahnee beschloss, noch eine Stunde zu warten. Erst wenn in der Siedlung Ruhe eingekehrt war, wollte sie es wagen, sich zu den Häusern zu schleichen. Sie ließ sich hinter dem Stamm einer Eiche nieder und wickelte die Decke um ihre Schultern. Sie würde die Zeit nutzen, um Kräfte für die bevorstehende Aufgabe zu sammeln. Es dauerte keine Minute, dann war sie eingeschlafen.

Als sie die Augen wieder aufschlug, funkelten Millionen Sterne über ihr und das Land war in Dunkelheit gehüllt.

Tahnee setzte sich auf, packte die Decke wieder ein und lugte an dem Stamm vorbei. Still und finster lag das Goldgräberlager vor ihr. Die Zeit war reif. Sie konnte sich nun heranpirschen. Im Schatten der dicht beieinanderstehenden Holzhütten und Bretterbuden huschte sie in gebückter Haltung vorwärts. Nirgends brannte ein Licht. Weder in den Behausungen noch irgendwo auf der Straße. Alles lag still. Das heißt, beinahe alles. Weit entfernt bellte ein Hund und von irgendwoher wehten Stimmen herbei. Im selben Moment sah Tahnee doch eine Lichtquelle. In etwa hundert Fuß Entfernung machte die Straße eine Biegung. An dieser Stelle fiel ein matter Schein auf den sumpfigen Weg und von da kamen auch die Geräusche.

Tahnee lächelte zuversichtlich, denn sie konnte sich denken, was sich dort befand. Aus den Erzählungen ihres Vaters wusste sie, dass das Leben eines *Digger*s, wie die Goldgräber genannt wurden, einsam und mühevoll war und die Camps im Hinterland ihren Bewohnern nur selten Zerstreuung boten. Der Ort, an dem sie nach einem harten Arbeitstag Gesellschaft fanden, mit Hochprozentigem ihre Funde feiern und ihre Enttäuschungen betäuben konnten, waren die Saloons, von denen es in jedem größeren Camp wenigstens einen gab. Tahnee wäre jede Wette eingegangen, dass sich sämtliche Goldgräber der Gegend gerade in einem solchen aufhielten. Und dies bedeutete, dass die Gefahr, entdeckt zu werden, nicht allzu groß war.

Unter durchhängenden Wäscheleinen stahl sich Tahnee weiter. Sie kam an einem verrammelten Kramladen und einem Hinterhof voller Abfallberge vorbei und stand plötzlich vor einer Scheune. Aus dieser drang der süßliche Geruch von Heu zu ihr. Tahnee blieb vor dem großen Scheunentor stehen und vernahm dahinter Schnauben und das Stampfen von Hufen.

Auf leisen Sohlen ging sie näher heran. Außer den Geräuschen der Tiere war in der Stallung nichts zu hören. Noch einmal spähte Tahnee in die Dunkelheit ringsumher, dann zog sie einen Torflügel auf und schlüpfte in das Gebäude.

Drinnen war es derart finster, dass sie die Tiere zu beiden Seiten mehr erahnen als sehen konnte. Langsam lief sie den schmalen Durchgang zwischen den Tieren entlang. Dann blieb sie stehen und zog die Zündholzschachtel aus einer Jackentasche. Als Tahnee ein Langholz angefacht hatte, hielt sie es hoch und blickte sich um.

In den hinteren Bereich hatte man ein paar Karren und ein Fuhrwerk geschoben. Entlang der seitlichen Wände standen jeweils etwa ein Dutzend Zugtiere nebeneinander. Allesamt waren es Maultiere und Esel, die an den Läufen gefesselt waren und müde in ihre Futterbeutel schnaubten. Mit einer Ausnahme: In der linken Reihe stand auch ein Pferd.

Tahnee wedelte das heruntergebrannte Holz aus, zündete ein neues an und trat neben den mageren Gaul. Mitleidig betrachtete sie die arme Kreatur, die ängstlich mit den Augen rollte und die Nüstern blähte. Das Tier war offensichtlich krank, denn seine Flanken zitterten heftig und von seinem Maul troff zäher Schaum. Mit diesem Pferd würde sie nicht weit kommen. Also musste sie sich wohl oder übel mit einem Muli begnügen.

Tahnee war eben in den Gang zurückgetreten, als ihr das Blut in den Adern gefror. Denn plötzlich sprach eine krächzende Stimme zu ihr.

»Da brat mir doch einer ’nen Storch! ’n Pferdedieb hat sich zu uns verirrt. Los, Pfoten hoch!«, lallte der Mann, der in der Toröffnung stand und mit einer Schrotflinte auf sie zielte.

Geistesgegenwärtig ließ Tahnee das Zündholz fallen und sprang neben das Pferd. Die Flamme leckte noch kurz an dem Holz, dann ging sie aus und die Dunkelheit war wieder vollkommen.

Mit angehaltenem Atem kauerte Tahnee hinter dem Gaul und spitzte die Ohren. Zugleich versuchte sie vergebens, irgendetwas zu erkennen. Die Geräusche nahm sie in dieser Finsternis dafür umso deutlicher wahr. Neben dem Schnauben hörte sie nun vom Eingang her ein leises Fluchen, gefolgt von einem Poltern und Quietschen.

Tahnee stöhnte lautlos auf. Offenbar war soeben das Tor von innen zugezogen worden.

»Du möchtest also Verstecken spielen«, hörte sie den Mann darauf mit schwerer Zunge sagen.

Den Worten folgte ein boshaftes Kichern, zugleich kamen Schritte näher. Tahnees Nerven waren zum Zerreißen gespannt. Sie musste irgendwie an diesem Kerl vorbei zum Ausgang gelangen. Weil der sich über den Mittelgang näherte, blieb ihr wohl oder übel keine andere Wahl, als unter den Tieren hindurchzukriechen.

Sie ließ sich auf die Knie nieder und krabbelte rasch unter dem Pferd und dem nachfolgenden Maulesel hindurch. Zeitgleich hörte sie, wie sich die Schritte des Mannes näherten. Jeden Moment musste er an ihr vorbeikommen.

Sie nahm allen Mut zusammen. Blitzschnell tauchte sie unter dem Bauch des nächsten Maultieres hindurch. In diesem Augenblick verstummten die Schritte und direkt neben ihr wurde der Hahn einer Flinte gespannt.

Das klickende Geräusch ertönte so laut und unerwartet in

der Dunkelheit, dass die Tiere nervös zu tänzeln begannen und wegen der Fesseln um ihre Läufe auf unsicheren Beinen gegeneinanderstießen.

Von einer Sekunde auf die andere war Tahnee umgeben von stampfenden Hufen und wankenden Tierkörpern. Schon wurde sie von einem Maulesel angerempelt, verlor das Gleichgewicht und landete auf dem Hosenboden. Einen Augenblick später trat ein Tier auf ihren Daumen und ehe es sich Tahnee versah, rutschte ihr vor Schmerz ein verräterisches »Au« heraus.

Im selben Moment wurde sie am Kragen gepackt und die krächzende Stimme jubelte: »Hab ich dich!«

Reaktionsschnell ballte Tahnee die Faust und schlug mit aller Kraft auf den Arm des Mannes ein. Die Hand glitt von ihr ab, Tahnee wirbelte herum und krabbelte, so schnell sie konnte, unter den wogenden Tierkörpern und an den stampfenden Beinen vorbei zum Ausgang.

Hektisch zerrte sie am Tor. Doch es ließ sich nicht öffnen. Voller Panik fuhren ihre Hände über das Holz und endlich ertastete sie einen Riegel. Zitternd schob sie ihn auf, stemmte sich gegen den Torflügel und stürzte so ungestüm nach draußen, dass sie auf dem rutschigen Untergrund ausglitt und der Länge nach im Matsch landete. So schnell sie konnte, rappelte sie sich wieder hoch und wollte eben davonstürzen, als in ihrem Rücken wieder die Stimme erklang.

»Noch 'ne Bewegung und du bist hin.«

Tahnee erstarrte. Langsam drehte sie sich um. Im Hoftor

stand der Mann mit der Flinte und hielt sie mit seiner Waffe in Schach.

Der Mann stieß sie mit dem Lauf seines Gewehrs ins Kreuz und Tahnee taumelte widerwillig vor ihm her. So näherten sie sich dem Gebäude, aus dem das Licht auf die Straße fiel.

Als sie nur noch wenige Meter entfernt waren, erkannte Tahnee, dass sie mit ihrer Vermutung richtiggelegen hatte. Über dem Eingang des einstöckigen Lehmziegelhauses hing ein Schild, auf dem mit roter Farbe *Mike's Saloon* gepinselt war. Mittlerweile konnte sie auch deutlich eine Vielzahl von Stimmen im Innern der Spelunke vernehmen. Erst jetzt entdeckte sie, dass neben dem Saloon ein schwarzes Pferd angebunden war. Verwundert betrachtete Tahnee den feurigen Rappen, auf dessen Rücken ein polierter und mit allerlei Verzierungen versehener Sattel lag, da befahl die raue Stimme hinter ihr: »Los, da rein!«

Tahnee blieb stehen und blickte zurück. Unglücklich sah sie in das Gesicht des Mannes mit dem kupferfarbenen Bart. Dieser blickte sie jedoch nur mitleidlos an und deutete mit dem Gewehr zum Eingang.

Tahnee drückte die Schwingtür auf und sogleich wurde ihr der Gewehrkolben so brutal in die Rückseite gerammt, dass sie vorwärtsstolperte, das Gleichgewicht verlor und auf den mit Sägemehl bestreuten Dielenboden stürzte.

Augenblicklich wurde es im Saloon mucksmäuschenstill. Mit zusammengepressten Zähnen und brennenden Augen kam Tahnee auf die Knie. Während sie sich vollends aufrichtete, stieg ihr der Geruch von billigem Fusel, Tabakrauch und Schweiß in die Nase. Dann stand sie wieder und blickte sich furchtsam um.

Im Licht der flackernden Petroleumlampen, die an Haken in den rußgeschwärzten Dachsparren hingen, lehnten an der Bretterwand gegenüber einige Männer in Baumwollhemden und hohen Lederstiefeln. Alle glotzten sie aus großen Augen an. Tahnee wandte ihren Blick nach rechts. Am Tresen stand eine Handvoll weiterer Digger, die ihre Köpfe zu ihr gedreht hatten.

»He, Fred, wen, zum Geier, haste denn da aufgegabelt?«, sagte ein untersetzter haarloser Mann hinter dem Ausschank.

»Hab das Gör in unsrem Stall erwischt.«

Der Kahlköpfige kam nun hinter der Bar hervor. Unterdessen hielt Tahnee ängstlich nach einer Fluchtmöglichkeit Ausschau. Auf der linken Seite des lang gezogenen Schankraumes standen schlichte Kieferntische. An zweien hockten Pokerrunden beisammen. Um einen anderen saßen drei Goldschürfer vor einer Waage, mit der sie offenbar ihre Ausbeute abwogen. Auch sie starrten zu ihr herüber. Hinter dem Licht der Lampen versank alles in unbestimmten Schatten.

Dort schienen sich weitere Gäste aufzuhalten, denn aus der verdunkelten Ecke stiegen Tabakwölkchen zur Decke.

Rasch ließ Tahnee ihre Augen durch den Raum wandern. Doch nirgends gab es einen Ausgang. Deshalb blickte sie kurz über die Schulter hinter sich, wo dieser Fred breitbeinig und mit erhobener Flinte im Eingang stand.

Der Wirt hatte sich inzwischen vor Tahnee aufgebaut und die Fäuste in die Seiten gestemmt. »Fred, hilf mir mal auf die Sprünge«, sagte er. »Was machen wir doch gleich mit Langfingern bei uns?«

»Wir knüpfen se auf, Mike!«, hörte Tahnee ihren Fänger rufen und das Herz rutschte ihr in die Hose.

»Richtig, jetzt fällt's mir wieder ein.«

In diesem Moment meldete sich einer der umstehenden Männer zu Wort. »He, Chef, aber das ist doch noch ein Kind.«

Ohne den Blick von Tahnee zu lösen, knurrte der Mann vor ihr: »Ich hab selber Augen im Kopf, Garner.« Darauf rieb er nachdenklich sein Doppelkinn und musterte das Mädchen vom Scheitel bis zur Sohle. »Haste 'nen Namen?«

»Ja, habe ich«, sagte Tahnee und rang sich ein freundliches Lächeln ab. »Ich heiße Tahnee.«

»Tahnee? Wassen das für 'n Name? – Biste 'ne verdammte Rothaut, oder was?«

Tahnees Lächeln entgleiste und ihre Hände ballten sich automatisch zu Fäusten. Sie konnte es auf den Tod nicht ausstehen, wenn sich jemand grundlos über die angestammten Bewohner dieser Region ausließ. Aber gerade hatte sie andere Sorgen. Deshalb verscheuchte sie ihre Wut und zauberte das Lächeln auf ihre Lippen zurück.

»Nein, Sir, bin ich nicht«, antwortete sie schließlich mit ihrer freundlichsten Stimme.

Der Besitzer des Saloons reckte den bulligen Schädel vor und taxierte Tahnee aus trüben Augen. »Wie 'ne astreine Rothaut schauste tatsächlich nicht aus«, sagte er. »Erzähl mal, wasde hier zu suchen hast.«

»Ich suche nach meinem Dad«, antwortete Tahnee.

»Wo isser denn verloren gegangen?«

Tahnee hielt seinem Blick stand, während die Gedanken auf der Suche nach einer Ausrede in ihrem Kopf umherwirbelten. Sie durfte natürlich niemandem erzählen, dass Kopfgeldjäger hinter ihrem Vater her waren.

»Er ist einfach ohne ein Wort verschwunden«, erklärte sie nun und schob dann hinterher: »Meine Mama glaubt, er könnte unter die Goldgräber gegangen sein.«

»Wenn deine Mum das denkt, sollt man das wohl ernst nehmen, nicht?«, sagte der Wirt und verschränkte die Arme vor der Brust. »Also, verrat uns doch mal, wie dein Daddy heißt.«

Tahnee biss sich auf die Unterlippe und fluchte innerlich, weil ihr auf die Schnelle keine glaubwürdigere Lügengeschichte eingefallen war.

»John«, nannte sie rasch den erstbesten Namen, der ihr einfiel.

»John und wie noch?«

»John … Johnson«, sagte Tahnee zögernd und gab sich alle Mühe, ihre aufrichtige Miene beizubehalten.

»Habt ihr gehört, Männer, die Kleine sucht nach ihrem Paps«, rief dieser Mike mit einem Mal aus und blickte grimassierend in die Runde. »Kennt zufällig einer von euch 'nen John Johnson, dem seine Blage mit 'nem Rothautnamen gestraft ist?«

Keiner der Gäste gab darauf eine Antwort. Nur der Rotbart in Tahnees Rücken gackerte drauflos, als habe er gerade den besten Witz seines Lebens gehört.

Nachdem sein Glucksen verklungen war, verzog der Wirt bedauernd die Mundwinkel. »Da haste wohl Pech gehabt. Bei uns ist dein Daddy nicht.«

»Schade«, sagte Tahnee kleinlaut und zuckte mit den Schultern. »Dann muss ich wohl woanders weitersuchen.«

»So isses«, erwiderte der Glatzkopf und grinste verschlagen.

»Okay. Trotzdem danke für die Hilfe«, murmelte Tahnee unsicher und hob die Hand zum Abschied. Vielleicht würden sie die Männer ja einfach hinauslassen und den Vorfall vergessen.

Doch im selben Moment zerstob diese Hoffnung, denn von einer Sekunde auf die andere lief das Gesicht des Wirts puterrot an.

»Eins würd ich allerdings noch gern von dir wissen. Wennde dich bloß nach deinem Paps erkundigen wolltest, wieso haste dich dann in unsren Stall verirrt?«

Tahnee biss sich wieder auf die Lippen, denn sie wusste darauf nichts zu erwidern. »Bitte lassen Sie mich gehen«, flehte sie verzweifelt. »Wissen Sie, ich muss so schnell wie möglich nach …«

»Genug von dem Quatsch!«, wurde sie harsch unterbrochen. »Ich lass mich von dir doch nicht verscheißern, Mädel! Deine Geschichte kannste irgendwann dem County-Sheriff auftischen, wenn der 's nächste Mal aus Yuba City bei uns vorbeischaut.«

Nach diesen Worten spuckte der Wirt aus und blickte anschließend zu dem Mann im Eingang. »Fred, bring deinen Fang doch mal rüber in unsern Geräteschuppen. In den sperrste die Ausreißerin ein. Und wennde zurück bist, spendier ich 'ne Runde für die Mannschaft.«

Nach diesen Worten war der Bann gebrochen, denn auf der Stelle hob ein ohrenbetäubendes Lärmen an, die Männer johlten wie die Verrückten und klatschten wild in die Hände.

Tahnee stand noch immer wie festgewurzelt da. Erschüttert blickte sie auf ihre zerschlissenen Mokassins und wartete darauf, dass ihr das Gewehr wieder in den Rücken gestoßen und sie zu ihrem Gefängnis gebracht wurde. Die Erkenntnis, dass sie dort vermutlich viele Tage eingesperrt und damit zu untätigem Warten verdammt wäre, raubte ihr allen Mut. Plötzlich schien eine tonnenschwere Last auf ihren Schultern zu liegen.

Da nahm sie eine merkwürdige Veränderung in der Geräuschkulisse wahr. Anstelle des Johlens hörte sie nun aufgeregtes Raunen und Gemurmel.

Verwundert sah sie auf.

Die Männer an der Wand und an der Bar starrten an ihr vorbei zur linken Seite des Raumes. Tahnee wandte den Kopf und erblickte einen Mann, der in lässiger Pose zwischen den Tischen stand und der Grund zu sein schien, warum die trunkene Heiterkeit einer angespannten Atmosphäre gewichen war.

Im Licht der Petroleumlampe funkelte der Stahl der Pistole in seiner Linken.

Trotz der gezückten Waffe lächelte der Unbekannte freundlich in die Runde.

»Excusez-moi, Messieurs«, sagte er in höflichem Tonfall, »leider muss ich Ihre Unterredung stören.«

Die Dielenbretter knarrten und knackten in der eingetretenen Stille, als der Mann näher kam. Wie benommen starrte Tahnee ihn an. Er hatte fein geschnittene Züge und über seinen Lippen prangte ein gepflegter Schnurrbart. Die polierten Stiefel aus Schlangenleder, der saubere knielange Gehrock und der Seidenhut auf seinem Kopf taten ihr Übriges, dass er unter den Goldgräbern wie ein Schwan unter Geiern wirkte.

Zwischen ihr und dem Wirt blieb der ungewöhnliche

Gast stehen. Er warf Tahnee einen aufmunternden Blick zu, ehe er mit seinen lebhaften braunen Augen den Besitzer des Saloons ins Visier nahm.

»Das Mädchen sagt die Wahrheit. Sie sucht tatsächlich nach ihrem Vater. Zufällig weiß ich, wo der sich befindet. Darum schlage ich vor, ich nehme das Kind in meine Obhut.«

Nach dieser Ankündigung zeigte er wieder sein charmantes Lächeln. Zugleich hob er das Schießeisen an und setzte die Mündung der Waffe auf die Stirn des Glatzköpfigen.

»Sie sind gewiss damit einverstanden, n'est-ce pas?«

Der Wirt schluckte hörbar. Urplötzlich war sein blanker Schädel mit unzähligen Schweißperlen gespickt, die im Licht der Lampen glitzerten.

Tahnee beobachtete derweil, wie sich die Männer in dem Saloon Blicke zuwarfen. Aber keiner von ihnen rührte sich auch nur einen Millimeter von der Stelle.

»Monsieur Mike, ich habe Sie etwas gefragt!«

Die Augen des Wirts sprühten Gift und Galle, während er widerwillig mit dem Kopf nickte.

»Magnifique! Ich wusste, Sie glauben mir«, rief der geschniegelte Fremde sogleich heiter aus und zog im selben Moment blitzschnell eine zweite Pistole aus ihrem Holster. Mit dieser zielte er jetzt an Tahnee vorbei zur Schwingtür. »Monsieur Fred, lassen Sie bitte Ihre Waffe fallen! Und dann treten Sie beiseite und geben für das Fräulein den Ausgang frei. – Vous comprenez?«

Keine Sekunde später hörte Tahnee hinter sich ein Poltern.

Darauf lächelte sie ihr unerwarteter Beschützer an. »Geh du doch schon mal zu meinem Pferd. Ich komme gleich nach.«

Tahnee ließ sich nicht zwei Mal bitten. Unverzüglich machte sie auf dem Absatz kehrt und drängte sich an dem Rotbärtigen vorbei, der von Kopf bis Fuß heftig schlotterte und mit geweiteten Augen auf die gegen ihn gerichtete Schusswaffe starrte. Dann stieß sie die Schwingtür auf und schlüpfte hinaus in die Nacht.

Unschlüssig blieb Tahnee neben dem Pferd stehen. Sie war unfähig zu begreifen, dass sie völlig unerwartet ihre Freiheit wiedergewonnen hatte.

Es dauerte keine Minute, da kam auch der elegant gekleidete Mann aus der Spelunke. Mit heiterer Miene steckte er seine Colts zurück in die Holster und band das Pferd los. Dann schwang er sich in den Sattel und reichte Tahnee die Hand.

»Ma petite, kommst du mit mir?«

Unschlüssig blickte Tahnee zu dem Reiter hoch. Der Unbekannte hatte sie zwar eben aus einer misslichen Lage befreit, doch hatte sie keine Ahnung, wer dieser Revolverheld war und was er im Schilde führte.

»Beeil dich lieber!«, sagte er nun mit einem offenherzigen Lächeln. »Oder möchtest du etwa hierbleiben?«

Tahnee zögerte noch einen Moment, dann aber hörte sie, wie das Geflüster aus dem Schankraum zu einem hektischen Stimmengewirr anhob. Als nun auch noch Schritte heranpolterten, streckte sie dem Reiter geschwind ihre Hand entgegen.

AUS TARAS TAGEBUCH

7. Oktober 1856

Liebste Mama,

ich hatte Dir ja geschrieben, dass ich mir wünsche, der Spuk hier hätte bald ein Ende und die dunklen Wolken über uns würden endlich abziehen. Nun ist alles noch schlimmer gekommen. Vor nicht einmal einer Stunde habe ich etwas so Gruseliges erlebt, dass ich heute Nacht gewiss kein Auge zubekommen werde. Ich zittere noch immer wie Espenlaub, während ich im Licht einer Kerze an meinem Schreibtisch sitze und diese Zeilen schreibe.

Der heutige Tag war sterbenslangweilig und nur Melvilles *Weißer Wal* brachte mir etwas Freude. Nach dem Dinner aber geschah etwas Eigenartiges. Zuerst bekam ich mit, dass Stokes nicht wie sonst die Eingangstür abschloss. Dann hat Großvater unsere Dienerschaft viel früher als üblich von ihren Aufgaben befreit und alle Hausangestellten in ihren Trakt entlassen. Außerdem schien es Molly verflixt ei-

lig zu haben, mich bettfertig zu machen und mein Licht zu löschen. So kam es, dass im Haus komplette Stille herrschte, als es draußen gerade dunkel geworden war.
Nachdem Molly mein Zimmer verlassen hatte, lag ich eine ganze Weile wach und habe mich gefragt, was los war.
Allerdings passierte erst gar nichts. Ich dachte schon, ich hätte mich getäuscht, und mir fielen langsam die Augen zu, als ich das leise Klappern von Hufen hörte.
Auf der Stelle war ich aus dem Bett und am Fenster. Durch den Spalt zwischen den Samtvorhängen habe ich hinausgespäht. Es hat einen Moment gedauert, bis ich die Silhouette des Reiters erkennen konnte, der unseren Hügel heraufkam. Tatsächlich hielt das Pferd direkt vor unserem Tor und der Mann stieg vom Sattel.
Jetzt war es mir klar! Großvater erwartete Besuch und wollte offenbar, dass den keiner zu Gesicht bekam. Ich fragte mich, wieso. Und da ist mir ein Verdacht gekommen. Vielleicht hatte der Besuch ja mit den Vorgängen zu tun, die unser Leben in solche Unordnung gebracht haben. Deshalb beschloss ich, seine Pläne zu durchkreuzen.
Als die Türglocke schellte, war ich schon aus meinem Zimmer und legte mich am Treppenabsatz auf die Lauer. Von dort aus habe ich Großvaters Stimme gehört, dann hallten Schritte und das Klirren von Sporen durch das Treppenhaus. Offenbar führte Großvater den Gast in sein Büro im zweiten Stock. Während ich auf Zehenspitzen die Stufen hinaufsprang, dachte ich an ein Spiel, das ich als kleines Kind

geliebt hatte. Damals hatte ich mit den Dienstmädchen ab und zu Verstecken im Haus gespielt. Darum kenne ich alle Ecken und Winkel und weiß, dass es im Arbeitszimmer ein ideales Versteck gibt.

Nachdem ich den Flur durchquert hatte, schlüpfte ich in den stockfinsteren Raum und kroch dort in einen Wandschrank. Keine Sekunde zu früh hatte ich die Lamellentür hinter mir zugezogen, denn schon hörte ich Stimmen vor dem Zimmer.

Wie mein Herz gerast hat, Mama! Ich war so aufgeregt! Immer wieder habe ich mich gefragt, was in mich gefahren ist. Gleichzeitig habe ich auch Gewissensbisse bekommen, denn in Großvaters Büro habe ich eigentlich nichts zu suchen und was hier gesprochen wird, ist nicht für meine Ohren bestimmt. Aber einen Rückzieher konnte ich nun nicht mehr machen. Außerdem fand ich, dass auch ich ein Recht darauf hatte, zu erfahren, was bei uns gerade vor sich geht.

So wurde ich Zeuge der Unterhaltung.

Mama, ich wünschte, ich könnte die Zeit zurückdrehen und brav in meinem Zimmer bleiben. Denn dann hätte ich das Folgende nicht miterleben müssen. Da ich aber nun mal dort gewesen bin, werde ich versuchen, die Begegnung von Großvater und dem Mann so genau wie möglich festzuhalten, ehe ich manches wieder vergesse.

Durch die Ritzen zwischen den Lamellen konnte ich alles sehen, was in dem Raum vor sich ging. Zuerst kam Großvater rein. Er hat eine Petroleumlampe auf dem Schreibtisch abgestellt und sich auf seinen Lehnstuhl gesetzt. Dann stiefelte der Gast durch den Raum und ließ sich auf dem Stuhl vor dem Tisch nieder. Jetzt konnte ich ihn mir anschauen. Weil er aber seinen Hut nicht abgenommen hatte, waren nur sein stoppeliges Kinn und sein Mund zu erkennen.

Dann fragte der Mann mit kratziger Stimme, warum er herkommen sollte.

Großvater sagte nur, das werde er schon sehen, und holte eine Papierrolle unterm Tisch hervor. Die hat er dem Mann gereicht, der sie gleich öffnete und so vor sich hielt, dass ich nicht erkennen konnte, was darauf stand.

Danach gab es ungefähr folgendes Gespräch.

Der Mann: »Wer ist das?«

Großvater: »Ich kenne seinen Namen nicht. Er ist ein gemeiner Bandit und Mörder, wie es dort steht. Vor Jahren ließ ich nach ihm fahnden.«

Der Mann: »Ich soll ihn für Sie auftreiben?«

»Er wurde schon gefunden«, sagte Großvater und erzählte, dass der Gesuchte irgendwo am Stanislaus River von einem Franzosen erwischt worden war. Der habe dafür ein Kopfgeld erhalten.

Der Mann fragte darauf, warum er ihm dann den Steckbrief gezeigt habe. Die Sache sei ja wohl schon erledigt.

Großvater hat erst nachdenklich vor sich hin gestarrt, bevor er meinte, er sei sich nicht mehr sicher, ob das auch wirklich stimme, obwohl er einen Beweis habe, dass dieser Gangster tot sei.

Während er das sagte, hat der Mann mit einem Daumen seinen Hut aus der Stirn geschoben, sodass ich endlich mehr von seinem Gesicht erkennen konnte. Ich sage Dir, ich habe auf der Stelle eine Gänsehaut bekommen, denn der Kerl sah richtig gemein aus. Vor allem seine Augen haben mir Angst gemacht, denn sie waren so starr und kalt wie die einer Klapperschlange.

Nachdem er den Hut hochgeschoben hatte, beugte sich der Mann vor und sagte, er würde den Beweis gerne mal sehen. Großvater hat genickt und ist aufgestanden. Mir ist sofort das Herz in die Hose gerutscht, weil ich dachte, dass dieser Beweis vielleicht in dem Schrank liegen könnte, in dem ich mich versteckt hatte. Gott sei Dank gingen die beiden zum Wandschrank auf der anderen Zimmerseite. Großvater öffnete ihn und ich habe das Grässlichste in meinem ganzen Leben gesehen.

Auf einem der Regale stand ein Glasbehälter. Er war mit einer trüben Flüssigkeit befüllt. Darin schwamm ein menschlicher Kopf!

Mama, es war nicht irgendein Kopf. Ich habe das Gesicht sofort erkannt, obwohl es keinen Vollbart hatte, sondern nur ein geschwungenes Bärtchen auf der Oberlippe.

Es war das Gesicht des Unbekannten, dem ich in der Stadt und bei der Eiche hinterm Haus begegnet bin! Du musst mir glauben! Ich konnte es genau erkennen.

Aber weiter.

Der Besucher nahm das Gefäß auf und betrachtete das gräu-

liche Ding hinter dem Glas. Er drehte es ein paarmal hin und her und fing plötzlich so heftig an zu kichern, dass er richtig durchgeschüttelt wurde und die Flüssigkeit in dem Glas hin und her geschwappt ist. Großvater hat seinen Gast angeschaut, als habe der den Verstand verloren, und wunderte sich gewiss genauso wie ich, was an einem in Alkohol eingelegten Kopf so lustig sein mochte.
Und dann ist es passiert! Von einer Sekunde auf die andere hat der Mann das Glas mit voller Wucht gegen die Wand geschleudert, wo es in tausend Stücke zerplatzte.
Mama, ich habe mich so erschreckt, dass ich beinahe aufgeschrien und mich verraten hätte. Im allerletzten Moment habe ich eine Hand vor den Mund gepresst und so verhindert, dass ich einen Laut von mir gebe. Wie der Kopf nun polternd über den Boden rollte, werde ich nie im Leben vergessen. Und auch nicht, wie der Mann das Haupt am Schopf gepackt und Großvater vor die Augen gehalten hat.
Mit einem fiesen Grinsen im Gesicht sagte er nun, dass Großvater mal richtig hinschauen solle. Dann würde er schon merken, dass er aufs Kreuz gelegt worden sei.
Großvater starrte daraufhin eine ganze Weile auf den Kopf, der unter der erhobenen Faust baumelte. So leise, dass ich es fast nicht hören konnte, sagte er schließlich: »Er ist gar nicht echt. Es ist eine Nachbildung aus Wachs.«
Weil seine Augen dabei gefährlich funkelten, sah ich, dass er sehr wütend war. Deshalb wunderte ich mich auch nicht, wie zornig seine Stimme plötzlich klang.

Ich kriege seine Worte nicht mehr genau zusammen, aber ungefähr dies hat er ausgerufen: »Suchen Sie diesen Mann! Ich will ihn lebend! Ich werde ihn persönlich an den Galgen bringen. Geld spielt keine Rolle. Sie bekommen das Zehnfache der Belohnung, wenn Sie erfolgreich sind.« Genau erinnere ich mich noch an den letzten Satz seiner Tirade, in dem Großvater den Besucher endlich bei seinem Namen nannte.

»Kommen wir ins Geschäft, Mr Crane?«, fragte er und streckte dem Mann dabei die Hand hin.

Der hat zuerst den schrecklichen Kopf auf dem Schreibtisch abgesetzt, dann hat er eingeschlagen und Großvater gefragt, ob es sonst noch etwas gebe, woran er und seine Männer den Gesuchten erkennen würden. Immerhin sei das mit dem Steckbrief schon ein paar Jahre her und sein Aussehen könne sich in der Zwischenzeit verändert haben.

»Er versteckt jetzt sein Gesicht hinter einem Bart«, antwortete Großvater und meinte dann noch, dass dieser Verbrecher wie einer dieser Trapper herumlaufe. Deshalb solle Crane mit der Jagd am besten in den Tälern am Fuße der Berge beginnen.

Der Mann nickte darauf und wandte sich zum Ausgang. Aber Großvater fiel in dem Moment noch etwas ein. Er wies ihn darauf hin, dass der Mann auf dem Steckbrief möglicherweise einen auffälligen Schmuck um den Hals trage. Und zwar ein Silberkreuz mit einem Bernstein in der Mitte. Dann fiel die Tür ins Schloss und um mich herum war es wieder finster. Ich habe noch gehört, wie sich Großvaters Schritte und das Klingen der Sporen von diesem Crane entfernt haben. Als alles still war, bin ich raus aus meinem Versteck und schleunigst zurück in mein Zimmer.

Nachdem ich Dir das alles geschrieben habe, geht es mir ein wenig besser. Nun bin ich müde geworden und werde versuchen, noch ein paar Stunden Schlaf zu finden. Hoffentlich wird er nicht von Träumen von einem Kopf oder einem unheimlichen Mann begleitet. Morgen werde ich diese Zeilen mit etwas Abstand lesen und gründlich nachdenken. Es besteht ja nun kein Zweifel mehr, dass es eine Verbindung zwischen Großvater und dem Unbekannten gibt.

Ich werde herausfinden, was hier vor sich geht.

Das schwöre ich Dir!

Deine Tara

DER FRANZOSE

27. Oktober 1856

Der Reiter trieb sein Pferd nach Osten, den Wäldern jenseits des Flusses entgegen und damit in die Richtung, aus der Tahnee Stunden zuvor ins Sacramento-Tal gelangt war. Sie saß hinter dem Mann und krallte sich an dem Stoff seiner Jacke fest. Etwa eine halbe Stunde ritten sie durch die finstere Nacht, bis sie auf eine Waldlichtung stießen. Dort stiegen sie ab und der Mann band sein Pferd mit dem Zügel an einen Baum.

»Wir brauchen trockenes Holz«, sagte er. »Ich habe am Nachmittag einen Hasen geschossen.«

Ohne ein weiteres Wort zog er den Hasen aus der Satteltasche. Während er das Tier häutete, tastete Tahnee zwischen den Bäumen blind nach trockenen Ästen. Als sie eine ausreichende Menge Hölzer aufgeschichtet hatte, machte sie sich daran, Glut anzuschüren. Ihr Begleiter hatte dem Tier inzwischen das Fell abgezogen und spießte es jetzt auf einen Stock.

Endlich prasselte das Feuer vor sich hin und der Spieß

mit dem Braten lag, von zwei Steinen gestützt, über der Glut. Tahnee und der Unbekannte hockten sich nun dicht an die wärmenden Flammen. Argwöhnisch blickte Tahnee zu ihrem Retter hinüber.

Dieser hatte den Hut abgenommen und nun konnte sie sein aschblondes, gescheiteltes Haar erkennen. Nachdem er einen Zigarillo in Brand gesteckt hatte, betrachtete er Tahnee mit neugierigem Interesse.

»Heißt du wirklich Tahnee?«, fragte er schließlich.

»Klar«, gab Tahnee knapp zurück.

»Möchtest du auch meinen Namen wissen?«

Tahnee zuckte zuerst mit den Schultern, dann nickte sie kaum merklich.

»Ich heiße Jean-Baptiste Leclerc und bin, wie du sicher schon erraten hast, gebürtiger Franzose.«

Tahnee erwiderte darauf nichts. Stattdessen blickte sie in die Flammen und knetete unsicher die Hände. Sie wusste diesen zwielichtigen Mann einfach nicht einzuordnen. Deshalb nahm sie sich vor, nicht mehr als nötig von sich preiszugeben.

Als hätte er es geahnt, stellte der Franzose auch schon eine Frage, die sie aus der Reserve locken sollte.

»Magst du mir erzählen, was mit dir los ist?«, fragte er und blickte sie auffordernd an.

»Was soll denn mit mir sein?«, erwiderte Tahnee kurz angebunden.

»Ich frage nur, weil Kinder in dieser Ecke eher selten sind.

Und für gewöhnlich sind Mädchen in deinem Alter nicht allein unterwegs. Außerdem siehst du wirklich grausig aus, wenn ich mir diese Bemerkung erlauben darf«, fügte er mit einem schalkhaften Lächeln hinzu.

Als Tahnee an sich hinabsah, musste auch sie grinsen. Johnsons viel zu große Lederjacke hing wie ein Kartoffelsack an ihr und war mit einer rissigen Schicht aus Dreck und Erde bedeckt.

Abwägend blickte Tahnee dann in die unbeschwerte Miene hinter den Flammen. Der Mann wirkte auf sie wie eine Mischung aus einem Theaterdarsteller und einem Gauner. Keinesfalls würde sie ihm die Wahrheit sagen. Sie durfte niemandem von ihrem Vater erzählen, denn er wurde steckbrieflich gesucht und für seine Ergreifung winkte eine fette Belohnung. Wenn Geld im Spiel war, konnte man niemandem über den Weg trauen. Erst recht keinem Wildfremden, von dem man eben erst aufgegriffen worden war.

»Sie waren vorhin auch in dem Saloon. Dann wissen Sie doch Bescheid«, bemerkte sie deshalb zugeknöpft.

Das Lächeln des Mannes wurde noch ein wenig breiter. »Stimmt, ich konnte aus meiner Ecke das Gespräch mithören«, sagte er. »Aber für mich klangen deine Erklärungen eher wie lausige Ausflüchte, ma petite.«

Wieder musste Tahnee grinsen. Zugleich blickte sie ein wenig beschämt zu Boden. Sie wusste selbst, dass ihre an den Haaren herbeigezogene Geschichte keine Glanzleistung gewesen war.

»Du brauchst dich nicht zu ärgern, Tahnee«, hörte sie ihr Gegenüber sagen. »Diesem Großmaul von Wirt war es sowieso gleich, was du ihm erzählst. Diese armen Hunde fristen ein trostloses Dasein. Deshalb wollte er dich piesacken und seinen Leuten eine Show bieten. Weggesperrt hätte er dich so oder so. Es lag schließlich auf der Hand, was du in dem Stall wolltest.«

»Okay«, sagte Tahnee. Da dem Mann ihre Absichten ohnehin klar waren, konnte sie wenigstens diesbezüglich bei der Wahrheit bleiben. Das war sie ihm wohl schuldig. Immerhin hatte er ihr aus der Patsche geholfen.

»Ja, ich wollte ein Pferd stehlen«, gab sie zu. »Mein Dad heißt nicht John Johnson. Und eine Mutter habe ich gar nicht. Damit Sie Bescheid wissen: Ich bin keine gewohnheitsmäßige Lügnerin und auch keine Diebin. Mehr möchte ich nicht verraten. Das geht nur mich was an.«

»Wie du willst«, sagte Leclerc. »Aber wenn ich dir irgendwie helfen kann, dann lass es mich wissen.«

Nach diesen Worten beugte er sich vor und begutachtete den Hasen. Mit zufriedener Miene nahm er den Spieß vom Feuer und blies auf das qualmende Fleisch.

»Ich sterbe vor Hunger«, seufzte er. Dann zog er zwei Fleischstücke von dem Stecken auf ein Tuch, streute eine Prise Salz darauf und reichte sie über das Feuer.

Tahnee nahm das köstlich duftende Essen entgegen und streckte Leclerc darauf einen ihrer beiden letzten Maismehlfladen hin.

Während sie schweigend vor sich hin kauten, merkte Tahnee, dass nicht nur das mulmige Gefühl in ihren Eingeweiden verschwand, sondern auch ihr Misstrauen nachließ. Der Franzose war zwar ein wenig zwielichtig, aber zugleich sympathisch. Es machte ganz den Anschein, als hätte er sie ohne irgendwelche Hintergedanken aus den Fängen dieser Goldgräber befreit. Auch hielt sich seine Neugierde in Grenzen. Nachdem sie ihm erklärt hatte, dass sie nichts von sich erzählen wollte, hatte er das ohne Einwände akzeptiert und keinen weiteren Versuch unternommen, mehr aus ihr herauszuquetschen. Dennoch würde sie weiterhin auf der Hut sein und ihm zur Sicherheit ein wenig auf den Zahn fühlen. Es interessierte sie ohnehin, wer ihr Begleiter war und was er so trieb.

Als sie fertiggegessen hatten, zündete sich Leclerc einen neuen Zigarillo an. Tahnee nahm einen Schluck aus ihrer Flasche und wickelte die Decke um die Schultern.

»Und was machen Sie hier in der Gegend?«, fragte sie geradeheraus.

»Was glaubst du?«, fragte der Franzose.

»Weiß nicht«, murmelte Tahnee. »Vielleicht schreiben Sie Wildwest-Geschichten oder Sie drehen den Leuten im Hinterland irgendwelche Mittelchen gegen ihre Gebrechen an.«

Nach ihrer Äußerung erklang aus Leclercs Kehle ein herzhaftes Lachen, dem ein heftiges Husten folgte, weil er sich am Rauch seines Glimmstängels verschluckt hatte.

»Damit liegst du gar nicht so falsch«, schmunzelte er. Mit

einem Mal hielt er in seiner Hand einen Satz Karten und begann die Blätter mit ungeheurem Geschick zu mischen.

»Sie sind ein Kartenspieler!«, sagte Tahnee mit großen Augen.

»Richtig. Weil ich in aller Regel gewinne, mache ich mir nicht viele Freunde. Darum bleibe ich nie länger als nötig an einem Ort. Zuletzt war ich droben in Yuba City. Gerade bin ich auf dem Weg nach Sacramento. In dem Goldgräbernest hatte ich eine Rast eingelegt und wollte bei der Gelegenheit den Tölpeln beim Poker ein paar Nuggets abknöpfen. – Du hast mir also mit deinem Auftritt die Tour vermasselt«, fügte er hinzu und warf ihr ein Zwinkern zu.

Tahnees Herz machte einen Sprung und pochte nun laut in ihrer Brust. Als sie ihre Frage stellte, gab sie sich Mühe, ihre Stimme gelassen klingen zu lassen.

»Würden Sie mich vielleicht mitnehmen?«

»Nach Sacramento?«

»Ja.«

»Kein Problem! Das heißt, unter einer Bedingung.«

»Und welcher?«, fragte Tahnee bang.

»Den Hasen, den ich morgen schieße, häutest du und nimmst ihn auch aus. Ich mache mir nicht gern die Finger blutig.«

»Okay«, sagte Tahnee zögerlich und der Franzose rief erfreut »Très bien!« aus.

Darauf mussten beide lachen. Als ihr Gelächter verklungen war, gähnte Tahnee. Mit einem Mal spürte sie die

Nachwirkungen der zurückliegenden Strapazen in jedem Knochen.

»Genug für heute«, sagte ihr Gegenüber und gähnte ebenfalls. »Morgen erwartet uns ein langer Ritt.«

Schon bettete Leclerc den Kopf auf seinen Sattel und zog eine Pferdedecke über sich.

»Mr Leclerc!«, sagte Tahnee, denn sie wollte noch etwas loswerden.

»Oui?«, erwiderte der Franzose leise.

»Danke!«

»Gern geschehen«, murmelte der Mann. Dann fügte er noch eine Spur leiser hinzu: »Bonne nuit, Tahnee.«

»Gute Nacht«, erwiderte Tahnee und legte sich unter ihre Decke neben das wärmende Feuer.

Sie war gerade dabei wegzudämmern, da knackte in der Nähe ein Ast und unmittelbar darauf war das Flattern eines aufgescheuchten Vogels zu hören. Noch einmal richtete sie sich auf und starrte in die Dunkelheit jenseits des Feuers. Doch sie konnte nichts Verdächtiges entdecken und es war auch kein weiteres Geräusch mehr zu hören.

Nur ein Tier, dachte Tahnee und sank wieder zurück. Es dauerte keine Minute, bis sie eingeschlafen war.

Mit dem Ärmel der Jacke rieb sich Tahnee den Schlaf aus den Augen. Der Morgen war kalt und grau. Nebel waberte um das erloschene Feuer. Die Decke über ihrem Körper war klamm und ihre Glieder fühlten sich steif und schwer an.

Noch ein wenig benommen sah sie zu, wie der Franzose seine Stiefel ausschüttelte, die Decke zusammenrollte und den Sattel auf den Rücken des Pferdes setzte. Während er den Gurt unter dem Bauch des Tieres zuschnallte und die Schlafrolle hinten am Sattel verschnürte, kämpfte sich Tahnee auf die Beine. Dann streckte sie sich und hieß den Tag mit einem matten Ächzen willkommen.

»Bonjour Mademoiselle«, sagte Leclerc. »Beeile dich, wir reiten erst ein Stück. Frühstück gibt es später.«

Rasch packte auch Tahnee ihre Sachen zusammen. Schon setzte der Mann eine Stiefelspitze in den Steigbügel und schwang sich in den Sattel. Tahnee stopfte rasch die Decke in ihren Beutel und lief über die Asche zu ihm herüber.

»Pack den am besten in meine Satteltasche«, sagte er und deutete auf den Beutel.

Tahnee nahm diesen von der Schulter und verstaute ihn. Dann zog Jean-Baptiste Leclerc sie zu sich hoch.

Sie brachen nach Westen auf. Ehe sie den Sacramento River kreuzten, lenkte der Franzose sein Pferd nach Süden. Außer Sicht der Goldgräbercamps ritten sie ihrem Ziel entgegen.

Zwei Stunden später lag der Wald längst hinter ihnen und war eintönigem Flachland gewichen. Leclerc ließ seinen Rappen traben und Tahnee wurde nun heftig durchgeschüttelt. Sie klammerte sich nicht mehr an der Jacke des Franzosen fest, sondern schlang die Arme um seinen Bauch, damit sie nicht vom Pferd fiel.

Seit sie aufgebrochen waren, hatten sie kaum ein Wort gewechselt und Tahnee ließ ihre Gedanken schweifen. Voller Wehmut und Schrecken dachte sie an die zurückliegenden Ereignisse, an ihre Begegnungen mit einem Indianerjungen, einem entlaufenen Sklaven und einer Horde Goldgräber.

Schließlich tauchte sie aus ihren Gedanken auf und nahm ihre Umwelt wieder wahr. Inzwischen brachen vereinzelte Sonnenstrahlen durch die Lücken der Wolkendecke und bohrten sich wie leuchtende Speere in den Dunst vor ihren Augen.

Bald darauf führte der Franzose das Pferd wieder vom Fluss weg und drosselte schließlich dessen Gang, weil nun das Gelände wieder anstieg. Dann gab Leclerc seinem Rappen die Sporen und trieb das Tier die Anhöhe hinauf. Auf der Kuppe brachte er das Pferd mit einem Schnalzlaut zum Stehen.

Tahnee schaute in das vor ihr liegende Tal. Es war mit saftig grünem Gras bewachsen und direkt unter ihnen hörte sie das Gluckern eines Gewässers.

Der Franzose streckte nun den Rücken durch und schob den Hut in den Nacken.

»Zeit für eine Pause«, sagte er und lenkte den Rappen den Buckel hinab.

Das Pferd hatte am Bach seinen Durst gelöscht und graste jetzt ein gutes Stück entfernt von ihrem Lagerplatz. Leclerc war schon vor einiger Zeit mit seinem Gewehr losgezogen. Derweil kümmerte sich Tahnee um das Feuer.

In der Senke war nirgends Brennholz zu finden. Deshalb erklomm sie den gegenüberliegenden Hang, wo ein paar Dutzend Eichen und Kiefern standen. Der Kamm des Hügelrückens war mit einem Teppich aus Nadeln, Blättern und trockenen Zweigen bedeckt.

Während Tahnee Reisig sammelte, beschlich sie mit einem Mal das seltsame Gefühl, nicht allein zu sein. Argwöhnisch richtete sie sich auf, beschirmte die Augen mit einer Hand und drehte sich einmal im Kreis, um nach allen Seiten zu spähen. Doch weit und breit war keine Sterbensseele zu sehen.

Sie musste noch ein paarmal zur Anhöhe zurückkehren, bis sie genug Brennmaterial gesammelt hatte. Obwohl sie nichts Verdächtiges hörte oder sah, saß ihr dieses Gefühl die ganze Zeit über im Nacken. Darum war Tahnee froh, als der Franzose nach mehr als einer Stunde zurückkam und wieder an ihrer Seite war.

Leclerc hatte diesmal keinen Hasen geschossen. Stattdessen streckte er ihr ein totes Rebhuhn hin und sagte: »Voilà! Unser Mittagessen.«

Die beiden hockten wie in der Nacht zuvor am Feuer und warteten darauf, dass ihr Braten gar wurde. Eine ganze Weile schwiegen sie und lauschten dem Prasseln vor ihnen und dem Plätschern und Zirpen ringsumher, bis der Franzose sagte: »Darf ich dich etwas fragen?«

»Was denn?«, erwiderte Tahnee.

»Was ist mit deiner Mutter? Du sagtest gestern, du hast keine.«

»Sie ist tot.«

»Oh, das tut mir leid. – Wo kam sie denn her?«

»Aus dem Osten.«

Leclerc hob das Gesicht und blickte über das Feuer hinweg. »Und wann ist sie gestorben?«

»Kurz nach meiner Geburt.«

»Ich verstehe«, murmelte er.

»Wahrscheinlich ist sie erfroren«, erklärte Tahnee.

Der Franzose beugte sich neugierig vor. »Wie das?«

»Das ist eine lange Geschichte.«

Sekundenlang zwirbelte ihr Gegenüber an einem Schnurrbartende. Dann blickte er wieder zu ihr herüber. »Verrätst du sie mir? Oder möchtest du das lieber für dich behalten?«

Tahnee dachte einen Augenblick nach. »Ich könnte schon«, murmelte sie. »Es ist nur so, dass ich sie noch nie jemandem erzählt habe.«

»Dann wäre jetzt die Gelegenheit, es mal zu versuchen.« Leclerc zwinkerte ihr zu.

Tahnee zuckte mit den Schultern. »Warum nicht?«

»Ich bin gespannt!«, sagte er. »Aber vorher muss ich noch mal dringend wohin. Hau nicht ab! Ich bin gleich zurück.«

Als er hinter den Büschen verschwunden war, senkte Tahnee den Blick in das Züngeln der Flammen und versank in Erinnerungen an die Abende in der Blockhütte, als ihr Vater von seiner Reise durch das weite Land erzählt hatte.

Bisweilen kam es Tahnee so vor, als wäre sie mit dabei gewesen, da sie die Geschichte früher ständig hören wollte. Immer wieder war sie in ihrer Fantasie die einsame Strecke über den Kontinent mitgefahren. An den Flüssen entlang bis zu den Rocky Mountains, dann durch die karge Ebene des Great Salt Lake und weiter zur östlichen Flanke der Sierra Nevada.

Alle Einzelheiten hatten sich in ihr Gedächtnis gebrannt, obwohl sie nichts davon je mit eigenen Augen gesehen, sondern nur aus dem Mund ihres Vaters vernommen hatte. Als sie nun die Augen schloss, sah Tahnee alles klar und deutlich vor sich:

Eine lange Kolonne, die über eine endlose Weite rollt. Die vielen Planwagen, bis unters Dach mit Geschirr, Wäsche, Werkzeug und Vorräten beladen. Vor jedem Fuhrwerk die Ochsen. Schwitzend und schnaubend ziehen sie die schweren Fuhrwerke über das unebene Gelände, von den Rufen und Peitschenhieben der Treiber aufgescheucht. Hintendrein folgt die Herde der Ersatzzugtiere, Mastochsen und Milchkühe, und nebenher laufen die Frauen und Kinder, während die Männer vorausreiten, um den Weg zu erkunden und nach möglichen Gefahren Ausschau zu halten.

Die Reise ihrer Eltern nach Kalifornien war auch da schon beschwerlich und voller Entbehrungen gewesen und doch hatten sie während der ersten Wochen nach dem Aufbruch die schönste Zeit ihres Lebens verbracht. Viele Monate später sollte das gemeinsame Glück von Paul und Eleanor Fitch in den Bergen ein schreckliches Ende nehmen und ihrem Vater die schwerste Entscheidung seines Lebens abverlangen.

Tahnee schreckte aus ihren Gedanken auf, als der Franzose zurückkam.

»Möchtest du nun erzählen?«, fragte er, nachdem er mit der Spitze seines Messers in den Braten gepikst hatte. »Es dauert noch, bis der Vogel vom Feuer kann.«

»Also gut«, sagte Tahnee. »Ich werde Ihnen die Geschichte ungefähr so erzählen, wie ich sie von meinem Vater immer gehört habe.«

»Das klingt nach einer guten Idee.« Der Franzose schlug die Beine übereinander und zog einen Zigarillo hervor.

»Das alles hat sich vor etwa zwölf Jahren zugetragen, als Kalifornien noch ein einsamer Ort war«, sagte Tahnee.

Sie begann mit dem Aufbruch des Trecks im Mai des Jahres, in dem sie geboren wurde. Von Independence in Missouri aus waren die Siedler nach Westen gefahren. Anfang Juli nahmen sie bei tropischer Hitze den langen und beschwerlichen Aufstieg in die Rocky Mountains in Angriff. Nach dem South Pass ging es über die mexikanische Grenze. Zu diesem Zeitpunkt lag die Hälfte des Weges hinter ihnen. Ende des Monats musste der Treck dann einen kleinen Umweg machen und steuerte das südlich der Hauptroute gelegene Fort Bridger an, um sich für die Weiterfahrt mit dem notwendigen Proviant einzudecken.

»Bis dahin hatten es die Siedler ohne größere Zwischenfälle geschafft«, erklärte Tahnee an dieser Stelle der Geschichte. »Trotzdem lagen sie hinter ihrem Zeitplan zurück und waren alle schon von der Reise zermürbt. Auch die Tiere waren erschöpft und ausgezehrt. Meiner Mutter ging es gar nicht gut. Sie war mit mir in anderen Umständen. Die Schwangerschaft machte ihr zu schaffen. Dann grassierte unter den Siedlern ein Magenfieber, das auch sie erwischt hat. Die anderen waren es bald wieder los, aber meine Mutter konnte noch eine ganze Zeit lang kaum etwas bei sich behalten. Danach war sie so geschwächt, dass sie nicht mehr neben den Wagen hergehen konnte, sondern im Fuhrwerk sitzen musste, was eine schreckliche Marter war, weil es keine Federung gab und alle auf den miserablen Wegen heftig durchgeschüttelt wurden.

Die Reise in ein neues Leben hatte für meine Mutter so gut begonnen. Doch jetzt war sie eine richtige Qual geworden. Weil es ihr immer schlechter ging, befiel sie allmählich eine entsetzliche Angst um ihr ungeborenes Kind. Es gab ja weit und breit keinen Arzt. Sie befanden sich mitten in einem Land, wo es im Umkreis von tausend Meilen bis auf ein paar Indianer-Dörfer und wenige Handelsposten keine einzige Siedlung gab.

Mein Vater machte sich ebenfalls Sorgen. Um ihr gemeinsames Kind, aber auch um seine Frau, die in den letzten Wochen ganz blass und hohläugig geworden war. Deswegen wollte er mit ihr so schnell wie möglich nach Kalifornien, wo das Klima ganzjährig mild war und ewiger Frühling herrschte. Außerdem wusste er, dass es an der Küste größere Siedlungen gab. Folglich waren dort sicher auch Ärzte und Hebammen zu finden, die dafür sorgen würden, dass meine Mutter wieder gesund werden und ich wohlbehalten auf die Welt kommen würde.

Vom Fort Bridger aus, wo die Pioniere Anfang August angekommen waren, fuhren die Wagen in der Regel in einem weiten Bogen nördlich am großen Salzsee vorbei bis zum Humboldt River, wo sie dem Fluss nach Süden zu den gefährlichen Pässen in der Sierra Nevada folgten. Hinter diesem Bergmassiv lag das Ziel der langen Reise.

Der Treck meiner Eltern war der letzte, der in dem Jahr am Fort Halt machte. Die Zeit drängte, denn um nach Kalifornien zu gelangen, musste man noch vor Wintereinbruch über die Sierra. Wenn in den Bergen der erste Schnee fiel, wurden die Pässe schnell unpassierbar.

Ein reicher Geschäftsmann und Witwer, der mit seinen zwei halbwüchsigen Söhnen unterwegs war, kam deshalb auf die Idee, südlich an dem Great Salt Lake vorbeizufahren und auf direkterem Weg den Humboldt River anzusteuern. Nach seiner Berechnung konnte man damit ein paar Hundert Meilen einsparen und verloren gegangene Zeit einholen. Da diese Abkürzung jedoch nie zuvor mit Planwagen befahren worden war, winkten die meisten Pioniere ab und entschieden, die bekannte Strecke zu nehmen. Nur ein allein reisender Junggeselle war von der Idee angetan und darum mit von der Partie. Auch mein Vater hielt die südliche Variante anfangs für zu riskant. Meine Mutter aber war anderer Meinung und sagte ihm, sie sollten sich der Minderheit anschließen. Nur über diese Route hätten sie eine Chance, es noch vor ihrer Niederkunft ans Ziel zu schaffen. Keinesfalls wollte sie das Kind irgendwo in den Bergen, weit weg von jeder Zivilisation zur Welt bringen. Sie konnte meinen Vater überzeugen, und so nahmen schließlich drei der etwa zwanzig Planwagen den unbekannten Weg.«

Plötzlich fühlte sich ihr Hals trocken an. Tahnee griff nach ihrer Flasche und nahm einen Schluck Wasser. Sie sah kurz zu Leclerc, der mit dem Zigarillo zwischen den Lippen ins Feuer starrte, dann blickte sie wieder in die Flammen und fuhr mit ihrer Erzählung fort.

»Zuerst kamen sie gut voran, aber mit der Zeit wurde die Strecke immer unwegsamer. Bald stießen sie auf ein undurchdringliches Dickicht aus Büschen und Bäumen und mussten mit ihren Macheten eine Schneise durch das Gestrüpp schlagen. Dann stieg das Gelände so steil an, dass man die doppelte Anzahl Ochsen vor jeden Wagen spannen musste, um raufzukommen. Allmählich dämmerte meinen Eltern und den anderen, dass sie einen schrecklichen Fehler begangen hatten. Aber für eine Rückkehr war es zu spät. Als sie endlich den Urwald und sämtliche Steigungen hinter sich hatten, verließ sie aller Mut, denn plötzlich lag eine riesige Salzwüste voller tückischer Sümpfe vor ihnen, auf der es weit und breit weder Frischwasser noch Gras für die Tiere gab.

Nach vielen Tagen Wanderung in der brüllenden Hitze stießen sie endlich auf den Humboldt River und fuhren an dessen Ufer entlang bis zu den Bergen. Die Abkürzung hatte sie die doppelte Zeit und ein Vielfaches an Anstrengung gekostet. Ihnen war klar, dass der größere Treck schon weit voraus sein musste. Völlig ausgelaugt und erschöpft kamen sie schließlich an der Sierra an und machten noch einmal Rast, ehe sie die letzten Berge vor der Westküste überqueren wollten.«

»Die armen Leute!«, sagte Leclerc und blickte über das Feuer hinweg. »Deine Mutter, was war mit ihr?«

»Ihr Zustand hatte sich durch die Strapazen noch weiter verschlechtert. Aber mein Vater meinte immer zu mir, der unbändige Wille, ihr Kind nicht zu verlieren, hätte ihr die Kraft gegeben durchzuhalten. So oder so blieb meinen Eltern keine andere Wahl, als mit den anderen weiterzuziehen. Da es weit und breit keinen Handelsposten und nichts als Wildnis gab, mussten sie auch noch das letzte Hindernis überwinden.«

»Sie wurden vom Winter überrascht?«, sagte Leclerc leise und seine Frage klang wie eine Feststellung.

Tahnee gab ihm mit einem Nicken recht, dann fuhr sie fort. »Es war inzwischen Ende Oktober geworden. Üblicherweise dauert es dann noch ein paar Wochen, bevor der Winter anbricht. Doch damals war es wie in diesem Jahr auch. Es gab eine Ausnahme von der Regel. Die drei Planwagen waren nicht mehr allzu weit vom Pass über den Bergkamm entfernt, da segelten mit einem Mal dicke Flocken herab und bald fielen sie so dicht, dass man nur noch ein paar Meter weit sehen konnte. Gegen Abend brach dann ein mächtiger Schneesturm los.«

»Mon Dieu«, murmelte der Franzose und Tahnee holte noch einmal Luft, bevor sie weitersprach.

»Im Handumdrehen lag der Schnee so hoch, dass die Wagen darin bis zu den Radnaben versanken. Ein Weiterkommen war unmöglich geworden und die Gruppe musste mitten in den Bergen ein Lager aufschlagen. Ohne Aussicht auf Rettung saßen sie an einer Felsflanke fest und beteten in ihren Unterständen aus Zweigen, Planen und Decken, dass das Wetter noch einmal umschlug. Stattdessen fiel die Temperatur weiter und es schneite ohne Unterlass.

Zwei Wochen hofften sie vergeblich auf ein Wunder. Währenddessen waren die wenigen Vorräte zur Neige gegangen. Es war nur eine Frage der Zeit, bis keiner mehr die Kraft haben würde, etwas zu unternehmen. Deshalb wies der Geschäftsmann seine Söhne an, aus der Schirrung der Ochsen Schneeschuhe zu fertigen. Am nächsten Morgen brachen die drei mit dem Junggesellen auf, um den Aufstieg durch den Tiefschnee und über die zerklüfteten Hänge zu wagen. Sie hatten vor, sich zu einer Ranch oder einem Fort jenseits der Berge durchzuschlagen. Meine Eltern blieben in dieser Hölle aus Eis und Schnee zurück. Meine Mutter, weil sie hochschwanger war und als Einzige zu schwach für ein solches Wagnis. Mein Vater, weil er natürlich bei ihr ausharren wollte. Beide hofften, dass man ihnen rasch Hilfe schicken würde.«

»Aber es kam keine?«, fragte der Franzose wieder in einem Tonfall, der verriet, dass er die Antwort schon ahnte.

Tahnee schüttelte den Kopf. »Tag für Tag verging. Doch sooft sie auch zum Pass hinaufspähten, sie sahen keine Retter zu ihnen heruntersteigen. Jahre später hat mein Vater einen grausigen Fund gemacht, als er im Frühsommer zur Jagd in den Bergen war. In einer Felsspalte lag ein Toter. Viel war von ihm nicht mehr übrig, aber an seiner Kleidung hat Dad erkannt, dass es die Leiche des Geschäftsmannes war. Darum ist mein Vater immer davon ausgegangen, dass auch die anderen drei bei dem Versuch, es bei den schlechten Sichtverhältnissen und dem stürmischen Wind über die Berge zu schaffen, umgekommen waren.«

Tahnee betrachtete ihren Zuhörer, der noch einmal an seinem heruntergebrannten Zigarillo zog, bevor er den Stummel mit Daumen und Zeigefinger ins Feuer schnippte.

»Sie ahnen bestimmt, was in der Zwischenzeit passiert ist«, sagte Tahnee, ohne ihn aus den Augen zu lassen.

Der Franzose seufzte. »Deine Mutter hat das Baby bekommen.«

Tahnee nickte und musste sich mit dem Handrücken über die Augen reiben, weil sie sich der Tränen nicht erwehren konnte. Mit dünner Stimme sagte sie: »Meine Mutter hat gemerkt, dass sie das Land hinter den Bergen nicht mehr sehen würde. Sie hatte es nur bis dorthin geschafft, weil sie ein Kind in sich trug. Nun war ihnen trotz aller Katastrophen eine gesunde Tochter geschenkt worden. Die ganzen Anstrengungen und Qualen durften nicht umsonst gewesen sein. Deshalb rang sie Dad das Versprechen ab, ihr einen letzten Wunsch zu erfüllen.«

Tahnee hatte die Worte nur mit Mühe herausbekommen. Sie war dankbar, dass der Mann auf der anderen Seite des Feuers nun für sie die Geschichte beendete.

»Mon Dieu. Er hat ihr versprochen, das Kleine in Sicherheit zu bringen …«

Schweigend hatten sie das Rebhuhn verspeist.

Danach zündete sich der Franzose ein Zigarillo an. »Erzählst du mir noch, wie er es geschafft hat, dich zu retten?«

»Dad hat das anders gesehen«, sagte Tahnee und lächelte dabei traurig. »Er hat immer gesagt, in Wahrheit hätte ich sein Leben gerettet, denn ohne das neugeborene Kind unter seinem Mantel hätte er es niemals geschafft. Während der nächsten Stunden war er einige Male kurz davor aufzugeben, so schwierig war der Weg auf die andere Bergseite. Außerdem war er wie betäubt, weil er meine Mutter einsam und verlassen in dieser entsetzlichen Lage zurücklassen musste, um ihren letzten Wunsch zu erfüllen. Nur weil er wusste, dass dann nicht nur er, sondern auch ich sterben würde, zwang er sich weiter. Und so stieß er irgendwann nach Einbruch der Nacht auf eine Blockhütte. In der wohnte ein alter Trapper, der später ein guter Freund von ihm werden sollte. Er hieß Bill Johnson. Der alte Bill ist auf der Stelle mit mir los und zu befreundeten Miwoks gegangen, die ganz in der Nähe ihr Dorf hatten. Dort hat er mich einer stillenden Mutter anvertraut, die mir von ihrer Milch abgegeben hat. So habe ich überlebt.«

Leclerc richtete seinen Blick zu Boden, bevor er noch eine Frage stellte. »Deine Mutter, sie ist ganz alleine …«

»Wie sie genau gestorben ist, wissen wir nicht. Als Bill Johnson wieder zu seiner Hütte kam, wollte Dad trotz seiner Erschöpfung und Erfrierungen gleich wieder den Rückweg antreten. Auch wenn es seinen eigenen Tod bedeutete, er wollte meiner Mutter in ihren letzten Stunden beistehen. Obwohl ihn der Trapper bekniet hat zu warten, bis es hell wird, ließ er sich nicht davon abbringen. Der alte Bill begleitete ihn bei der lebensgefährlichen Tour. Kurz nach dem Morgengrauen kletterten die beiden den Berghang runter, den Dad etliche Stunden zuvor mit mir unterm Mantel hinaufgestiegen war. Doch sie kamen zu spät.«

»Deine Mutter war schon tot?«

»Ja. Aber mein Vater hat sie nicht mehr gesehen, wenn Sie das meinen. Das Lager war nämlich fort. Irgendwann, nachdem Dad meine Mutter zurückgelassen hatte, war eine Lawine abgegangen. Sie hatte sowohl die Zelte als auch die Fuhrwerke mit sich gerissen und irgendwo im Tal unter Schneemassen begraben. So hat meine Mutter mit ihrem letzten Wunsch nicht nur mich, sondern auch meinen Vater vor dem sicheren Tod bewahrt.«

Nicht lange darauf saßen sie wieder im Sattel und verließen den grünen Talkessel zwischen den Hügeln. Tahnee saß grübelnd hinter dem Franzosen, denn der hatte kein Wort mehr gesprochen, seit sie ihre Geschichte zu Ende erzählt hatte. Als sie auf sein Pferd gestiegen waren, hatte sie in Leclercs Gesicht vergebens nach dem sonstigen Lächeln gesucht.

Offenbar beschäftigte ihn ihre Geschichte.

Hatte sie ihn womöglich an ein Erlebnis aus seiner eigenen Vergangenheit erinnert? Da er aus Europa stammte, hatte er als Kind vielleicht eine gefahrvolle Reise über den Ozean unternommen und während dieser Schreckliches erlebt. Oder war er nach der Ankunft an der Ostküste ebenfalls mit einem Siedlertreck an die Westküste gelangt?

Wenn sich die Gelegenheit ergibt, werde ich ihn danach fragen, dachte Tahnee und schlang die Arme fester um den Körper des Mannes, denn das Pferd hatte nun die Ebene erreicht und der Franzose trieb es zu einer schnelleren Gangart.

Eine ganze Weile waren sie unter einem aufhellenden Himmel dahingeritten, als Tahnee aufschreckte, weil sich plötzlich eine Hand um ihren Oberarm schlang und sie festhielt.

Irritiert richtete sie sich auf.

Leclerc blickte über die Schulter zurück. »Pass auf, dass du nicht aus dem Sattel purzelst.«

»Ich muss eingenickt sein«, sagte Tahnee matt und blinzelte ein paarmal, um wach zu bleiben.

»Dann mach doch eine Weile die Augen zu«, sagte der Franzose und brachte sein Pferd zum Stehen. »Hol mal das Seil, das an mein Lasso gebunden ist.«

Tahnee beugte sich nach hinten. Sie löste den Knoten des Stricks, der an dem Fangseil festgebunden war.

»Und was mache ich damit?«, fragte sie benommen.

»Du führst es um deinen Rücken und reichst mir die Enden.«

Tahnee tat, wie ihr geheißen.

»Leg die Arme mal an die Seite«, schlug Leclerc vor.

Anschließend zog er das Seil um sie fest, verknotete den Strang vor seinem Bauch und Tahnee war nun stramm an ihn gegurtet.

»Jetzt kannst du ein Nickerchen machen. Und wir können einen Zacken zulegen, ohne dass du dahinten abgeworfen wirst. So kommen wir sicher vor Sonnenuntergang in Sacramento an.«

»Danke«, murmelte Tahnee.

Darauf schmiegte sie die Wange an den weichen Stoff von Leclercs Jacke und dieser gab dem Pferd die Sporen. Während sie über das weite Grasland jagten, schlief Tahnee tief und fest.

Als Tahnee die Augen wieder aufschlug, hatte der Himmel die Farbe von reifen Pflaumen angenommen. Ein schneidender Wind fegte über das Land und trieb wirbelnde Staubschleier vor sich her. Jenseits einer von Gestrüpp bedeckten Ebene erkannte Tahnee felsige Hügel und darüber eine glutrote Sonnenscheibe, die ihr unwirkliches Licht über die Landschaft goss.

Herrgott, wie lange habe ich geschlafen?, fragte sie sich, als ihr aufging, dass es schon Abend geworden war. Sie wollte sich eben strecken, weil ihre Arme sich ganz taub anfühlten, doch ging das nicht, weil sie ja an dem Reiter festgebunden war.

»Mr Leclerc, Sie können mich jetzt losmachen«, sagte Tahnee, schließlich war sie nun wach und konnte sich wieder an ihm festhalten. Außerdem galoppierte das Pferd nicht mehr, sondern bummelte über eine schmutzige, mit Unkraut überwucherte Straße.

Zu ihrer Überraschung erwiderte der Franzose auf ihre Worte nichts.

»Leclerc!«, sagte Tahnee deshalb etwas lauter.

Doch der Franzose zeigte noch immer keine Reaktion.

Belustigt schüttelte sie den Kopf. Offenbar war Leclerc nach dem langen Ritt nicht mehr ganz bei der Sache, schlussfolgerte sie und wandte den Kopf zur Seite, um an seinem Oberkörper vorbeizublicken.

Verwundert hob Tahnee die Augenbrauen, denn nun waren sichtlich heruntergekommene Häuser in ihr Blickfeld getreten, die links und rechts der menschenverlassenen Straße standen. Irgendetwas stimmte mit der Siedlung nicht, in die sie hineinritten.

Als Tahnee die baufälligen und vernagelten Holzgebäude genauer in Augenschein nahm, ging ihr auf, worum es sich hier handelte. Offenbar führte ihr Weg durch eine der Geisterstädte, von denen ihr Vater gelegentlich erzählt hatte.

Nach dem Ausbruch des Goldfiebers waren an den Flüssen und entlang ihrer Seitenarme unzählige Camps aus dem Boden geschossen. Einige dieser *Placers* hatten sich in Windeseile zu Ortschaften entwickelt, manche waren gar zu größeren Gemeinden oder kleinen Städten aufgeblüht. Viele davon erlebten allerdings einen schnellen Niedergang, sobald alles Gold aus der Erde geholt war, und wurden schließlich wieder aufgegeben. Angeblich gab es an Nebenflüssen wie dem Yuba, dem Calaveres oder dem Stanislaus Dutzende verlassener Siedlungen, die inzwischen vor sich hin rotteten. Durch eine solche ritten sie offenbar gerade hindurch.

»Leclerc, hören Sie mich?«, unternahm Tahnee einen neuen Versuch, ihren Vordermann aus seiner Lethargie zu erwecken. Um ihrer Stimme Nachdruck zu verleihen, stieß sie ihm einmal kräftig mit der Stirn in den Rücken.

Endlich bewegte sich Leclerc und wandte den Kopf zu ihr. Tahnee schaute zu ihm auf und ihre Augen begegneten sich.

»Tahnee, ma petite, es tut mir leid«, sagte der Franzose.

»W-was?«, fragte Tahnee, weil sie nicht verstand. Doch ihr Begleiter hatte sich schon wieder abgewandt.

Verunsichert stemmte sich Tahnee jetzt gegen die Fessel um ihren Körper, da war mit einem Mal das Klirren von Zaumzeug zu hören. Augenblicklich erstarrte sie und das Blut wich aus ihrem Gesicht, denn eine undeutliche Vorahnung überkam sie. Langsam beugte sich Tahnee noch mal zur Seite, blickte ängstlich an Leclerc vorbei und helle Panik überkam sie.

Der Rappe hielt auf das Zentrum der Geisterstadt zu. Fassungslos starrte Tahnee zu dem öden Platz, der von ehemaligen Kaufläden, Gästehäusern und einem Saloon gesäumt war. Vor dem Saloon waren Pferde angebunden. Neben den Tieren stand eine Handvoll Männer und blickte zu ihnen.

Der groß gewachsene Mann in ihrer Mitte trug einen langen Mantel und hatte einen breitkrempigen Hut auf.

Das Blut gefror in ihren Adern, als Tahnee ihn wiedererkannte.

AUS TARAS TAGEBUCH

20. Oktober 1856

Mama,

ich kann Dir nicht beschreiben, wie ich mich gerade fühle. Mir kommt es so vor, als hätte ich mit einem Mal erkannt, dass ich mein bisheriges Leben auf einer Bühne verbracht habe, mitten in einem Schauspiel, das nur aufgeführt wurde, um mich von der Wahrheit hinter den Kulissen abzulenken. Wie sonst ist es zu erklären, was auf dem Foto zu sehen ist, das ich heute Morgen in Großvaters Büro gefunden habe? Ich kann es drehen und wenden, wie ich will. Ich muss über die Vergangenheit belogen worden sein.
Da Großvater das Foto versteckt hatte und er es wohl von Dir haben muss, weißt du bestimmt, von welchem ich spreche. So habe ich es entdeckt:
Großvater ist heute Morgen nach langer Zeit wieder für seinen Spaziergang zur Küste gefahren. Selbstverständlich ohne ein Wort der Erklärung, warum er mich nicht mit-

genommen hat. Man könnte meinen, die Vereinbarung mit Doktor Lindsay hätte es nie gegeben. Ich war darüber so wütend, dass ich überhaupt nichts dabei fand, mich während seiner Abwesenheit in sein Büro zu schleichen, um mich dort mal umzusehen. Vor allem wollte ich mir diesen grässlichen Wachskopf noch mal genauer anschauen.
Doch leider konnte ich den in keinem der Schränke finden. Als ich mich gerade wieder rausstehlen wollte, fiel mein Blick auf Dein Foto, das seit Jahr und Tag auf der Kommode neben dem Schreibtisch steht. Ich kenne es darum gut und habe es mir Hunderte Male angesehen. Aber nie hatte ich darauf geachtet, dass Du auf dem Foto ein Kreuz um den Hals trägst mit einem Stein in der Mitte.
Ich habe mich sehr gewundert, wie es sein kann, dass dieses Kreuz dem verflixt ähnlich sieht, das Großvater diesem Crane beschrieben hat und welches der Mann auf dem Steckbrief bei sich haben soll.
Kann es einen solchen Zufall geben? Im Leben nicht! Großvater hat genau dieses Kreuz gemeint! Darauf würde ich jede Wette eingehen. Glaube mir, diese Entdeckung hat schon ausgereicht, um mich komplett zu verwirren.
Aber dann ist noch etwas passiert: Weil meine Hände plötzlich heftig gezittert haben, ist mir der Rahmen aus den Fingern gerutscht und auf den Teppich gefallen. Als ich ihn wieder aufgehoben habe, war ich sehr erleichtert, dass das Glas nicht zerbrochen war. Zugleich habe ich gemerkt, dass auf der Rückseite eine Ecke kartonierten Papiers heraus-

lugte. Da bin ich neugierig geworden und habe daran gezogen. Und siehe da! Es kam ein Foto zum Vorschein, das jemand hinter Dein Bild geschoben haben muss. Zuerst habe ich mich nur gewundert, was darauf zu sehen war.
Nämlich ein paar Planwagen. Davor angeschirrt mächtige Ochsen. Links Frauen und Kinder, die auf Findlingen in der Landschaft hocken. Und rechts eine Reihe von Männern mit ihren Pferden.
Natürlich habe ich mich gefragt, warum Großvater hinter Deinem Porträt eine Fotografie von einem Siedlertreck verbirgt. Ich musste sie mir genauer anschauen! Also habe ich mir Großvaters Lupe vom Schreibtisch genommen und mich ans Fenster ins Licht gestellt. Jetzt konnte ich die Gesichter der Leute gut erkennen und plötzlich traf mich der Schlag. Noch immer verstehe ich die Welt nicht mehr!
Die dritte Frau links, sie ist sichtbar schwanger und trägt ein Silberkreuz um den Hals, das bist eindeutig DU! Und für mich besteht auch kein Zweifel, dass der zweite Mann von rechts, mit dem Oberlippenbärtchen und der Flinte zwischen den Fäusten, unser unbekannter Besucher sein muss.
Mama, ich habe das Foto mitgenommen. Ich habe es wieder und wieder mit meiner eigenen Lupe angesehen, seit ich hier an meinem Schreibpult sitze.
Es liegt auf der Hand! Als Du mit mir in anderen Umständen warst und mein Vater zur gleichen Zeit mit seiner Kompanie gegen die Mexikaner gekämpft haben soll, musst Du mit einem Siedlertreck durch das Land gezogen sein.

Wie geht das zusammen mit Großvaters und Mollys Erzählungen?
Ich sage es Dir: überhaupt nicht!
Es müssen also Märchen sein!
Das ganze Durcheinander ist mehr als rätselhaft. Und dass der Mann, dem ich vor einiger Zeit auf unserem Grundstück vor Deinem Grab gegenübergestanden bin, jetzt auch noch mit Dir auf einem Foto zu sehen ist, schlägt dem Fass den Boden aus.
Weshalb haben mir Großvater oder Molly nie davon erzählt? Wo waren die beiden in dieser Zeit und warum warst Du nicht bei ihnen?
Wo also endet die Wahrheit und wo beginnen die Lügen?
War mein Vater tatsächlich ein Major der Armee, der als Held im Krieg gegen Mexiko gefallen ist? Stimmt es, dass Du kurze Zeit später, nur Monate nach meiner Geburt, durch die Cholera den Tod gefunden hast?
Oder ist alles erstunken und erlogen? Ich bin so durcheinander, dass ich nicht einmal mehr sicher bin, ob Du wirklich in Deinem Grab unter der Eiche liegst, auf das ich, seit ich denken kann, jeden Tag frische Blumen lege.
Ich habe genug von Großvaters Schweigen und Mollys Ausflüchten. Ich schwöre bei Gott, ich werde ab morgen früh so lange nichts mehr zu mir nehmen, bis ich endlich die Wahrheit erfahre.

Deine Tara

DIE GEISTERSTADT

28. Oktober 1856

Wenige Meter vor den Kopfgeldjägern stoppte Leclerc das Pferd und Tahnee starrte voller Grauen zu dem Mann, der vor vier Tagen in ihrer Hütte erschienen war. Dann wanderten ihre Blicke zu den Männern, die sich neben diesem aufgebaut hatten.

In zwei von ihnen erkannte sie die schnauzbärtigen Cowboys wieder, die sie um ein Haar in Zacks Hütte erwischt hatten. Die beiden anderen hatte Tahnee bisher noch nicht zu Gesicht bekommen. Einer war ein dürrer Kerl mit einem eingefallenen Gesicht und dunklen Schatten unter den Augen, der in seinem eng anliegenden schwarzen Anzug und mit dem staubigen Zylinder auf dem Kopf wie ein Totengräber aussah. Der andere war dick, hatte ein rattenartiges Gesicht und trug eine schmutzige Mütze aus Büffelfell. In dem Patronengurt um seinen speckigen Bauch steckten eine doppelläufige Pistole und zwei lange Bowiemesser.

Tahnees Blick fror nun auf dem Mann in ihrer Mitte fest.

Cranes Gesicht war im Schatten seines Hutes nicht zu erkennen, aber Tahnee spürte regelrecht, wie sich die Augen darunter in sie bohrten.

Endlich löste er den Blick von ihr und schaute den Franzosen an. »Sie kommen spät zu unserer Verabredung, Leclerc«, sagte er mit seiner kratzigen Stimme, die Tahnee eine Gänsehaut über den Rücken jagte. »Ich dachte schon, Sie wollten meiner Einladung fernbleiben und ich sei genötigt, nach Ihnen fahnden zu lassen. Aber wie ich sehe, gibt es einen verständlichen Grund, weshalb Sie uns warten ließen.«

»Ich habe meine Schuldigkeit getan«, sagte der Franzose. »Sie bekommen das Mädchen und dafür lassen Sie mich ziehen.«

Der Kopfgeldjäger kam nun näher heran. »Ich fürchte, Sie haben mich missverstanden. Sie sind frei, sobald wir den Bastard in San Francisco abgeliefert haben. Bis dahin sind Sie mir zu Diensten.«

Nach diesen Worten trat er neben das Pferd. Als er zu Tahnee aufblickte, beschien die untergehende Sonne sein zerfurchtes Gesicht und sie konnte das falsche Lächeln auf seinen Lippen erkennen.

»So sieht man sich wieder«, sagte er leise und nickte darauf dem Franzosen zu. »Lösen Sie die Fessel. Wir übernehmen die Rotznase.«

Einen Augenblick später fiel der Strick von ihr ab und Tahnee reagierte instinktiv. Blitzschnell glitt sie auf der von den Männern abgewandten Seite aus dem Sattel und rannte Hals über Kopf los. Verfolgt von begeistertem Grölen und lauthalsem Lachen raste sie in wilder Hast die Straße entlang. Sie war schon an gut einem Dutzend Häusern vorbei, als in ihrem Rücken das Trommeln von Hufen herannahte.

Ich muss weg von der Straße, dachte sie verzweifelt und schon stürzte Tahnee auf einen engen Durchgang zwischen zwei Baracken zu. Doch wurde ihre Flucht jäh gebremst, als sich plötzlich ein Seil um ihren Körper verfing. Einen Augenblick darauf wurde sie mit ungeheurer Wucht von den Beinen geholt. Hart schlug Tahnee auf dem Boden auf. Sogleich zog sich das Lasso um ihren Oberkörper zu. Dann wurde sie herumgerissen und bäuchlings durch den Straßenstaub geschleift.

Als der unerbittliche Druck um ihre Brust endlich verschwand, krümmte sich Tahnee hustend und würgend auf dem Boden. Schließlich blickte sie mit tränenden Augen hoch zu dem Reiter des grauen Pferdes, das neben ihr aufragte.

Einige Sekunden sah der Mann mitleidlos auf sie hinab, dann warf er das Lasso beiseite, stieg aus dem Sattel und beugte sich zu Tahnee runter. Plötzlich fuhr er seine Hand aus, packte sie am Kragen und zog sie zu sich heran.

Tahnees Gesicht war dem seinen nun ganz nahe. Aus ihrem zusammengepressten Mund drang ein leises Wimmern, während sie seinen süßsauren Atem roch.

»Ich hatte dich gewarnt«, zischte Crane, »treib keine Spielchen mit mir.«

Darauf ließ er von ihr ab und verschwand aus ihrem Sichtfeld.

Tahnee rollte auf den Rücken und blieb wie betäubt liegen. Während sie in den milchig gelben Abendhimmel sah, drangen die Worte der Männer dumpf an ihre Ohren.

»Boss, was machen wir jetzt mit der?«, fragte einer der Kopfgeldjäger.

»Knallen wir sie ab!«, forderte ein anderer prompt.

»Wozu eine Kugel verschwenden?«, mischte sich ein dritter ein, dessen Stimme Tahnee bereits kannte. »Wir knüpfen sie am besten auf.«

»Du hast recht, Hank«, meldete sich nun auch dieser Reuben zu Wort.

»Seid still!«, unterband ein zorniger Befehl das Geplänkel und auf der Stelle machte sich eine gespannte Stille breit.

Tahnee drehte den Kopf zur Seite und blickte zum Anführer der Männer hoch.

Lennard Crane stand ein paar Meter entfernt. Er hatte jetzt seinen Hut in den Nacken geschoben und stierte ihr mit seinen leblosen Augen ins Gesicht. Da wusste Tahnee, dass sie diesen Ort nicht mehr lebend verlassen würde.

Auf einmal verzogen sich Cranes trockene Lippen zu einem kalten Grinsen, als hätte er von ihrem Gesicht abgelesen, was sie dachte.

»Two-Knife und Dago, ihr holt unseren Vogel aus seinem Käfig«, sagte er nun, ohne den Blick von ihr abzuwenden.

Augenblicklich stiefelten der Totengräber und das Rattengesicht davon. Als sie nicht mehr zu sehen waren, wandte sich Crane an die beiden anderen. »Ihr schafft mir das Miststück aus den Augen! Sperrt Leclercs Beute in die frei gewordene Zelle.«

Die Schnauzbärte rieben sich voller Vorfreude die Hände und schon wurde Tahnee an den Armen gegriffen, auf die Beine gezogen und abgeführt. Als man sie an Jean-Baptiste Leclerc vorbeizerrte, bedachte sie den Franzosen mit einem vernichtenden Blick, in den sie ihre ganze Wut und Enttäuschung über seinen Verrat legte.

Die Männer führten sie jetzt zu einem niedrigen Haus mit vergitterten Fenstern, über dessen Eingang ein verwittertes Holzschild mit der Aufschrift *Sheriff Office & Jail* hing. Tahnee starrte unglücklich zu der aufgezogenen Flügeltür. In diesem Moment traten aus der Dunkelheit dahinter drei Gestalten: die zwei vorausgeschickten Kopfgeldjäger und ein Mann, den sie unter den Achseln festhielten und nach draußen schleiften.

Tahnees Gesicht versteinerte, als sie erkannte, wer der Gefangene mit dem blutgetränkten Verband um den Oberschenkel war.

Aus Leibeskräften schrie sie: »Dad! Dad! *Daaaad!*«

Langsam drehte der Verletzte den Kopf hin und her, als wüsste er nicht, wo er sich befand. Dann blieb sein Blick auf Tahnee haften. Sie erschrak, wie kreidebleich ihr Vater war.

Da drängten sich seine Bewacher bereits mit ihm an ihr und den Schnauzbärten vorbei.

Tahnee riss verzweifelt den Kopf herum und schrie noch einmal: »Dad!«

Wieder trafen sich ihre Blicke und ihr Vater raunte mit ungläubiger Stimme: »Tahnee?«

Auf der Stelle wurde Tahnee von einer rasenden, verzweifelten Wut gepackt. Sie schlug und trat wie ein wildes Tier um sich. Einer der Kopfgeldjäger grunzte überrascht auf, der andere stieß ein verblüfftes »He!« aus, und für Sekunden lockerten sich die Hände, die sie festhielten. Doch noch ehe Tahnee sich vollends losreißen und zu ihrem Vater rennen konnte, packten die Männer sie noch fester an den Oberarmen.

Sie fluchte und kreischte wie von Sinnen, während sie über die Schwelle des Hauses gezerrt und durch ein düsteres Büro in den dahinterliegenden Raum gezogen wurde. Voller Entsetzen starrte sie auf die geöffnete Gefängniszelle vor sich, während sie die Hacken in den Boden rammte und sich mit aller Kraft ihrem Schicksal entgegenstemmte. Doch Sekunden darauf wurde sie mit solcher Kraft in den engen Raum gestoßen, dass sie mit voller Wucht gegen die Steinwand gegenüber krachte.

Ehe Tahnee wieder auf den Beinen war, hörte sie, wie hinter ihr die Gittertür zufiel und sich der dazugehörige

Schlüssel im Schloss drehte. Sie sprang zum Eingang der Zelle, umklammerte die Eisenstäbe und rüttelte wild daran. Hasserfüllt starrte sie durch das Gitter zu den Männern, die ein paar Schritte zurückgetreten waren und die Arme verschränkt hatten.

»Was für 'n Wildfang!«, sagte Reuben.

»Das kannst du laut sagen«, erwiderte Hank.

»Dafür … landet ihr … in der Hölle«, warf Tahnee ihren Häschern atemlos entgegen. »Das schwöre ich euch.«

Die Kopfgeldjäger grinsten sich an.

»Kleines«, sagte der größere der beiden Männer. »Bevor ich dort lande, wird da ein anderer schon lange schmoren. – Was meinst du, Hank?«

»Darauf würde ich meinen Arsch verwetten«, bestätigte ihm sein Kumpan.

Anschließend wandten sich die Männer ab und zogen lachend davon.

Als ihre Schritte schon längst verklungen waren, starrte Tahnee noch immer in den verlassenen Raum vor der Zelle.

Tahnee saß auf der an der Wand befestigten Metallpritsche und weinte in ihre Hände. Schließlich schnäuzte sie schluchzend in einen Jackenärmel und holte ihren Talisman unter dem Hemd hervor. Ihre zitternden Hände betasteten das Kreuz mit dem gelben Stein in der Mitte, das einmal ihrer Mutter gehört hatte. Von ihm schien eine beruhigende Wirkung auf sie auszugehen, denn bald atmete sie wieder ruhig und gleichmäßig.

So verstrichen einige Minuten, bis sie hinter sich Geräusche hörte. Von draußen drang ein lautes Prasseln an ihre Ohren. Zugleich fiel durch das kleine Gitterfenster über ihrem Kopf plötzlich ein gelbrotes Licht in die Zelle.

Rasch stieg Tahnee auf die Pritsche. Sie musste sich auf die Zehenspitzen stellen, um durch das kleine Quadrat nach draußen schauen zu können. Da das Haus, in dem sie sich befand, am Rande der Geisterstadt stand, hatte sie freie Sicht auf eine Wiese hinter den Gebäuden. Zuerst entdeckte sie einige Pferde, die linker Hand angepflockt waren und sich am Gras satt fraßen.

Tahnee knirschte ärgerlich mit den Zähnen. Die Kopfgeldjäger hatten also Ersatztiere für ihren Ritt nach San Francisco. Dadurch würden sie noch schneller dort anlangen, als sie befürchtet hatte.

Nun wanderte ihr Blick zur Mitte der Wiese. Dort brannte ein ansehnliches Feuer, in das Cranes Leute irgendwelche Bretter warfen. Als die vier damit fertig waren, stimmten sie ein Triumphgeschrei an und ließen dann eine Flasche kreisen. Leclerc stand ebenfalls am Feuer, doch er beteiligte sich nicht an dem Treiben. Er hatte die Hände in die Hosentaschen geschoben und starrte ausdruckslos vor sich hin.

Tahnee biss sich zornig auf die Lippen und suchte nach dem Anführer der Männer. Crane stand etwas abseits und sah über die Flammen hinweg. Sie folgte seinem Blick und jetzt erst entdeckte sie die baufällige Kapelle. Erschüttert starrte sie zu ihrem Vater, der mit hängendem Kopf und verschnürt wie ein Überlandpaket an einem Stützbalken neben dem Eingang festgebunden war.

Sein Anblick quälte sie entsetzlich. Zwar war er am Leben, aber seine Schusswunde setzte ihm offensichtlich zu. Tahnee konnte sich vorstellen, dass ihn zudem alle Hoffnung verlassen hatte. Erst recht, weil er wusste, dass nun auch seine Tochter den Jägern in die Hände geraten war.

Was haben die bloß mit mir vor?

Tahnee verdrängte voller Grauen die möglichen Antworten, die ihr sogleich einfielen. Sehnsüchtig starrte sie zu ihrem Vater, bis er von den Schatten, welche die Hügel hinabkrochen, verschluckt wurde und nicht mehr zu sehen war.

Dann kletterte sie wieder von der Pritsche. Dort saß sie in sich zusammengesunken und es kam ihr vor, als warte sie auf ihren Henker.

Draußen war es schon vor einiger Zeit dunkel geworden und das trunkene Gegröle der Männer war inzwischen verstummt. Ihr Lagerfeuer musste schon ziemlich heruntergebrannt sein, denn der Schein der Flammen erreichte nur noch schwach das Innere der Zelle.

Tahnee hatte gerade Hoffnung geschöpft, dass sie in dieser Nacht keinen Besuch mehr erhalten würde, da hörte sie leise Schritte näher kommen. Sie hielt den Atem an und ein

Schauer jagte über ihren Rücken. Gebannt starrte sie durch die vergitterte Tür. Davor verstummten die Schritte und für lange Sekunden erfüllte eine bedrohliche Stille ihr Gefängnis.

»Tahnee?«, flüsterte eine Stimme.

Sie gehörte nicht Lennard Crane. Es war Leclerc, der zu ihr gekommen war.

Tahnee spürte sofort wieder kalte Wut in sich aufsteigen. Mit geballten Fäusten und zusammengepressten Zähnen blickte sie in das verschattete Gesicht, das jetzt vor den Gitterstäben erschien.

»Tahnee, du bist noch wach«, sagte Leclerc nur eine winzige Spur lauter. »Komm her. Bitte!«

Tahnees Augen verengten sich zu Schlitzen, aber sie rührte sich nicht von der Stelle.

»Ich habe etwas für dich.«

Darauf verschwand sein Gesicht und ein Unterarm wurde durch die Gitter gesteckt. Die Hand an dessen Ende hielt ihren Beutel.

Rasch sprang Tahnee auf und riss ihn an sich. Wutschnaubend stand sie nun da und blickte dem Mann auf der anderen Seite des Gitters in die Augen.

»Verschwinden Sie!«, knurrte sie.

»Um Himmels willen, sei bitte leise!«, flüsterte der Franzose ängstlich. »Ich habe mich hergeschlichen. Wenn Crane das spitzkriegt, bin ich ein toter Mann.«

»Hauen Sie ab!«, sagte Tahnee, aber diesmal zischte sie ihre Worte.

»Gleich. Ich wollte dir nur deine Sachen bringen und … dich um Verzeihung bitten.«

Tahnee trat nun dichter heran. »Ihre Entschuldigung können Sie sich sonst wohin stecken. Ich habe Ihnen vertraut und Sie haben mich verraten. Ich bin fertig mit Ihnen.«

Leclerc senkte den Blick. »Ich verstehe«, murmelte er. Dann blickte er noch einmal zu ihr und flüsterte: »Adieu, Tahnee.«

Er trat von der Tür weg, bis er in der Dunkelheit nicht mehr zu sehen war.

Tahnee biss sich auf die Unterlippe. »Warum?«

»Quoi?«, hörte sie ihn aus dem Dunkeln fragen.

»Ich glaube, in einem Punkt haben Sie mich nicht belogen. Sie sind Pokerspieler und kein Kopfgeldjäger. Warum also arbeiten Sie mit denen zusammen? Tun Sie es für Geld?«

»Nein«, antwortete der Franzose. »Es war meine einzige Chance, am Leben zu bleiben.«

»Und wieso?«

»Ma petite, ich muss gehen.«

Tahnees Hände umschlossen wieder die Eisenstäbe. »Wenn Sie nur ein Fünkchen Anstand haben, erzählen Sie mir jetzt, was Sie damit zu tun haben.«

Aus dem Finstern war ein Seufzen zu hören. »Nun gut«, sagte Leclerc. »Sie haben mich in der Hand. Irgendwie hat ihr Auftraggeber herausgefunden, dass ich ihm einen Bluff angedreht habe. Crane hat mich aufgespürt und mir das

Messer an die Kehle gesetzt. Er hat mich gezwungen, ihnen bei der Suche zu helfen. Deshalb war ich auch dabei, als sie deinen Vater gefangen haben und du Crane entwischt bist. Danach sollten wir ausschwärmen, um nach dir zu suchen, während Crane deinen Vater hier zu unserem Treffpunkt gebracht hat. Ich hatte meine Suche schon aufgegeben, als du mir in dem Goldgräber-Saloon wie eine gebratene Taube zugeflogen bist.«

»Was für ein Bluff soll das denn bitte schön gewesen sein?«

»Ich war es, der den Kopf deines Vaters abgeliefert hatte.«

»Wovon reden Sie? Ich versteh kein Wort!«

»Mon Dieu! Du weißt nichts davon? Dieser Steckbrief ist schon einige Jahre alt. Man hat damals die Suche eingestellt, weil ich dem Gouverneur einen Bären aufgebunden habe.«

»Welchen Bären, Herrgott verdammt!«, schimpfte Tahnee.

»Nicht so laut! Bitte! Ich erzähl es dir ja schon«, sagte der Franzose. »Er hat von mir eine täuschend echte Nachbildung vom Kopf des Gesuchten bekommen.«

Tahnee legte die Stirn in Falten. »Okay«, sagte sie. »Und woher hatten Sie die?«

»Verdammt! Ich muss gehen.«

Nun hörte Tahnee, wie sich Schritte entfernten.

»Wenn Sie jetzt abhauen, schreie ich, so laut ich kann, und zeige Crane den Beutel.«

Die Schritte verstummten, dann kehrten sie zurück.

»Maudit enfant«, hörte Tahnee den Franzosen fluchen und plötzlich tauchte sein Gesicht wieder vor ihr auf.

»Eine Frau hat ihn mir gegeben. Sie hat mich nach einer Pokernacht vor dem Apollo-Saloon abgepasst und mir ein Geschäft vorgeschlagen. Ich sollte dem Gouverneur eine erfundene Geschichte auftischen, wie ich den Gesuchten tief in den Tälern gestellt und ihn bei seinem Fluchtversuch getötet habe. Als Beweis sollte ich den Kopf überreichen und für meine angebliche Heldentat die Belohnung von tausend Dollar kassieren.«

»Das klingt nach einem Haufen Mist«, knurrte Tahnee durch zusammengebissene Zähne.

»Kann schon sein, aber so ist es gewesen.«

»Woher kannte die Frau Sie?«

»Was weiß ich? Jedenfalls bin ich mir sicher, dass es keine von den Frauen war, die man sonst in der Hafengegend antrifft. Sie muss sich da nur umgeschaut haben. Ich hatte in dieser Zeit eine echte Pechsträhne und die Geldeintreiber saßen mir im Nacken. Vielleicht hat sie es mir an der Nasenspitze angesehen, dass ich blank bis auf die Knochen war und ein solches Angebot gar nicht ausschlagen konnte.«

»Und Sie wissen natürlich nicht, wer die Frau war!«

»So ist es. Und bevor du weiterfragst: Ich habe nicht viel von ihr gesehen, weil sie ihr Gesicht unter einem Schleier verborgen hatte. So, jetzt habe ich dir alles erzählt. Bonne nuit, Tahnee!« Der Franzose trat von der Tür weg und verschwand erneut in der Dunkelheit.

»Warten Sie«, raunte Tahnee ihm hinterher, weil ihr siedend heiß noch etwas eingefallen war.

»Oui?«

»Sie sagten, Sie hätten den Kopf diesem Gouverneur gegeben. Wie heißt der Mann, der nach meinem Vater sucht und seinen Tod will?«

»Sein Name ist Charles Reed«, sagte Leclerc und mit einem Mal schien sich die Welt um Tahnee zu drehen.

Der Morgen graute und ein milchiges Licht fiel nun auf die Pritsche unter dem Zellenfenster. Tahnee hockte auf dem Boden, hatte die Arme um die angewinkelten Beine geschlungen und den Kopf zwischen die Knie gesteckt. Die ganze Nacht über hatte sie kein Auge zugemacht. Noch immer konnte sie ihre Gedanken nicht abstellen, die unablässig in ihrem Kopf kreisten, seit sie von Leclerc erfahren hatte, wie der Mann hieß, der ihrem Vater die Kopfgeldjäger auf den Hals gehetzt hatte.

Darum hatte sich Tahnee immer wieder die Worte ihres Vaters am Ufer des Feather River ins Gedächtnis gerufen und in ihren Erinnerungen nach einem Fehler gesucht. Doch sosehr sie auch darüber nachgrübelte, sie war sicher, dass er Folgendes gesagt hatte:

Du gehst auf direktem Weg zu dem Haus ganz oben auf der Kuppe des Hügels, der gleich neben der Stadt aufragt. Es ist ein prächtiges Anwesen und nicht zu übersehen. Dort wohnt ein Mann mit dem Namen Charles Reed. Geh zu ihm und sag ihm, dass ich dich schicke.

Was hat das zu bedeuten, fragte sich Tahnee immer und immer wieder, ohne auf eine halbwegs sinnvolle Erklärung zu kommen. Warum sollte sie ausgerechnet den Mann aufsuchen, der hinter ihrem Vater her war und sein Leben bedrohte?

Sie hatte nicht den Hauch einer Ahnung, aber sie wusste, dass sie sich gründlich geirrt hatte. Ihr Vater hatte keinen unbekannten Freund in der Stadt. Dort gab es niemanden, der verhindern würde, dass man ihn wie einen gemeinen Mörder aufknüpfte. Sein Schicksal war besiegelt und sie saß in der Falle. Wenn kein Wunder geschah, würde sie niemals erfahren, was er mit seiner Botschaft bezweckt hatte.

Langsam hob Tahnee den bleischweren Kopf an und blickte mit zusammengekniffenen Augen zum Fenster hinauf. Leise drangen jetzt Geräusche zu ihr.

Sie stand auf und reckte sich auf der Pritsche zu der kleinen Öffnung in der Wand. Endlich war es ausreichend hell, um wieder nach ihrem Vater zu sehen. Doch der stand nicht mehr vor dem Pfosten neben dem Kirchenportal, an den man ihn am Abend zuvor festgebunden hatte.

Tahnee ließ suchend den Blick kreisen. Das Feuer war erloschen und glomm nur noch vor sich hin. Dicke Nebelschwaden waberten über die Wiese. Während die Hügel bereits von der aufsteigenden Sonne bestrahlt wurden, lag alles andere noch in kaltem Schatten. Leclerc hockte, in seine Decke gehüllt, neben der Feuerstelle und rauchte einen Zigarillo. Von den Kopfgeldjägern fehlte jede Spur.

Nach ein paar Minuten aber wurde die Tür der Kapelle aufgestoßen und der Totengräber Dago trat heraus, gefolgt von dem dicken Two-Knife. Hinter den beiden stolperte ihr Vater ins Tageslicht, angetrieben von den Tritten Reubens und begleitet vom gehässigen Kichern Hanks, der als Letzter aus dem Gebäude kam.

Wo ist Crane?, fragte sich Tahnee, während sie zu ihrem Vater sah, der mit hinter dem Rücken verschnürten Händen über die Wiese gestoßen wurde.

Tahnee musste ihren ganzen Willen aufwenden, um ihn nicht wieder zu rufen. Sie wusste, dass diese Mistkerle nur auf einen Anlass warteten, ihren Gefangenen zu erniedrigen und zu malträtieren.

Während die Tränen an ihren Wangen hinunterliefen, sah Tahnee zu, wie Two-Knife und Dago ihren Vater abführten, während Reuben und Hank die Ersatzpferde losbanden. Die Gewissheit, dass sie ihren Vater in wenigen Augenblicken für immer aus den Augen verlieren würde, zerriss ihr das Herz. Als hätte er ihre Gedanken gespürt, hob Paul Fitch nun den Kopf und blickte zum Zuchthaus der Geisterstadt. Trotz der Entfernung meinte Tahnee zu erkennen, dass er ihr zunickte. Dann war er verschwunden und seine vier Wächter mit ihm.

Tahnee kniff die Augen zusammen und weinte stumm vor sich hin. Als sie wieder nach draußen blickte, war das

Gelände jenseits der Stadt verlassen. Auch die Pferde und der Franzose waren nicht mehr zu sehen. Also wandte sich Tahnee ab, kletterte von der Pritsche und zog ihre Tasche darunter hervor. Als sie hineinblickte, verspürte sie einen Anflug verbitterter Dankbarkeit. Der Franzose hatte ihre Feldflasche aufgefüllt und einen Laib Brot hineingetan. Auch Zacks Messer lag noch in dem Beutel.

Tahnee nahm ein paar kleine Schlucke Wasser und riss sich ein Stück Brot ab. Nachdem sie es hinuntergewürgt hatte, stellte sie sich vor der Tür auf und wartete.

Lange Zeit geschah nichts. Nur von irgendwoher war ein dumpfes Stimmengewirr zu hören. Tahnees Unruhe wuchs von Minute zu Minute. Inzwischen waren ihre Nerven zum Zerreißen gespannt.

Sicher machten sich die Kopfgeldjäger gerade bereit zum Aufbruch. Weil sie das Gelände hinter dem Zuchthaus verlassen hatten, konnte Tahnee sie nicht mehr sehen. Vermutlich befanden sich die Männer auf dem Platz vor dem Saloon, wo ihre Pferde angebunden waren. Vielleicht nahmen sie dort noch ein kurzes Frühstück ein, ehe sie mit ihrem Gefangenen weiterritten.

Tahnee glaubte zu wissen, dass wenigstens einer von ihnen zuvor noch etwas anderes tun würde. Deshalb starrte sie mit flachem Atem und zitternden Beinen durch die Gitterstäbe und lauschte dabei gebannt den undeutlichen Stimmen in der Ferne.

Bald würde sie wissen, was Crane mit ihr vorhatte. – Sie konnte nur hoffen, dass es schnell ging.

Plötzlich machte ihr Herz einen Satz. Leise, aber unmissverständlich kam ein Geräusch näher, das sie mit Schrecken erfüllte.

Endlos lange, quälende Augenblicke später blieb Lennard Crane vor ihr stehen und das Klirren seiner Sporen verstummte.

Trotz ihrer unerträglichen Angst hielt Tahnee tapfer die Tränen zurück. Sie musste sich ihrem Schicksal beugen, aber sie würde es mit erhobenem Kopf tun. Dieser Teufel sollte nicht die Genugtuung bekommen, dass sie um ihr Leben bettelte.

Lennard Crane schaute sie unverwandt mit einem schiefen Grinsen an. Am liebsten hätte sie sich weggedreht. Stattdessen blickte Tahnee ihm mit eisiger Miene ins Gesicht und wartete.

Schließlich schmolz das Lächeln in seinen Mundwinkeln dahin und die Augen des Kopfgeldjägers verengten sich zu gefährlichen Schlitzen. »Na, mach schon. Die Frage brennt dir doch auf der Zunge. Sicher möchtest du wissen, was jetzt mit dir passiert. Nicht?«

Tahnee zeigte keine Reaktion.

»Wenn du meinst, du kriegst mich mit deinem Schweigen weichgekocht, dann irrst du«, sagte der Mann. »Ich mache dir ein Angebot: Wenn du mich um Entschuldigung bittest, lass ich dich vielleicht hier raus. Na, wie findest du das?«

Tahnees Augen sprühten nun vor Hass und Abscheu, aber ansonsten blieben die Worte ihres Gegenübers ohne Wirkung.

Lennard Crane trat dichter an ihre Zelle heran. Seine Hände schlossen sich um zwei Gitterstäbe. Er beugte sich so weit vor, bis sein Gesicht in der Lücke zwischen den Stäben erschien.

»Mach schon«, sagte er. »Sei ein braves Mädchen und winsle um dein Leben!«

Tahnees Hände ballten sich zu Fäusten, bevor sie dem Kopfgeldjäger ins Gesicht spuckte. Während ihr Speichel an seiner Wange hinunterrann, wurde Cranes Miene starr und ausdruckslos. Allein das verräterische Beben in seinen Mundwinkeln verriet, dass er kurz vorm Explodieren war. Dann trat er einen Schritt zurück und zog in unfassbarer Geschwindigkeit seine Colts aus ihren Holstern.

Nun musste Tahnee doch die Augen zusammenkneifen. Sehr laut drang das Klicken an ihre Ohren, als die Abzüge der Waffen gespannt wurden.

Tahnee war sich bewusst, dass diesem das letzte Geräusch folgen würde, das sie in ihrem Leben hören würde. Doch der Schuss, der es beendet hätte, blieb aus.

»Glaube ja nicht, dass ich dir diesen Gefallen tue«, sagte Crane mit vor Zorn vibrierender Stimme und Tahnee öffnete die Augen wieder.

Der Kopfgeldjäger hatte die Revolver wieder zurückgesteckt und sich schon halb abgewandt. »Ich mache mir an dir nicht die Hände schmutzig. Sei sparsam mit dem, was dir Leclerc gestern heimlich zugesteckt hat. Dann überlebst du vielleicht deinen Vater, ehe du vor die Hunde gehst. Du kannst das nicht wissen, deshalb sage ich es dir.« Plötzlich kehrte das gemeine Grinsen in sein Gesicht zurück. »Ich habe gestern einen meiner Männer vorausgeschickt, um unserem Auftraggeber Bescheid zu geben, dass wir den Gesuchten haben. Im Laufe des Tages wird man auf dem Portsmouth Square ein schönes Schafott errichten, damit die Leute eine gute Sicht auf das Schauspiel haben.«

Er verstummte und schien sich für ein paar Sekunden daran zu weiden, dass Tahnee nun am ganzen Körper bebte. »Morgen früh wird er hängen. Verlass dich drauf! Denk daran, wenn du hier drin die Sonne aufgehen siehst!«

Noch einmal blickte Lennard Crane Tahnee ins Gesicht. Dann lüpfte er den Hut zum Abschied. »Wenn ich das nächste Mal in dieser gottverlassenen Gegend bin, komme ich wieder her und schaue mir an, was die Ratten von dir übrig gelassen haben.«

Dann schritt er aus dem Raum und während noch das Klirren seiner Sporen verklang, gaben die Beine unter ihr nach und Tahnee sank auf die Knie.

AUS TARAS TAGEBUCH

28. Oktober 1856

Liebe Mama,

es ist mir, als wäre ich heute Morgen in einem neuen Leben erwacht und würde nun alles mit fremden Augen betrachten.

Endlich wurde eines der Rätsel gelüftet und ich weiß jetzt mit Sicherheit, dass man mir so einiges aus Deinem Leben verschwiegen hat. Doch quälen mich zugleich noch mehr Fragen als zuvor, denn Dein Brief an Großvater bringt nur einen kleinen Teil der Wahrheit ans Licht. Immer noch liegt so vieles im Dunkeln verborgen.

Zuerst einmal sollte ich Dir erzählen, wie Deine Zeilen zu mir gekommen sind.

Ich habe meine Ankündigung wahr gemacht. Eine Woche lang bin ich in meinem Zimmer geblieben und habe mich strikt geweigert, zu den Mahlzeiten und überhaupt nach unten zu kommen. Auch von dem Essen, das man mir ans

Bett gebracht hat, habe ich kaum einen Bissen angerührt. Dazu habe ich eisern geschwiegen und weder mit Molly noch mit Großvater auch nur ein Wort gesprochen. Selbst Doktor Lindsay, den die beiden voller Sorge nach ein paar Tagen herbeirufen ließen, habe ich auf keine Frage eine Antwort gegeben, obwohl es mir ihm gegenüber leidtat, weil er so ein fürsorglicher, netter alter Herr ist.

Doch mir blieb keine Wahl. Ich habe einfach keinen anderen Weg gesehen, um Molly und Großvater aus ihrer Gleichgültigkeit zu rütteln und ihnen klarzumachen, dass man so mit mir nicht umgehen darf.

Offenbar war mein Protest erfolgreich und einer der beiden hatte endlich ein Einsehen. Denn als ich gestern Abend aus dem Badezimmer gekommen bin, lag ein Umschlag auf meinem Sekretär. Darin fand ich einen Brief, dessen Papier reichlich zerknittert war. Auch hatte man ihn an verschiedenen Stellen wieder zusammengeflickt, an denen er auseinandergerissen worden war. Nachdem ich ihn gelesen hatte, war mir klar, dass er Großvater furchtbar wütend gemacht haben muss.

Mich dagegen hat er sehr berührt und zugleich ungeheuer traurig gemacht, denn Deine Zeilen müssen für Großvater sicher ein schwerer Schlag gewesen sein.

Jetzt sind meine letzten Sätze völlig verwischt. Ich konnte einfach die Tränen nicht mehr zurückhalten und musste mich erst wieder sammeln. Das alles ist so verwirrend, dass ich nicht mehr klar denken kann. Deshalb mache ich hier für heute Schluss.

Trotzdem ist dieser Brief für mich das Wertvollste, was ich nun besitze. Um nichts in der Welt gebe ich ihn mehr her, sondern werde ihn in mein Tagebuch legen.

In Liebe,
Deine Tara

BRIEF AN CHARLES REED

11. März 1844

Verehrter Vater,

es ist mir, als wären Jahre ins Land gegangen, seit ich Dich das letzte Mal gesehen habe, so vieles ist seither geschehen. Dieser Brief erreicht Dich in New York von einem weit entfernten Ort. Doch mein Begleiter und ich werden nicht lange an diesem verweilen. Morgen ziehen wir weiter in unsere künftige Heimat, wo mich und meinen lieben Gatten ein neues und freies Leben erwartet.
Es tut mir unendlich leid, dass Du es auf diesem Weg erfahren musst. Ja, aus Deiner kleinen Tochter ist nun eine Ehefrau geworden. Glaube mir, es bricht mir das Herz, dass wir in aller Heimlichkeit und Schnelle unsere Trauung vollziehen mussten. Wie gern hätte ich diesen besonderen Tag mit Dir und der guten Molly begangen! Aber Du warst es, der uns keine andere Wahl gelassen hat. Es waren Deine Verbitterung und Dein Starrsinn, die mich aus meinem Elternhaus vertrieben und

mir dieses abenteuerliche Leben fernab meiner Heimat aufgezwungen haben.
Tag für Tag leide ich darunter, dass unser Glück nur um den Preis Deines Zorns zu haben war. Seit ich von Dir geflohen bin, werde ich in meinen Träumen von Deinen Worten verfolgt, die Du mir an den Kopf geworfen hast, nachdem wir verraten wurden. Nacht für Nacht fahre ich aus dem Schlaf auf und zittere am ganzen Leib und finde nur Ruhe, weil an meiner Seite der wundervolle Mann liegt, den das Schicksal für mich bestimmt hat.
Trotz allem kann ich Dir nicht böse sein. Ich weiß ja, wie viel Liebe hinter Deinem Wüten verborgen liegt. Nach Mutters Tod hast Du voller Zuneigung und Stolz für mich gesorgt und mir einen sorgenlosen Weg ins Leben geebnet. Du wolltest für mich, Deinen Augenstern, immer nur das Beste.
Ich kann durchaus verstehen, dass Du die Verbindung zu meinem Auserwählten wegen seiner Abstammung und Stellung nicht gutheißen möchtest. Aber die Liebe ist nun einmal stärker als alle Vernunft. Und ein Leben ohne Liebe ist kein Leben. Deshalb nehme ich gern alle Entbehrungen und Herausforderungen an, die sich mir in meinem neuen Dasein stellen.
Ich kann nur beten, dass sich Deine Gefühle vielleicht mit der Zeit wandeln. Unsere Tür steht Dir immer offen und es wäre mein größtes Glück, eines fernen Tages meinen über alles geliebten Vater wieder in die Arme schließen zu können.
Am Ende meines Briefes noch eines: Ich weiß, dass Du nach mir suchen lässt und demjenigen eine bedeutende Belohnung

versprochen hast, der mich zu Dir zurückbringt. Ich habe mein Bild in einer Zeitung entdeckt. Weil ich den Artikel dazu gelesen habe, musste ich erfahren, welche Lügen Du über meinen Liebsten verbreitest, den Du nie kennengelernt hast und dessen Namen Du nicht einmal weißt.
Du tust ihm unrecht, Vater! Ich bin aus freien Stücken bei ihm. Nie hat er mich zu irgendetwas gezwungen. Er ist der rechtschaffenste Mann, den man sich denken kann. Auch wenn Du es nicht glauben willst, er wäre Dir ein guter Schwiegersohn und hätte das Zeug dazu, eines Tages Deine Geschäfte zu übernehmen und in Deinem Sinne umsichtig fortzuführen. Ich flehe Dich an, suche nicht weiter nach uns und lass mich und meinen Ehemann in Frieden ziehen. Steh unserer gemeinsamen Zukunft nicht im Weg und zerstöre nicht meine Liebe zu Dir. Bitte beweise mir, dass das Vertrauen in Dich gerechtfertigt ist.

Lebe wohl,
Dein Augenstern

RETTER IN DER NOT

29. Oktober 1856

Die Sonne stand senkrecht am wolkenlosen Himmel und die Luft flimmerte über der staubigen Stadt. Die Hitze in Tahnees Zelle war mörderisch.

Während sie in gebückter Haltung versuchte, mit ihrem Messer die Schrauben in der Metallplatte zu lösen, die vor dem Türschloss angebracht war, troff Schweiß in ihre Augen und das Haar klebte ihr feucht auf Stirn und Wangen. Obwohl der Griff des Messers andauernd über eine aufgeplatzte und höllisch brennende Blase auf ihrem Handballen rieb, weigerte sich Tahnee aufzugeben. Dabei hatte sie seit dem Morgen erst eine von insgesamt acht Schrauben aus ihrer Verankerung lösen können.

»Verdammter Mist!«, fluchte sie zum wiederholten Mal, als die Spitze des Messers erneut aus dem Kopf der Schraube rutschte.

Mit wütend zusammengepressten Lippen rieb sie sich den steifen Nacken, dann beschloss sie, das Messer in den Spalt zwischen Tür und Platte zu schieben, um diese mit Gewalt aufzuhebeln. Doch weil sich die Klinge bei dem Versuch gefährlich verbog, zog Tahnee sie rasch wieder heraus.

Mit einem enttäuschten Stöhnen plumpste sie auf das Gesäß. Anschließend hieb sie hart mit der Faust auf den Boden und sank auf den Rücken. So lag sie da, bedeckte die Augen mit einem Arm und begann hemmungslos zu schluchzen.

Nach ein paar Minuten setzte sie sich wieder auf, betrachtete mit zusammengekniffenen Augen die Tür und machte sich erneut mit verbissener Miene an die Arbeit.

Irgendwann lag tatsächlich eine zweite Schraube auf ihrem mittlerweile blutverschmierten Handteller und Tahnee jubelte triumphierend, als hätte sie soeben einen Boxkampf gewonnen. Doch die Freude hielt nur ein paar Sekunden an, denn sie wusste, dass ihr die Zeit davonlief und die Chancen, lebend aus diesem Backofen herauszukommen, von Minute zu Minute sanken. Schon jetzt hatte sich ihre Feldflasche um die Hälfte geleert. Sie konnte hier drinnen bestenfalls zwei bis drei Tage überleben und ihre Kräfte würden höchstens noch für eine weitere Schraube ausreichen.

Eine zornige Falte bildete sich zwischen ihren Augenbrauen, als Tahnee nun mit dem Arm ausholte, um die rostigen Schrauben durch die Gitter aus ihrem Gefängnis zu werfen.

Plötzlich erstarrte sie mitten in der Bewegung. Mit aufgerissenen Augen starrte sie auf den Menschen, der vor der Zelle stand und sie betrachtete.

Tahnee wusste, dass mit der Hitze und dem Wassermangel früher oder später auch die Halluzinationen kommen würden. Jetzt war es offenbar so weit, denn ihre Augen täuschten ihr gerade vor, dass Pokom hier war und ihr mit besorgtem Gesicht zunickte.

Sinnestäuschung hin oder her, sie konnte nicht anders, als gleichfalls zu nicken. Aber dann feuerte sie die Schrauben geradewegs ihrer Einbildung entgegen, die überraschenderweise in Deckung ging und die Hände über dem Kopf zusammenschlug.

»Tahnee, ich bin, Pokom!«

Vor Schreck schlug Tahnee eine Hand vor den Mund und sprang hastig auf die wackeligen Beine. »Pokom? Bist du echt? Was zum Teufel ...?«, sprudelte es aus ihr heraus.

Ohne ihr zu antworten, hielt der Indianerjunge mit stolzer Miene einen Schlüssel in die Höhe und Sekunden darauf vernahm Tahnee das schönste Geräusch in ihrem Leben, als sich die Tür mit einem lauten Klicken öffnete.

Schon war sie aus der Zelle gestürmt und dem Maidu um den Hals gefallen. Erst jetzt, während sie den Jungen berührte, konnte Tahnee wirklich fassen, dass sie nicht mehr allein und in Freiheit war.

Als sie ihn wieder losgelassen hatte, blickte sie Pokom fragend ins Gesicht. »Wie ... wie hast du mich gefunden?«

Pokom schien die Frage auch ohne Handzeichen zu verstehen. Zuerst deutete er auf Tahnee, dann machte er mit

Daumen und Zeigefinger einen Kreis und blickte mit einem Auge hindurch.

»Du hast mich beobachtet und bist mir gefolgt?«, murmelte Tahnee ungläubig und plötzlich erinnerte sie sich an das nächtliche Knacken eines Zweiges und ein merkwürdiges Gefühl im Nacken beim Besteigen eines Hügels.

»Herr im Himmel!«, stieß sie erstaunt aus und konnte ihr Glück kaum fassen.

»Du komm«, sagte der Indianer und deutete zum Ausgang.

Tahnee nickte. Dann ging sie noch mal zurück, schulterte ihren Beutel und folgte ihrem Retter rasch nach.

Wenige Augenblicke später trat Tahnee hinter ihm nach draußen und blieb vor dem Gefängnis stehen. Freudestrahlend breitete sie die Arme aus und streckte das Gesicht der Sonne entgegen. Als sie sich umblickte, war Pokom schon vorausgegangen. Mit großen Augen betrachtete Tahnee das Pferd, neben dem er stand. Es war das Pferd ihres Vaters, das am Ufer des Feather River Reißaus genommen hatte, als die Schüsse der Kopfgeldjäger gefallen waren.

Auf der Stelle stieg neue Hoffnung in ihr auf. Sie hatten ein Pferd! Also bestand noch immer die Möglichkeit, nach San Francisco zu kommen, ehe es für ihren Vater zu spät war.

Schon eilte sie zu Pokom. Anerkennend klopfte sie ihm auf die Schulter. »Das hast du gut gemacht, mein Lieber«, sagte sie. »Ich habe zwar keine Ahnung, wie du an das Pferd gekommen bist, aber ich danke dir. Auf geht's, wir müssen los.«

Tahnee ließ Pokom den Vortritt, denn sie spürte, wie geschwächt sie war. Schon schwang sich der Junge behände auf das Pferd und reichte ihr die Hand. Tahnee kletterte ächzend hinterher. Dann saß sie hinter ihm auf dem Rücken des Braunen. Mit einer Hand wies sie dem Indianer die Richtung und sogleich jagten sie im raschen Galopp aus der Geisterstadt hinaus.

Sie ritten den ganzen Tag in der sengenden Hitze. Nur zweimal gönnten sie dem Pferd ihres Vaters eine Pause, damit es an einem Bachlauf Wasser trinken konnte. Beim zweiten Stopp teilte Tahnee das Brot aus ihrer Leinentasche auf und der Maidu steuerte zwei erbeutete Riesenheuschrecken bei. Nach dem Happen fühlte sich Tahnee wieder so weit bei Kräften, dass sie vorne sitzen und trotz der schmerzenden Hand die Zügel übernehmen konnte.

Sie folgten dem Flusslauf und hielten so auf dem schnellstmöglichen Weg auf die kleine Goldgräberstadt Sacramento zu.

Tahnee war sich bewusst, dass die Kopfgeldjäger derweil über Land nach San Francisco ritten. Da die Mistkerle ausgeruhte Pferde hatten, waren sie auf diesem Weg erheblich schneller, als es ihr und Pokom auf dem erschöpften Braunen möglich wäre. Um rechtzeitig bis zum nächsten Morgen ihr Ziel zu erreichen, gab es für Tahnee nur eine Möglichkeit: Sie mussten die Abendfähre in Sacramento erwischen.

Weil ihr Vater immer im Frühjahr und im Herbst nach San Francisco reiste, um dort seine Felle zu verkaufen, wusste Tahnee, dass zwischen den beiden Städten zwei Fährschiffe verkehrten, die jeweils vormittags und abends ablegten und irgendwo unterwegs aneinander vorbeifuhren. Paul Fitch nahm auf seinen halbjährlichen Touren stets die Fähre, da er auf dem Hinweg einen großen Stapel Felle und auf dem Rückweg prall gefüllte Säcke Proviant zu befördern hatte.

Die Vorstellung, dass die Abendfähre in Sacramento möglicherweise schon weg war, ehe sie dort ankamen, erfüllte Tahnee mit allergrößter Sorge. Denn dann wäre auch die letzte Chance vertan, ihren Vater vor dem Galgen zu retten. Deshalb trieb sie das Pferd in der fürchterlichen Hitze unerbittlich vorwärts, obwohl dessen Flanken vor Anstrengung zitterten und dicker Schaum aus seinem Maul tropfte.

Die Sonne senkte sich bereits am westlichen Horizont, als in der Ferne endlich ein weiterer Fluss und an dessen Mündung in den Sacramento River die Umrisse einer größeren Ansiedlung zu erkennen waren.

Sofort hieb Tahnee erneut die Fersen gegen die Seiten des Pferdes und schnalzte mit der Zunge, während sie wild an den Zügeln zog, um die letzten Kraftreserven des Tieres zu mobilisieren. Das Pferd beschleunigte nochmals und Pokom klammerte sich fester an Tahnee.

Erst als sie auf die Hauptstraße einbogen, drosselte Tahnee das Tempo und ihr Pferd trabte nun an Bretterbuden und baufälligen Schuppen entlang. Bald musste Tahnee das Tier an lästigen Hindernissen auf der Straße vorbeilenken. Weil es hier keine Gehwege gab, kreuzten streunende Hunde, verirrte Hühner und abgerissene Goldgräber ihren Weg. In Hafennähe kamen noch bepackte Mulis, schwer beladene Pferdekarren und Männer hinzu, die Säcke, Bündel und Fässer über die Straße schleppten.

Sie wurden eben von einem im Schneckentempo dahinrumpelnden Fuhrwerk vor ihnen in eine aufgewirbelte Staubwolke gehüllt, als Tahnee ein Signalhorn hörte.

Vor Schreck stellten sich ihre Nackenhaare auf und Panik ergriff sie. Ausgerechnet hier war die Straße so eng, dass der Wagen vor ihnen deren ganze Breite in Beschlag nahm. Tahnee fluchte innerlich und suchte vergebens nach einer Möglichkeit, an dem Gefährt vorbeizukommen. Endlich machte die Straße eine Biegung und neben dem Karren tat sich eine Lücke auf. Ohne Zögern jagte Tahnee den Braunen todesmutig hindurch. Denkbar knapp waren sie an dem Wagen vorbeigekommen, da sah sie rechter Hand eine Reihe Lagerhallen. Direkt gegenüber lag die Hafenmauer.

Tahnee zerrte an den Zügeln und sie kamen abrupt zum Stehen. Suchend spähte Tahnee zum Wasser. Doch lag dort nirgends eine Fähre vor Anker und auch sonst kein Schiff. Lediglich ein paar Ruderboote und kleine Lastkähne dümpelten entlang der Mauer vor sich hin.

Ahnungsvoll hob Tahnee den Blick und erstarrte. Flussabwärts entfernte sich soeben eine rostige Barkasse mit einem gedrungenen, grün angestrichenen Schornstein.

Schockiert sah Tahnee dem Fährschiff nach, bis es zu einem Punkt zusammengeschrumpft war. Dann glitten sie und Pokom aus dem Sattel. Der Indianer ging voraus und Tahnee führte das Pferd mit gesenktem Kopf hinter sich her. Sie schlang die Zügel um einen Fahnenmast und strich dann eine Weile über den schweißnassen Hals des Tieres, ehe sie sich neben Pokom auf eine Mole hockte.

Schweigend saßen sie da und hörten, wie das Flusswasser gegen die Hafenmauer schwappte. Mit stumpfem Blick starrte Tahnee auf ihre Hände und sah, wie zerkratzt sie waren. Sie betrachtete den getrockneten Schlamm unter ihren Fingernägeln und den blutunterlaufenen Daumennagel, auf den ein Maultier in der Goldgräbersiedlung getreten war. Anschließend begutachtete sie die Schwielen auf ihren Handtellern. Als ihr Blick auf den bräunlichen Schorf über der aufgescheuerten Blase fiel, die sie sich beim Kampf mit der Metallplatte in ihrer Zelle zugezogen hatte, drang plötzlich ein leises Kichern aus ihrem Mund, das rasch lauter wurde und zu einem hysterischen Lachen anschwoll, das sich von einer Sekunde auf die andere in ein heftiges Weinen umkehrte.

Tahnee merkte kaum, wie sich Pokoms Hand auf ihren Rücken legte, während sie von einem Weinkrampf durchgeschüttelt wurde.

Als er vorüber war, saß Tahnee in sich zusammengesunken da und starrte erneut mit leerem Blick in die Wasserströmung vor sich.

Sie bekam erst wieder etwas von ihrer Umwelt mit, als etwas am Stoff ihrer Jacke zupfte. Langsam hob sie den Kopf und blickte um sich, als wäre sie aus einem tiefen Schlaf erwacht. Fragend sah sie schließlich zu Pokom, der sogleich auf den Fluss deutete.

Mit hängenden Augenlidern schaute Tahnee zu der Barkasse, die auf den Hafen zufuhr. Sie sah haargenauso aus wie das Fährschiff, das vorhin vor ihren Augen davongeschippert war und ihre letzte Hoffnung auf ein gutes Ende dieses Albtraums mit sich genommen hatte. Allerdings war der Schornstein dieses Dampfschiffs nicht grün, sondern rot.

Tahnees vernebelter Verstand begriff erst allmählich, dass das die Fähre sein musste, die am Vormittag von San Francisco losgefahren war und sich am nächsten Morgen wieder auf den Weg dorthin machen würde.

Es dauerte einige Sekunden, bis ihr blitzartig klar wurde, dass vielleicht doch noch nicht alles verloren war.

Als sie den Blick von dem Schiff zu Pokom wandern ließ,

erkannte sie, dass ihm der gleiche Gedanke gekommen sein musste, denn seine Augen funkelten plötzlich gefährlich. Aus den Augenwinkeln sah Tahnee, dass Pokoms Hand den Griff eines Messers umklammerte, das in seinem Hirschlederschurz steckte.

Sie blickte ihm tief in die Augen und nickte langsam mit dem Kopf. Dann wies sie mit beiden Handflächen zu Boden und bedeutete ihm mit dieser wortlosen Geste: Ich bin dabei, aber lass uns erst einmal abwarten.

Pokom nickte gleichfalls und nahm die Hand wieder von der Waffe. Dann beobachteten die beiden, wie die Barkasse an ihnen vorbeituckerte, an einer Flussbiegung eine 180-Grad-Wendung vollführte und auf die Mole zuhielt. Ein paar Meter davor erstarb der Motor und das Schiff trieb nun mit der Strömung heran. Auf der Höhe des Piers warf ein sommersprossiger Junge in Latzhosen den Anker über das Heck ins Flusswasser. Dann sprang er von Bord und vertäute wieselflink das Ende eines Seils an einem Poller. Kaum hatte er das erledigt, kam die Barkasse direkt vor dem Pier zum Halten. Da war der Schiffsjunge bereits wieder an Bord und schob sogleich ein schweres Brett über die Brüstung, bis dessen Ende auf der Landungsbrücke aufsetzte. Anschließend trat er beiseite und winkte die wartenden Passagiere heran.

Über die Gangway kamen nun einige müde Goldgräber hinunter, gefolgt von einer Handvoll Mexikaner. Anschließend tauchten Arbeiter auf, die ein paar Mulis von Bord führten und danach Fässer und Mehlsäcke zu den Lagerhallen schleppten.

Als die Schiffsladung gelöscht war, hatte es angefangen zu dämmern. Rasch wurde es auf dem Hafen stiller und bald lag er verlassen da.

Pokom blickte Tahnee fragend an und sie nickte zur Bestätigung. Es war an der Zeit, sich das Schiff einmal genauer anzusehen. Sie wollten gerade aufstehen, da kam ein stoppelbärtiger Mann aus dem Führerhaus und torkelte über das Brett an Land. Er hielt neben den beiden auf der Mole an und musterte sie aus wässrigen Augen.

»Ihr seid zu früh dran«, sagte er mit schwerer Zunge. »Wir legen erst morgen wieder ab und über Nacht lass ich keine Gäste an Bord. Damit ihr es gleich wisst: Für Rothäute verlang ich einen Aufpreis.«

Dann zog er einen Flachmann aus einer Hemdtasche heraus, nahm einen kräftigen Schluck und stolperte auf unsicheren Beinen davon. Tahnee und Pokom schauten ihm nach, bis er nicht mehr zu sehen war.

»Captain Hunsecker ist 'n erbärmlicher Saufkopf und dazu 'n Fiesling, wie er im Buche steht«, ertönte plötzlich eine helle Stimme.

Tahnee und Pokom wandten sofort die Köpfe und schauten zum Schiff hoch. An der Reling stand der rothaarige Junge, der das perfekte Landemanöver der Barkasse durchgeführt hatte.

Tahnee blickte zu Pokom. Der Maidu griff wieder nach dem Messer und sah sie fragend an. Tahnee legte kurz ihre Hand auf seine und stand dann auf. Während sie zum Schiff schlenderte, schaute sie sich den Schiffsjungen genauer an. Er war drahtig, kleiner als sie und hatte die abstehendsten Ohren, die man sich vorstellen konnte.

»Das hast du prima hinbekommen«, sagte sie. »Machst du das schon lange?«

»'ne ganze Weile«, sagte der Rotschopf und stemmte stolz die Fäuste in die Seiten.

»Ist bestimmt nicht einfach, so ein großes Schiff an eine so kleine Mole zu steuern?«

»Das kannste laut sagen. Wenn man nicht auf der Hut ist, treibt der Kahn meilenweit dran vorbei oder nietet den Pier um, als wär der aus Pappe.«

»Kann ich mir vorstellen«, sagte Tahnee. »Dafür braucht man bestimmt jede Menge Übung.«

»Schon«, erwiderte der Junge. »Aber glaub bloß nicht, dass das alles ist.«

»Nicht?«

»Wenn man das nicht im Blut hat, wird das nix. Sobald der Bug wieder in der Strömung ist, muss man nämlich den Antrieb im richtigen Moment stoppen, damit die Fähre bis zum Anlegeplatz nicht verhungert oder zu viel Tempo draufhat. Das ist je nach Wind und Wetter immer anders.«

»Mannomann«, sagte Tahnee und nickte bewundernd mit dem Kopf. Sie war tatsächlich beeindruckt, wie der Junge das Schiff am Hafen festgemacht hatte. Intuitiv spürte sie aber auch, dass man an dieser Stelle ansetzen musste, wenn man ihn weichkochen wollte.

»Na, dann ist dein Chef bestimmt froh, dass er dich hat«, sagte sie und blickte den Schiffsjungen arglos an.

Der zuckte zuerst mit den Schultern und zog dabei eine missgelaunte Miene.

»Denkste«, murrte der Schiffsjunge schließlich. »Ein Tritt in den Hintern ist bei Hunsecker schon fast ’n Lob.«

»Dann muss er echt ein Fiesling sein«, meinte Tahnee und schob nach einer Pause hinterher: »Ich heiße übrigens Tahnee und das ist mein Kumpel Pokom.«

Der Junge trat vor und blickte nun auch zu dem Indianer, der sogleich anerkennend einen Daumen in die Höhe reckte.

»Ich bin Chip«, sagte er und kam über das Brett zu ihnen runter. Er blieb vor Tahnee stehen und betrachtete sie von oben bis unten. »Du siehst echt verwegen aus!«

»Ja, kann sein«, sagte sie und musste plötzlich lachen. »Bevor du fragst, wieso – das ist eine lange Geschichte.«

»Und weswegen hast du das Rotfell dabei?« Er deutete zu dem Maidu.

»Pokom Freund«, sagte dieser bestimmt.

»Ein guter Freund!«, bestätigte Tahnee und sah dem Jungen fest in die Augen.

»Okay«, sagte Chip und Tahnee fiel auf, dass mit einem Mal rote Flecken auf seinen Wangen erschienen waren.

»Und was habt ihr beiden hier zu suchen?«, fragte der Schiffsjunge nun.

Tahnee setzte ein ernstes Gesicht auf. »Wir haben die Abendfähre verpasst.«

»Na, dann kauft ihr einfach ’n Ticket für unsren Kahn. Morgen früh dampfen wir ab.«

»Das geht leider nicht.«

»Ihr habt keine Kohle, wie?«

»Stimmt. Geld haben wir auch nicht«, sagte Tahnee. »Aber der Grund ist ein anderer.«

»Welcher denn?«

Tahnee nahm ihr Gegenüber wieder ins Visier. »Wir müssen heute noch nach San Francisco.«

»Ähm«, sagte Chip mit gerunzelter Stirn. »Und wie wollt ihr das anstellen?«

Jetzt froren Tahnees und Pokoms Blicke auf dem Schiffsjungen fest. Dessen Augen huschten zwischen ihnen hin und her.

Auf einmal klappte sein Unterkiefer herunter. »Das ist nicht euer Ernst, oder?«, sagte er zögerlich.

»Ich fürchte schon.«

»Und wie habt ihr euch das vorgestellt? Wollt ihr den alten Kahn kapern, oder was?«

»Zur Not tun wir das«, erwiderte Tahnee gelassen. »Aber um ehrlich zu sein, hoffen wir auf eine andere Lösung.«

Der Junge schluckte hörbar und kratzte sich mit seinen rußigen Fingern übers Kinn. »Und die wär?«

»Wir müssen morgen sehr früh in der Stadt sein. Am besten noch vor Morgengrauen. Wir brauchen jemanden, der sich mit dem Fluss auskennt und so ein Schiff steuern kann. Du bist unser Mann! Ob es dir passt oder nicht.«

Chip blickte Tahnee ungläubig an. »Du willst mich veräppeln, oder?«

Zur Antwort schüttelte sie langsam den Kopf. »Komm, setzen wir uns. Ich muss dir was erzählen.«

Tahnee hatte eigentlich vorgehabt, dem Schiffsjungen nur das Wichtigste zu berichten und auf Einzelheiten zu verzichten. Er sollte erfahren, dass es ihrem Vater an den Kragen ging und sie von seiner Unschuld überzeugt war. Um ihn irgendwie zu retten oder wenigstens in seiner letzten Stunde bei ihm zu sein, müsse sie früh am nächsten Morgen in San Francisco eintreffen.

Doch als sie Chip kurz von ihrer ersten Begegnung mit Crane in der Blockhütte erzählen wollte, wurde sie von ihm andauernd mit Fragen gelöchert. So ging es auch danach weiter. Er wollte offenbar alles ganz genau wissen. Spätestens als sie zu der Begegnung mit den beiden Kopfgeldjägern in Zacks Zuhause kam, merkte Tahnee, dass Chip sie mittlerweile angaffte, als wäre sie der Hauptpreis einer Tombola. Sie unterdrückte den Drang, mit den Augen zu rollen. Vielleicht konnte es von Vorteil sein, dass der Bursche sie offenbar anhimmelte.

»Ich weiß, das klingt verrückt und das ist es auch«, sagte

sie, nachdem alles erzählt war. »Vielleicht verstehst du jetzt, warum ich unbedingt nach San Francisco muss. Glaube mir, ich würde es mir nie verzeihen, wenn ich nicht alles versucht hätte, um rechtzeitig dort zu sein.«

Jetzt breitete sich Stille zwischen ihnen aus und für ein paar Augenblicke war nur das Klatschen der Wellen an der Hafenmauer zu hören. Mit angehaltenem Atem wartete Tahnee darauf, dass Chip wieder etwas sagte. Nun entschied es sich, ob sie auf seine Hilfe bauen konnten oder ihn mit gezücktem Messer zwingen mussten, den Motor anzuwerfen und sie in die Stadt zu bringen.

Schließlich pfiff Chip durch die Zähne. »Meine Fresse! Du hast echt Mumm in den Knochen!«, sagte er. »Es ist nur so«, fügte er seufzend hinzu. »Der Captain würde mich umbringen, wenn ich mit seinem Kahn verdufte.«

Tahnee spürte, wie Enttäuschung sie erfasste.

»Wenn ich mich spute, könnt ich allerdings pünktlich zurücksein«, murmelte der Schiffsjunge plötzlich vor sich hin.

»Meinst du?«, fragte Tahnee.

»Ja, mein ich«, antwortete Chip. »Blöd ist nur, dass ich der Maschine kräftig Zunder geben muss. Es werden also eine ganze Menge Kohlen dabei draufgehen.«

»Das heißt, er würde spitzkriegen, was du getan hast?«

»Nicht unbedingt. Die hat halt über Nacht jemand gestohlen, weil ich nicht aufgepasst und wie ein Murmeltier gepennt hab. Dafür bekomm ich zwar 'ne Abreibung, aber für *dich* nehm ich die gern in Kauf.«

Tahnees Gesicht erstrahlte, doch gleich darauf war sie wieder besorgt. »Was ist, wenn er zurückkommt und sein Schiff ist nicht mehr da?«

Chip grinste breit. »Da kennst du meinen Chef schlecht. Hunsecker ist ’ne unverbesserliche Schnapsnase und versumpft sicher in ’ner Bar. Morgen wird er ’ne Weile brauchen, bis er wieder weiß, wie er heißt. Er rückt eigentlich immer in letzter Sekunde zu seiner Schicht an.«

Der Schiffsjunge sprang auf die Beine. »Also, los geht’s!«, rief er und stellte sich mit stolzgeschwellter Brust breitbeinig vor Tahnee hin. »Ich bring dich und deinen Kumpel jetzt dahin. Unterwegs zeig ich dir, wie man so ’n Schiff navigiert.«

Tahnee lachte und wandte den Kopf zu Pokom, der die ganze Zeit still neben ihnen gesessen hatte. Sie wusste nicht, was er von dem Gespräch mitbekommen hatte. Aber weil er zustimmend nickte, vermutete sie, dass der kluge Maidu dank seiner Beobachtungsgabe eine ganze Menge verstanden hatte.

TEIL 2

SAN FRANCISCO

29. Oktober 1856

Tara saß vor ihrem Frisiertisch und betrachtete im Spiegel ihre vor Aufregung geröteten Wangen, während sie gespannt den Geräuschen vor dem Zimmer lauschte. Heute war endlich der Tag, an dem Molly ihr Schweigen brechen wollte.

Am Nachmittag war die Kinderfrau zu ihr gekommen und hatte sie an den Händen gefasst. Mit ernster Miene hatte sie ihr ein Angebot unterbreitet: Wenn sich Tara bereit erklärte, am Abend im Speisezimmer zu erscheinen und endlich wieder vernünftig zu essen, sollte sie vor dem Zubettgehen all das erfahren, was ihre Amme so viele Jahre für sich behalten hatte.

Tara hatte vor einer halben Stunde ihren Teil der Vereinbarung eingelöst und das erste Mal seit Tagen wieder einen vollen Magen. Ihr Großvater war hingegen nicht zum Abendessen erschienen, was Tara mit trotziger Gleichmut hinnahm, denn sie war ihm immer noch böse. Sie ärgerte sich allerdings, dass ihr damit die Gelegenheit genommen worden war, ihm ein wenig auf den Zahn zu fühlen. Zugleich spürte Tara, wie sehr ihr seine Gesellschaft und die Gespräche bei Tisch fehlten. Ungeachtet seiner Strenge und Unnahbarkeit konnte er auch fürsorglich, verständnisvoll und sogar humorvoll sein. Im Stillen gestand sie sich ein, dass sie die unbeschwerten Stunden mit ihm schrecklich vermisste.

Nun aber war sie zurück in ihrem Zimmer und wartete voller Ungeduld. Endlich hörte sie, wie sich Schritte näherten. Dann klopfte es an der Tür und Molly trat ein.

Wortlos stellte sich die Amme hinter Tara und legte die Hände auf deren Schultern. Dann seufzte sie. »Nun gut, bringen wir es in Gottes Namen hinter uns.« Sogleich begann sie damit, den Dutt auf Taras Hinterkopf zu lösen. »Du hast den Brief gelesen?«

»Hast du ihn mir hingelegt?«

»Mir blieb ja wohl keine andere Wahl«, sagte Molly und warf ihr einen vorwurfsvollen Blick zu. »Also, hast du ihn nun gelesen oder nicht?«

»Was glaubst du denn?«, antwortete Tara. »Wenigstens ein Dutzend Mal!«

»Dann weißt du ja schon zum Teil, was damals passiert ist. Das Erdbeben, wie ich es nennen möchte, hat sich im Sommer 1843 angebahnt.«

»Auf Coney Island also«, murmelte Tara, denn Molly hatte schon viele Male von der Kindheit ihrer Mutter in New York erzählt. Daher wusste Tara auch, dass sie und Molly die heiße Jahreszeit immer mit ein paar Hausangestellten in Großvaters Strandhaus auf der Insel verbracht hatten. Das Familienoberhaupt besuchte seine Tochter damals meist nur an den Wochenenden, da er unter der Woche seinen Geschäften am Hafen nachging.

»Richtig«, wurde ihre Vermutung prompt bestätigt. »Nell war eben erst aus dem Mädcheninternat in Troy zurückgekehrt.«

Molly legte nun eine Handvoll Haarspangen in eine Schachtel und löste die Schleifen von Taras Zöpfen. Dann machte sie sich daran, diese zu entflechten.

»Alles war in diesem Sommer anders als sonst«, fuhr die Frau fort und Tara hing mit pochendem Herzen an ihren Lippen. »Früher waren die Wochen auf der Insel für Nell immer die schönsten des Jahres gewesen, weil sie den lieben langen Tag mit den Kindern der Umgebung am Strand herumtollen konnte. Doch plötzlich war aus deiner Mutter eine junge Frau geworden. Nell hat sich entsetzlich gelangweilt und ihre Launen waren kaum auszuhalten. Doch dann war sie von heute auf morgen wie ausgewechselt. Mit einem Mal war deine Mutter das reinste Lämmchen und die Zufriedenheit in Person. Mit der Zeit hat mich ein komisches Gefühl beschlichen, als würde irgendetwas in der Luft liegen. Zuerst ist mir nur aufgefallen, dass sie den ganzen Tag zu träumen schien. Dann sah ich die Ringe unter ihren Augen. Da ist doch was im Busch, dachte ich mir und habe mich eines Nachts vor dem Haus auf die Lauer gelegt.

Und jetzt rate mal, wer sich heimlich, still und leise hinausgeschlichen hat!«

»Wo ist sie hin?«, fragte Tara ungeduldig. Sie platzte fast vor Neugierde.

»Schnurstracks ins Vergnügungsviertel der Insel, wohin sie im Übrigen selbst bei Tage nicht durfte. Da es dunkel war und ein gehöriger Trubel herrschte, konnte ich mich gut in der Menge verbergen und beobachten, wie Nell vor einem Kurbelkarussell zu einem jungen Mann ging. Offensichtlich kannten sich die beiden schon eine Weile, denn der Bursche hat unsere Nell gleich umarmt und … nun ja.«

»Geküsst?«, fragte Tara mit aufgerissenen Augen.

»Das kann man wohl sagen«, seufzte Molly, nahm eine Bürste vom Tisch und fuhr damit durch Taras Haar.

»Sah er gut aus?«, fragte diese nun aufgeregt.

»Kind!«, erwiderte Molly empört und musste dann doch ein wenig schmunzeln. »Er hatte ebenmäßige Züge, breite Schultern und dichtes schwarzes Haar. Man kann sich also vorstellen, dass deine Mutter ihn hübsch fand. Wenn du dir jetzt aber einen feinen Herrn vorstellst, muss ich dich enttäuschen. Seinem Äußeren nach zu schließen, muss er wohl ein Saisonhelfer auf der Kirmes gewesen sein.«

»Ich finde, das klingt romantisch«, flüsterte Tara.

Molly seufzte erneut. »Die zwei sahen tatsächlich wie ein Liebespaar aus, als sie Hand in Hand an mir vorbeischlenderten und vom Jahrmarkt aus zum Strand weitergingen.«

Die Amme schüttelte traurig den Kopf, legte die Bürste beiseite und griff nach dem Kamm.

»Was ist dann geschehen?«, fragte Tara und ahnte bereits, dass das *Erdbeben* nahte.

»Du kannst dir nicht ausmalen, in welcher Zwickmühle ich gesteckt habe. Es war ja nicht so, dass ich kein Verständnis für ihre Ausflüge hatte. Auch wenn man es nicht glauben mag, selbst ich war einmal jung. Wie die beiden Hand in Hand an mir vorbeikamen, habe ich gespürt, dass das nicht bloß eine harmlose Liebelei war. Ich habe den Gesichtsausdruck von Nell gesehen. Tara, lass dir gesagt sein, ich habe nie eine glücklichere junge Frau gesehen.« Molly hielt mit dem Kämmen der Haare inne. Versonnen blickte sie vor sich hin.

Tara betrachtete die Amme im Spiegel und wusste, wen diese gerade vor sich sah.

Nach einigen Sekunden sprach Molly weiter. »Aber ich wusste doch auch, dass dieses Techtelmechtel keine Zukunft haben konnte. Sie war ein Mädchen aus gutem Hause und er ein einfacher Wanderarbeiter. Die Treffen der beiden mussten so rasch wie möglich unterbunden werden. Ich habe die ganze restliche Nacht mit mir gerungen und mir wegen meiner Nachlässigkeit schreckliche Vorwürfe gemacht. Ich hätte verhindern müssen, dass es überhaupt so weit kommen konnte. War es nun nicht meine Pflicht, deinen Großvater darüber zu unterrichten? Schließlich hatte er mir die Aufsicht über seine Tochter anvertraut und war zudem seit vielen Jahren mein Brötchengeber.«

Plötzlich schwammen Taras Augen. »Du … du hast sie verraten?«

Molly sah nicht zu ihr, sondern kämmte weiterhin mit verbissener Miene Taras seidige Haare. »Ausgerechnet am Morgen danach traf in der Frühe dein Großvater bei uns ein. Ich hatte eigentlich beschlossen, mir Nell zur Brust zu nehmen und zur Vernunft zu bringen. Aber als dein Großvater mich angeschaut hat, hat er mich gleich gefragt, ob es mir nicht gut gehe. Ich habe ihm gesagt, es sei alles bestens, und bin ihm, so gut es möglich war, aus dem Weg gegangen. Doch mittags hat er mich beiseitegenommen und gefragt, was los sei. Er sehe mir doch an, dass mich etwas beschäftige. – Kind, was hätte ich da tun sollen? Ihm etwa ins Gesicht lügen?«

»Ich verstehe«, wisperte Tara mit dünner Stimme.

Molly legte den Kamm neben die Bürste und ergriff einen Flakon aus geschliffenem Glas. Sie gab ein paar Tropfen Zitronenwasser auf ihre Hand und rieb damit Taras Haarspitzen ein.

»Du kannst dir nicht ausmalen, wie er getobt und was er seine Tochter alles geheißen hat«, fuhr sie fort. »Nach seiner Tirade wurden Nell und ich in die Kutsche gesteckt und geradewegs zurück in die Stadt gebracht. Als wir im Haus ankamen, hat er Nell in ihr Zimmer geschickt und sie dort eingesperrt. Ich brauche dir gewiss nicht zu sagen, wie verzweifelt deine Mutter war. Sie wusste, sie durfte ihren Liebsten nie wiedersehen. Ihr war nicht einmal die Möglichkeit gegeben worden, ihm Lebewohl zu sagen. Sie hat mir unendlich leidgetan.«

Die letzten Worte waren kaum mehr als ein Flüstern gewesen und Tara sah nun, dass Molly mit den Tränen kämpfte.

Es dauerte einige Sekunden, bevor sie weitersprechen konnte. »Ich wollte sie um Verzeihung bitten und ihr alles erklären. Doch als ich am nächsten Morgen ihr Zimmer aufschloss, war es verlassen und das Fenster stand offen.«

Tara dachte daran, was ihre Mutter in dem Brief an den Großvater geschrieben hatte.

Du warst es, der uns keine andere Wahl gelassen hat. Es waren Deine Verbitterung und Dein Starrsinn, die mich aus meinem Elternhaus vertrieben haben.

Sie konnte gut nachvollziehen, wie sich ihre Mutter damals gefühlt haben musste. Sie selbst hatte inzwischen ein paar Erfahrungen machen müssen, die denen ihrer Mutter gar nicht so unähnlich waren. Immerhin hatte auch sie sich schon im Haus des Großvaters wie eine Gefangene gefühlt. Sicher hatte er immer nur das Beste gewollt. Aber dass es manchmal auch nötig war, zuzuhören und sich in die Empfindungen anderer hineinzuversetzen, schien er nicht zu wissen.

»So, deine Haare sind fertig«, unterbrach Molly ihre Gedanken. »Komm, ich helf dir jetzt beim Ausziehen.«

Tahnee stand am Vorschiff und lehnte mit verschränkten Armen an der Reling. Eine halbe Stunde waren sie nun schon auf dem Fluss. Inzwischen war die Nacht herabgesunken und Dunkelheit umfing das Dampfboot. Einzig das Mondlicht glitzerte schwach auf den schäumenden Wellen.

Dennoch machte die Fähre volle Fahrt. Chip, der am Ruder stand, hielt das Schiff exakt in der Flussmitte und damit in sicherer Entfernung von Sandbänken und sonstigen Gefahrenstellen in Ufernähe.

Trotz des Ratterns der Dampfmaschine wehte die helle Stimme des Schiffsjungen zu ihr heran, der ohne Unterbrechung auf Pokom einredete. Weil sie den beiden den Rücken zuwandte, gönnte sich Tara jetzt ein ausgiebiges Augenrollen. Sie war heilfroh, Chip endlich entwischt zu sein. Zugleich umarmte sie Pokom in Gedanken, weil der sich für Chips Aufgaben an Bord aufrichtig zu interessieren schien. So hatte der Schiffsjunge in dem Indianer einen geduldigen Zuhörer gefunden, dem er von seinen Tricks und Flussabenteuern erzählen konnte. Dass Pokom nur ein paar Brocken Englisch verstand, war Chip anscheinend egal oder er hatte es noch nicht einmal gemerkt.

Nachdem sie auf das Schiff gestiegen waren, hatte Tahnee Chip pflichtschuldig zugeschaut, wie er das Seil vom Poller löste, den Anker einholte und anschließend die Fähre mit einer langen Stange vom Pier abstieß. Aus Dankbarkeit für seine unschätzbare Hilfe konnte sie sich sogar dazu durchringen, seinen Erklärungen ein paar Nachfragen folgen zu lassen.

Als der Schiffsjunge die Klappe der Feuerung öffnete und die Dampfmaschine in der Schiffsmitte mit Holzscheiten und Kohle fütterte, dröhnte ihr bereits der Schädel. Da war ihr aufgefallen, dass Pokom mit großen Augen neben ihnen stand. Darum war sie unauffällig ein paar Schritte auf Abstand gegangen und hatte sich hinter dem Indianer postiert. Während die Maschine zu ächzen und zischen begann und kurz darauf graue Dampfwolken aus dem Schornstein stiegen, galt Chips Aufmerksamkeit schon voll und ganz dem anderen Jungen, der abwechselnd anerkennend nickte oder den Daumen hob.

Dann war die Fähre losgetuckert und die beiden Jungen waren zur Rückseite des Schiffes gesprungen, um in das weiße, schäumende Kielwasser zu starren. Chip hatte sogleich begonnen, dem Maidu gestenreich die Funktionsweise einer Schraubenwelle zu erläutern. Tahnee hatte die Situation genutzt, um sich auf den Bug des Dampfers zurückzuziehen.

Dort stand sie schon eine ganze Zeit und hing ihren Gedanken nach, während die Planken unter ihren Füßen vibrierten und sich Chips Stimme mit dem Motorengeräusch und dem Rauschen des Flusses mischte.

Tahnee konnte es immer noch nicht fassen, dass sie auf direktem Weg nach San Francisco unterwegs waren. Ihre

Freude darüber wurde jedoch von der Sorge um ihren Vater bei Weitem übertroffen. Wenn sie ankamen, musste sie irgendetwas unternehmen, um die Hinrichtung zu verhindern oder zumindest hinauszuzögern.

Nur, was sollte das sein?, fragte sich Tahnee einmal mehr und blickte betrübt auf das vereinzelte Funkeln über der Wasserfläche. Lange hatte sie alle Möglichkeiten abgewogen. Und am Ende war sie stets zu dem Ergebnis gekommen, dass sie nur eine wagen konnte.

Sobald das Schiff im Hafen anlegte, musste sie, so schnell sie konnte, zu diesem Charles Reed gehen. Nach wie vor erschien es ihr komplett unsinnig, ausgerechnet von dem Mann Hilfe zu erhoffen, der ihren Vater am Galgen sehen wollte. Aber es musste einen Grund geben, warum ihr Vater sie dorthin geschickt hatte.

Mir bleibt sowieso keine andere Wahl, dachte Tahnee.

Ihr war klar, dass der Gefangene streng bewacht wurde. Sie hatte die Männer kennengelernt, die ihn gefasst hatten, und wusste, wie brandgefährlich diese Mistkerle waren. Beim Versuch, ihn zu befreien, würde sie ihnen sicher direkt in die Arme laufen und auch ihr Leben wäre verwirkt. Crane würde gewiss nicht zulassen, dass sie ihm noch einmal entwischte.

Tahnee schüttelte müde den Kopf. Alles Grübeln brachte sie nicht weiter. Sie musste auf ihr Gefühl vertrauen und hoffen, dass sie das Richtige tat, wenn sie am Ziel ihrer Reise angelangt war.

Da erlosch auf einmal das Mondlicht und sie hörte ein Donnergrollen. Augenblicke später zuckten in der Ferne lautlose Blitze am Himmel. Mit ihnen kam der Regen.

Tara saß nun auf dem Stuhl neben dem Bett. Molly kniete vor ihr und schnürte ihre schwarzen Stiefeletten auf.

»Nachdem sich deine Mutter aus dem Staub gemacht hatte, war dein Großvater nicht mehr wiederzuerkennen. Die Sorgen um Nell müssen ihn schier verrückt gemacht haben. Ich glaube, er musste sich in seine Wut flüchten, um ihren Verlust ertragen zu können. Er hat alle erdenklichen Hebel in Bewegung gesetzt, um Nell wieder aufzutreiben, und sich geschworen, den Mann in die Finger zu bekommen, der ihm seine Tochter gestohlen hatte. So war seine Sicht der Dinge, in die er sich geradezu verbissen hatte. Zuerst hat er ganz Coney Island auf der Suche nach den beiden auf den Kopf gestellt. Dort waren sie aber nirgends zu finden. Eine Woche nach Nells Verschwinden ließ er in den Zeitungen Suchanzeigen mit ihrem Porträt schalten, das noch heute in seinem Büro steht. Außerdem hat er mit der Pinkerton-Detektei Kontakt aufgenommen und eine ganze Horde von deren Mitarbeitern beauftragt, seine Tochter wiederzufinden. Er hat sogar einen Zeichner ins Haus bestellt. Dem musste ich das Aussehen von ihrem Liebsten beschreiben. So wurden seine Gesichtszüge auf Papier gebannt.«

Mit einem Mal versagte der Amme die Stimme. Betrübt blickte sie auf Taras Stiefel, ehe sie ihre Worte wiederfand.

»Im Frühjahr des folgenden Jahres kam dann endlich ihr Brief an. Danach hat dein Großvater wochenlang kein Wort mehr gesprochen. Ich fand die Seiten zusammengeknüllt in seinem Papierkorb und nahm sie an mich. – Und dann sind all die Dinge passiert, die mir bis heute Rätsel aufgeben.«

Die Stiefeletten waren nun aufgebunden und begleitet von einem angestrengten Ächzen zog Molly zuerst an dem linken und dann an dem rechten Stiefel. Anschließend stand sie mit hochrotem Kopf auf und reichte Tara schnaufend die Hand. Während Molly die Knöpfe von Taras Kleid öffnete, erzählte sie, dass ihr Großvater eines Morgens seine Koffer packte und Cyrill anwies, die Pferde anzuschirren, um danach ohne ein Wort der Erklärung wegzufahren.

»Stell dir vor, ein Dreivierteljahr hat er nichts von sich hören lassen!«, sagte die Amme. »Keiner wusste, wo er steckte. Auch niemand in seinem Handelsunternehmen, das in seiner Abwesenheit von einem Bevollmächtigten geleitet wurde. Ich dachte schon, ihm müsse etwas zugestoßen sein, da kam eines Tages ein Telegramm an, das an unseren Butler adressiert war. Stokes sollte den Hausstand auflösen und dafür sorgen, dass sämtliche Möbel und alles andere mit einem Frachtschiff nach San Francisco befördert wurden. Das Haus und das Unternehmen am New Yorker Hafen sollten von einem Rechtsanwalt veräußert werden. Über Stokes ließ dein Großvater der Dienerschaft ausrichten, jedem sei es freigestellt, seine Beschäftigung aufzukündigen oder im neuen Anwesen an der Westküste fortzuführen.«

Molly drehte Tara jetzt an den Schultern um und half ihr, das olivgrüne Kleid auszuziehen. »In dem Schreiben gab es noch ein paar Zeilen, die nur für mich bestimmt waren«, fuhr sie schließlich fort.

Während Tara aus dem Unterrock stieg, erfuhr sie, dass ihr Großvater die Kinderfrau gebeten hatte, ihm weiterhin zu Diensten zu sein, weil in San Francisco eine wichtige Aufgabe auf sie warte.

»Ich war dort!«, rief Tara nun aus, als sie erriet, welche Aufgabe das gewesen sein musste.

»Ich war so glücklich, als ich das gelesen habe, Engelchen«, sagte Molly, zog Tara das Unterhemd über den Kopf und legte es neben den Unterrock über die Stuhllehne. »Ich hatte nämlich so eine Ahnung. Damit lag ich auch nicht falsch, und doch ist dann alles anders gewesen, als ich es mir erhofft hatte.«

Tara spürte, wie es ihr auf einmal schwer ums Herz wurde. »Du hast Mama nie wiedergesehen, nicht?«, sagte sie niedergedrückt.

Molly kniff die Lippen zusammen und schien über die richtigen Worte nachzudenken. »Als ich nach der langen Seereise hier ankam, führte mich dein Großvater zu ihrem Grab hinter dem Haus. Er muss Nell an diesem Ende der Welt gefunden haben. Doch sie war da offenbar schon so krank, dass sie kurz darauf gestorben ist.«

»An der Cholera?«, fragte Tara.

»Das hat er mir gesagt.«

Mit gekräuselter Stirn sah Tara zu, wie Molly ihr die langen Seidenstrümpfe herunterkrempelte.

»Und wo war ich?«, fragte sie schließlich.

»Danach hat er mich im Haus zu einem Bettchen geführt. In dem hast du gelegen und friedlich geschlafen. Da habe ich dich das erste Mal gesehen und wusste, ich würde dich genauso umsorgen und lieb gewinnen wie deine Mutter.« Molly richtete sich nun wieder auf. Nach Atem ringend, blickte sie gedankenverloren in die Dunkelheit hinter dem Fenster.

Derweil schlüpfte Tara aus ihrer knielangen, geplusterten Unterhose und warf sie auf den Stuhl.

»Ich hätte ihren Tod sicher nicht verwunden, wenn du nicht gewesen wärst«, sagte Molly. Dann nahm sie das Nachthemd von seinem Haken und reichte es Tara.

Als diese es übergestreift hatte, lächelte die Amme zufrieden. »Wir sind fertig. Jetzt kann ich dich ins Bett schicken.«

Taras Lächeln hingegen war traurig, als sie vor die Kinderfrau trat und die Arme um den rundlichen Körper legte. Wie immer, wenn sie das tat, stieg ihr ein schwacher Lavendelgeruch in die Nase.

»Danke, Molly«, flüsterte Tara. Dann allerdings fiel ihr noch etwas ein, das ihr auf der Seele lag.

Sie trat zurück und blickte Molly mit ernster Miene an. »Eines möchte ich gern noch wissen, bevor ich mich hinlege.«

Die Röte war mit einem Mal aus Mollys Gesicht gewichen, als ahnte sie, welche Frage nun folgen würde.

»Wer ist der Unbekannte, dem wir damals unten in der Stadt begegnet sind?«

Tahnee und Chip hockten auf dem Schiffsboden, während Pokom neben ihnen am Ruder stand. Der Regen trommelte auf das rostige Blechdach des Dampfers. Zu ihren Füßen lagen einige geöffnete Konservenbüchsen. Tahnee hatte gerade den Inhalt einer Sardinendose verputzt und lehnte sich mit dem Rücken an das Führerhaus.

Als das Gewitter losbrach, hatte Chip die Dosen und eine Packung Zwieback aus der Vorratskammer im Schiffsbauch nach oben geholt. Pokom durfte unterdessen das Ruder übernehmen. Ihm gefiel seine Aufgabe anscheinend so sehr, dass er nur lässig abgewinkt hatte, als Chip ihn ablösen wollte. Weil Pokom seine Sache ordentlich machte, saß Chip nun neben Tahnee. Zu ihrer Überraschung hatte er nicht sofort angefangen, auf sie einzureden, sondern sich darauf beschränkt, sie – wie er wohl glaubte – unauffällig aus den Augenwinkeln zu betrachten.

»Entschuldige«, sagte er nach einer Weile. »Ich bin eigentlich nicht ständig so ’n Plappermaul. Der Captain bekommt von mir nie mehr zu hören als ein *Hallo*. Selbst wenn er mich übers Schiff scheucht, halt ich lieber die Klappe.«

Plötzlich fühlte sich Tahnee ein wenig schuldbewusst. »Ist schon okay«, sagte sie, weil ihr nichts Besseres einfiel.

»Ich mein, ist doch klar, dass du auf glühenden Kohlen sitzt und an deinen Dad denken musst«, sagte der Schiffsjunge und knetete dabei seine schmutzigen Hände. »Und mir fällt nix andres ein, als dir ein Ohr abzukauen.«

»Schau, es ist noch dran.« Tahnee grinste und drehte dem Jungen ihr Profil zu.

»Ich freu mich einfach, dass ich euch helfen kann«, sagte der, ohne den Blick von seinen verkeilten Händen zu lösen. »Außerdem find ich dich … ähm … irgendwie nett.«

Tahnee lächelte Chip zu. »Warte ab, bis du mich besser kennenlernst. Dann überlegst du dir das noch mal anders.«

Der Schiffsjunge hob das Gesicht und die beiden feixten sich an, bis Tahnees Miene wieder ernster wurde. »Ehrlich, Chip, du bist in Ordnung. Und was du für mich tust, ist mit nichts zu bezahlen«, sagte sie und meinte es genau so.

»Hast du nett gesagt.« Chip lächelte, eher er sich streckte und ausgiebig gähnte. Dann legte er sich auf den Rücken und verschränkte die Arme unter dem Kopf.

Tahnee wandte sich Pokom zu. Der schien ihren Blick nicht zu bemerken, denn er starrte mit den Händen am Steuerrad aufmerksam auf den Fluss.

Tahnee fragte sich in diesem Moment das erste Mal, wie es eigentlich kam, dass der Indianer mit ihr auf dem Schiff war. Was hatte ihn dazu bewogen, sein Dorf zu verlassen und nach ihr zu suchen?

»Und wie bist du eigentlich zu Dads Pferd gekommen, mein Lieber?«, murmelte Tahnee vor sich hin.

»W-was?«, fragte Chip neben ihr mit leiser Stimme und Tahnee sah, dass er jetzt mit geschlossenen Augen auf der Seite lag. Offenbar war er gerade am Einschlafen.

»Nichts«, antwortete Tahnee. »Ich habe nur laut gedacht.«

Während das Trommeln über ihren Köpfen verstummte, dachte Tahnee an ihre erste Begegnung mit Pokom. Irgendwie war es ihr gelungen, dem Maidu zu erklären, dass ihr Vater von Bleichgesichtern angegriffen worden war. Sie hatte ihm auch gesagt, wo das ungefähr geschehen war.

Ist es möglich, dass Pokom dorthin gegangen ist, um nach meinem Vater zu suchen?, fragte sich Tahnee nun.

So könnte es gewesen sein, schlussfolgerte sie schließlich. Deshalb hat er wohl das Pferd gefunden.

Tahnee blickte wieder in die entschlossene und wagemutige Miene des Indianerjungen und war sich ziemlich sicher, dass sie mit ihrer Vermutung recht hatte.

»Pokom«, sagte sie.

Der Indianer sah zu ihr und erwiderte: »Tahnee?«

»Wieso bist du eigentlich hier bei mir?« Sie deutete zuerst auf ihn und dann auf die Schiffsplanken.

Der Maidu schaute genau zu und hob fragend die Schultern.

Tahnee wiederholte die Geste und zeigte danach abwechselnd auf ihn und auf sich.

Sogleich formte Pokom mit Daumen und Zeigefinger einen Kreis, blickte hindurch und sagte: »Vater.« Dann streckte er die Arme aus und legte die Handgelenke aneinander.

»Okay, dachte ich mir's doch«, sagte Tahnee.

Sie hatte verstanden. Pokom war ein guter Spurenleser. Vermutlich hatte er die Kopfgeldjäger aufgespürt und den Mann in ihrem Gewahrsam gesehen.

»Zack!«, fügte Pokom nun hinzu und strich sich mit dem Zeigefinger quer über die Stirn. Anschließend streckte er zwei Finger in die Höhe und legte dann den Zeigefinger auf seine Oberlippe.

Tahnee konnte nicht anders als loszukichern. Besser hätte man mit Worten die beiden Schnauzbärte aus Cranes Meute nicht beschreiben können. Nun war ihr alles klar: Pokom hatte gegen die Kopfgeldjäger nichts ausrichten und ihrem Vater nicht helfen können. Deshalb war er mit dem Pferd ihres Vaters zu seinem Freund geritten. Als Pokom an der Einsiedlerhütte eintraf, war sie schon wieder fort gewesen und Zack hatte dem Indianer berichtet, dass das Mädchen, das er zu ihm geschickt hatte, von Kopfgeldjägern verfolgt wurde. Die beiden waren ein eingespieltes Team. Sicher war es für Zack kein Problem gewesen, Pokom das alles zu erklären. Im Übrigen fand Tahnee, dass die Verständigung zwischen ihr und dem Maidu inzwischen auch schon recht gut funktionierte.

»Und dann habt ihr beide gedacht, dass es nicht schaden kann, mal nach dem Rechten zu sehen. Zack hat ja nur einen blinden alten Esel und konnte darum nicht behilflich sein. Von seiner Hütte aus konntest du leicht meine Spur aufnehmen. Weil du das Pferd hattest, kann es nicht allzu lange gedauert haben, bis du mich eingeholt hast. Aber da war ich schon mit Leclerc unterwegs.«

Nachdem Tahnee ihre Gedanken laut ausgesprochen hatte, sah sie wieder zu Pokom, der eine fragende Miene machte. Sie winkte mit einem Lächeln ab und behielt ihre letzte Schlussfolgerung für sich.

Der Franzose war dir nicht geheuer, dachte sie. Darum hast du dich bedeckt gehalten. Dich konnte dieser Heuchler nicht so leicht hinters Licht führen.

Tara richtete ihre Augen zum Himmel. Die Wolken waren aufgerissen. Dort oben funkelten jetzt unzählige Sterne. Als sie den Blick wieder senkte, kam ihr eine Erkenntnis, die ihr das Herz leichter machte.

Ich bin nicht allein, dachte sie. Pokom ist hier, weil er mir helfen möchte. Ihn haben meine Feinde noch nie gesehen. Das bedeutet, er kann dorthin gehen, wo ich nicht hinkann.

Nach dieser Einsicht streckte sich Tahnee auf dem Schiffsboden aus, denn auf einmal war sie unglaublich müde. Da ihr Magen endlich mal wieder gefüllt war, verlangte ihr Körper nach Schlaf.

Tara hatte in der Nacht kaum ein Auge zugetan. Obwohl der Morgen eben erst anbrach, saß sie bereits aufrecht im Bett und war erneut in ihre Gedanken vertieft, die sie schon über so viele Stunden gequält hatten.

Nach Mollys Besuch am Vorabend war Tara lange wach gelegen, den Blick starr zur dunklen Decke gerichtet und entsetzt über die Antwort der Amme auf ihre letzte Frage.

Molly hatte einen schrecklichen Verdacht bestätigt.

Es war der Zeitpunkt gekommen, ihren Großvater mit ihrem Wissen zu konfrontieren. Sie würde nicht lockerlassen, bis er ihr erzählt hatte, wieso er einen Menschen so sehr hassen konnte, dass er dessen Tod herbeisehnte.

Tara blickte zum Fenster. Die Schwärze der Nacht war mittlerweile einem matten Grau gewichen. Sie wusste, dass ihr Großvater immer bei Tagesanbruch aufstand. Deshalb schlug sie nun die Decke beiseite. Sie würde jetzt gleich nach oben gehen und ihrem Großvater ein Gespräch aufzwingen, selbst wenn sie ihn noch im Nachthemd antreffen sollte.

Doch als sie aus dem Bett schlüpfen wollte, kamen etwas ungleichmäßige, leicht schlurfende Schritte an ihrer Zimmertür vorbei.

Tara erkannte sie auf der Stelle.

Großvater ist schon auf dem Weg nach unten, dachte sie. Auch gut, dann sag ich ihm einfach, dass ich ihn im Kaminzimmer sprechen möchte.

Schon nahm sie den Morgenmantel vom Haken und öffnete die Zimmertür. Sie trat in den Flur und hörte aus dem Foyer die Stimme ihres Großvaters.

»Nein, Cyrill, Sie brauchen die Pferde nicht anzuschirren. Ich gehe heute zu Fuß. Ohnehin werde ich voraussichtlich bis zum Abend terminlich gebunden sein. Falls ich Ihre Dienste für den Rückweg in Anspruch nehmen möchte, schicke ich einen Boten.«

Augenblicke darauf hörte Tara die Eingangstür gehen.

Rasch lief sie wieder in ihr Zimmer und sprang zum Fenster. Vorsichtig linste sie durch die Gardinen. Soeben verließ ihr Großvater in einem schwarzen Mantel und mit einem hohen Zylinder auf dem Kopf das Haus. Über die Auffahrt ging er zum Eisentor in der mannshohen Mauer. Dann schob er den Riegel auf und trat hinaus auf die Straße.

Was kann Großvater in aller Herrgottsfrühe drunten in der Stadt zu tun haben?, fragte sie sich. Und wieso nimmt er nicht wie sonst die Kutsche?

Rasch lief sie zum Schreibtisch und holte aus einer Schublade ihr Fernrohr hervor. Durch dieses beobachtete sie, wie ihr Großvater, auf seinen Stock gestützt, den Nob Hill hinabging. Es dauerte nicht lange, bis er vom Nebel verschluckt wurde, der wie eine weiße Decke über der Stadt am Fuße des Hügels lag.

Tara wollte eben das Fernrohr beiseitelegen, als sie die Masten der verlassenen Schiffe erblickte, die in der Ferne aus der dunstigen Brühe stachen. Da erinnerte sie sich auf einmal an das Gefängnisschiff mit dem Namen *Euphemia*, das sie bei ihrem ersten Ausflug ans Meer gesehen hatte. Zugleich beschlich sie eine leise Ahnung, wohin ihr Großvater an diesem Morgen möglicherweise wollte.

Dichter Nebel hüllte die Fähre ein. Die Sicht war derart schlecht, dass Chip den Motor auf ein Minimum gedrosselt hatte, als sie die Bucht vor San Francisco erreichten. Nun tuckerte die Barkasse langsam durch die weiße Suppe.

Nicht lange zuvor war Tahnee aus einem tiefen und erholsamen Schlaf erwacht. Wenigstens körperlich fühlte sie sich nach den ungeheuren Strapazen der vergangenen Tage wieder einigermaßen hergestellt. Ihre Nerven hingegen waren zum Zerreißen gespannt. Vor ihr lag das Ziel ihres langen Irrweges durch das Hinterland. Doch so nah es auch sein musste, sie sah in dem Nebel rein gar nichts außer ein paar schroffen, von Wäldern gekrönten Felsen, die hinter milchigen Schwaden in der Ferne emporragten.

Unglücklich blickte Tahnee nun zu Pokom, der neben ihr an der Reling lehnte und ihr aufmunternd zunickte.

Dann war es endlich so weit!

Mit einem Mal wurde der Dunstschleier wie von Geisterhand gelüftet und aus dem Nichts tauchte vor ihren Augen San Francisco auf.

Was Tahnee sah, war eindrucksvoll. Die Stadt, über die sich das klare Licht der Morgensonne ergoss, war riesig. In ihrem Hafen trieben Hunderte Schiffe in allen Größen. Hinter der Küstenlinie breitete sich entlang baumloser Hügel ein Meer aus dicht gedrängten Dächern aus.

Doch je näher die Fähre dem Hafen kam, desto ernüchternder wurde der Anblick, der sich Tahnee bot. Als Chip die Barkasse an den schaukelnden Schiffen vorbeischipperte, die kreuz und quer in dem breiten Wasserbecken ankerten, erkannte sie, dass diese allesamt am Verrotten waren. Das Holz an Deck war schimmlig und von den Schiffsseiten blätterte die Farbe ab. Das Segelwerk an den Masten, sofern überhaupt vorhanden, war fleckig und zerschlissen.

Die Abertausend schindellosen Dächer gehörten alle zu Baracken, Hütten und Schuppen aus Holzlatten oder Wellblech. Es gab nur wenige Steinhäuser und diese schienen alle auf den Hügeln der Stadt zu stehen.

Tahnee kniff die Augen zusammen und blickte suchend die Anhöhe jenseits des Hafens hinauf. Ihre Hände krampften sich um das Eisen der Reling und das Herz schlug ihr bis in die Schläfen, als sie das von einer hohen Mauer umgebene Anwesen ganz oben auf der Kuppe sah. Trotz der Entfernung erkannte sie, dass es sich um ein großes graues Gebäude handelte, dessen Fassade von Erkern und Türmchen geschmückt war.

»Das ist es«, wisperte Tahnee.

Tara hatte sich in aller Eile ein schlichtes Baumwollkleid übergezogen und band nun mit zitternden Händen ihre wetterfesten Schuhe zu, die ihr Molly für die Spaziergänge an der Küste gegeben hatte.

Als ihr Großvater nicht mehr zu sehen und auch das Klappern seines Stocks verklungen war, hatte sich Tara zu einer Entscheidung durchgerungen, obgleich sie diese mit Angst erfüllte: Sie würde ihm folgen.

Dass er allein in der Früh in die Stadt ging, musste einen wichtigen Grund haben, und Tara glaubte diesen zu erraten.

Ich weiß jetzt, was du in den vergangenen Tagen oben in deinem Zimmer gemacht hast, sprach sie in Gedanken zu sich selbst. Du hast dort wie eine Spinne im Netz auf eine Nachricht von diesem Crane gewartet.

»Wahrscheinlich kam diese Nachricht gestern Abend bei dir an, nicht wahr?«, flüsterte Tara voller Unbehagen vor sich hin. »Ich werde herausfinden, ob ich recht habe. Verlass dich drauf!«

Endlich waren die Schuhe zugeschnürt und Tara stand auf. Sie atmete einmal tief durch, dann nahm sie ihren Strohhut vom Haken neben der Tür und schlüpfte leise aus dem Zimmer.

Die Anlegestelle für die Fähren aus Sacramento wurde von der zweiten Barkasse besetzt. Daher lenkte Chip das Schiff zu einer Reihe von Piers abseits der großen vor Anker liegenden Dampfriesen und Segler. Diesmal erhielt er beim Anlegen tatkräftige Unterstützung von Pokom, der offensichtlich seine Liebe für die Schifffahrt entdeckt hatte.

Als der Anker geworfen und die Fähre an einem Poller vertäut war, gingen Chip, Pokom und Tahnee von Bord.

Sie standen einen Moment schweigend auf dem Pier und sahen sich an.

Schließlich trat Tahnee vor den Schiffsjungen und streckte ihm die Hand hin. Doch dann zog sie ihre Hand zurück und umarmte ihn stattdessen.

»Vielen Dank, Chip.«

Chips Gesicht war krebsrot angelaufen. Sein Blick klebte auf den Bohlen zu seinen Füßen. »Kein Ding.«

»Bitte pass auf dich auf, wenn du zurückfährst. Ich hoffe von ganzem Herzen, du bekommst keinen allzu großen Ärger wegen mir.«

Langsam hob Chip den Blick wieder. »Wie sollte das denn gehen?«, sagte er kleinlaut.

Tahnee riss überrascht die Augen auf. »So, wie du uns das erklärt hast, oder?«

»Na ja, du hast die Tour doch mitgemacht. Wir sind die ganze Nacht über gefahren. Wie könnt ich da am Vormittag wieder zurück sein? Und das auch noch gegen die Strömung. Verrat mir das mal!«

»Ich Schaf!«, stieß Tahnee empört aus. »Du hast uns angelogen.«

»Ein bisschen. Aber nur weil ich nicht wollte, dass du während der Fahrt ein schlechtes Gewissen hast.«

»Du bist echt ein feiner Kerl«, sagte Tahnee.

»Das will ich meinen«, erwiderte der Schiffsjunge grinsend. »Da ich Hunsecker am besten für eine Weile aus dem Weg gehe, schlage ich vor, ich bleibe erst mal bei euch und helfe mit, deinen Dad aufzuspüren. Einverstanden?«

Tahnee verdrängte den Gedanken daran, welcher Ärger dem Jungen wegen ihr bevorstand, und lächelte ihn an.

»Einverstanden!«, sagte sie. »Wir können jede Hilfe gebrauchen.«

Nun stemmte Chip entschlossen die Fäuste in die Seiten. »Also, was können die Rothaut und ich für dich tun?«

Mit pochendem Herzen lief Tara die gewundene Hügelstraße hinab. Da ihr Zuhause einsam auf einem Berg thronte, schlängelte sich der Weg eine ganze Zeit lang durch sandige Wiesen, ehe ein paar kleine Steinhäuser auftauchten, die nach wenigen Kurven von eng beieinanderstehenden Holzbaracken abgelöst wurden.

Schließlich erreichte sie den Fuß des Hügels. Von dort aus ging Tara dicht an den windschiefen Gebäuden entlang weiter. Ängstlich wich sie immer wieder vor den Karren, Zugtieren und Menschen zurück, die ihren Weg kreuzten. Die stickige Luft raubte ihr den Atem. Der Lärm der Straße dröhnte in ihren Ohren.

Während der ersten Meile war Tara mehrfach kurz davor, Hals über Kopf wieder nach Hause zu flüchten. Nur der sehnliche Wunsch, auch die letzten und entscheidenden

Geheimnisse ihrer rätselhaften Familiengeschichte aufzudecken, trieb sie weiter.

Zu ihrer Verwunderung nahm ihre Angst ab, je näher sie dem Zentrum der Stadt kam, obwohl die Straßen noch voller wurden und der Lärm weiter anschwoll. Sie kannte das alles ja schon von ihren Kutschenfahrten zur Küste. Der einzige Unterschied war, dass sie diesmal den Trubel nicht von ihrer sicheren Kabine aus beobachtete, sondern sich mittendrin befand. Eigentlich war das aber gar nicht so schlimm, wie sie gedacht hatte.

So drang sie immer tiefer in diese fremde Welt ein, bis sie plötzlich am Hafen angekommen war und das Wasser glitzern sah. Vor ihr blähte eine leichte Brise die Segel eines ablegenden Schoners. Linker Hand ragten vor den Lagerhallen riesige Stapel aus Säcken, Kisten und Ballen auf. Um sie herum herrschte ein ziemliches Durcheinander aus Fuhrwerken und Lastkarren, in das sich auch jede Menge Hafenarbeiter, Matrosen und Passagiere verirrt hatten.

Tara blieb stehen, um sich zu orientieren. Dann bog sie nach rechts ab, huschte an den vielen Menschen vorbei und stand mit einem Mal vor dem Gefängnisschiff.

Tahnee hatte Chip und Pokom rasch mit Worten und Gesten darüber in Kenntnis gesetzt, was sie vorhatte. Dann erklärte sie ihnen, wie sie ihr helfen konnten.

Die beiden sollten herausbekommen, wo sich das Gefängnis befand. Dort sollten sie sich auf die Lauer legen und abwarten, ob sich irgendeine Möglichkeit ergab, den Abtransport des Todeskandidaten zu stören und dessen Ankunft an der Hinrichtungsstätte wenigstens zu verzögern.

Für Chip beschrieb Tahnee das Aussehen der Kopfgeldjäger möglichst genau, da sich jene gewiss in der Nähe ihres Vaters aufhielten und ihn bewachten. Sie versäumte es dabei nicht, den Schiffsjungen eindringlich vor diesen Männern zu warnen.

»Mit denen ist nicht zu spaßen«, sagte Tahnee und sah Chip dabei fest in die Augen. »Spiel bitte nicht den Helden! Versprichst du mir das?«

Der Kopf des Schiffsjungen pendelte ein paarmal abwägend hin oder her. »Okay, wenn's unbedingt sein muss.«

Tahnee blickte ihn misstrauisch an. Dann wandte sie sich zu Pokom. »Pass du bitte auch auf dich auf!«

Für ihre Mahnung erntete Tahnee nur eine fragende Miene des Indianers. Sie verzichtete auf einen umständlichen Erklärungsversuch und deutete stattdessen mit ernster Miene abwechselnd mit dem Finger auf ihre beiden Begleiter.

Pokom nickte, reckte den Daumen und sagte plötzlich: »Auf geht's!«

Tahnee und Chip schauten sich verblüfft an. Dann mussten sie lachen.

Kurz darauf gingen die drei auf getrennten Wegen ungewissen Stunden entgegen.

Tara hielt sich hinter ein paar zum Trocknen aufgespannten Fischernetzen verborgen und spähte zum Schiff. Auf dem Deck der *Euphemia* gab es keinen Mast. An seiner Stelle stand ein Wärterhäuschen, in dem zwei Soldaten hockten, die den rechts daneben liegenden Abgang in den Bauch des Schiffes bewachten.

Mit einem flauen Gefühl im Magen betrachtete Tara die vergitterten Bullaugen im Rumpf des Seglers. Sie wollte sich gar nicht erst ausmalen, wie es sein musste, da drinnen eingesperrt zu sein.

Nun sah sie sich den Holzsteg an, der von Pfählen im Wasser gestützt wurde und vom Hafenbecken zum Schiff hinaufführte. Dieser Übergang war die einzige Verbindung zu dem schwimmenden Gefängnis und lag genau im Sichtbereich der beiden Wachen. Es war also ausgeschlossen, ungesehen nach dort oben vorzudringen.

»Was mach ich nur, was mach ich nur?«, flüsterte Tara zu sich selbst.

Ob sie recht hatte mit ihrer Vermutung, dass ihr Großvater sich gerade dort befand, um einen der Gefangenen zu besuchen?

Sie musste irgendwie hineingelangen!

Mach schon, trau dich. Tara gab sich in Gedanken einen Stoß und kam hinter den Schleppnetzen hervor.

Endlich hatte Tahnee das Gedränge in den Straßen hinter sich gelassen. Vor ihr lag der Hügel, auf dem sich das Haus befand, nach dem sie suchte. Sie wischte die klammen Hände an den Hosenbeinen ab, schnaufte einmal tief durch und betrat dann die Straße, die sich die Anhöhe hinaufwand.

Nach einem anstrengenden Aufstieg bog sie schließlich um die letzte Kurve vor der Hügelkuppe und stand plötzlich vor dem imposanten Herrenhaus, das hinter einer hohen Mauer aufragte. Mit seinen bleiverglasten Fenstern und den Dutzenden Türmchen, Erkern und Zinnen wirkte es auf Tahnee wie ein geheimnisvolles Schloss.

Langsam ging sie auf das Anwesen zu. Vor dem Tor hielt sie an. Konzentriert horchte sie in die Stille, die hier droben herrschte. Bis auf das Singen der Vögel und das Blätterrauschen in den Bäumen ringsumher war nichts zu hören. Tahnee blickte zur Türglocke neben dem Eingang und überlegte, ob sie diese betätigen sollte. Aber zuerst wollte sie nachsehen, ob das Tor auch wirklich verriegelt war.

Sie zog an einem Flügel, der überraschenderweise aufglitt und den Weg auf das Gelände freigab. Achtsam ging Tahnee ein paar Schritte vorwärts und erstarrte. Links an der Hausecke gab es einen Bretterverschlag. Durch das Drahtgeflecht der Tür sah sie einen riesigen Hund, der sie aus blutunterlaufenen Augen anstarrte.

»Oh nein«, stieß sie leise aus, denn sie sah schon im Geiste den Köter wie eine wild gewordene Bestie gegen das Schutzgitter springen und dabei einen Höllenkrawall veranstalten. Doch zu ihrem Erstaunen schlug der Hund nicht an, sondern wedelte nur freudig mit dem Schwanz, ehe er sich niederlegte und seinen mächtigen Schädel auf eine Pfote bettete.

Tahnee schüttelte verwundert den Kopf und wandte sich erneut dem Hauseingang zu. Mit stockendem Atem näherte sie sich der geflügelten Tür in der Fassade. Bange blickte sie zu dem großen runden Mosaikfenster darüber.

Ihre Beine fühlten sich bleischwer an, während sie die Stufen zum Eingang nahm. Mit zitternden Händen drückte sie die Türklinke nach unten und zog die unverschlossene Pforte auf.

Tara ging auf den Steg zu und schlenderte dann mit unschuldiger Miene zum Schiffsdeck hinauf. Auf halbem Weg erkannte sie, dass die Soldaten in dem Kabuff von ihren Stühlen aufgestanden waren. Als sie das Heck betrat, hatten sich die Uniformierten schon davor postiert und bedeuteten ihr mit vorgereckten Gewehren und daran befestigten Bajonetten, dass sie hier nichts zu suchen hatte.

Tara ließ sich von den erhobenen Waffen nicht einschüchtern und spazierte auf die Männer zu. Gleich würde sie erfahren, ob man Kinder, die unangekündigt zu einem Besuch ihres Vaters erschienen, ohne viel Aufhebens durchließ. Ihr Plan war, sich als Tochter des Mannes auszugeben, der hier kürzlich eingesperrt worden war. Wenn dieser Crane den Gesuchten tatsächlich erwischt und inzwischen in die Stadt gebracht hatte, dann musste er hier zu finden sein. Falls sie mit ihrer Vermutung richtiglag, konnte sie ihn ja ziemlich genau beschreiben. Doch selbst wenn die Soldaten ihr diese Finte abkauften, zweifelte Tara daran, ob sie so tatsächlich in das Gefängnis vorgelassen wurde. Wahrscheinlich, nahm sie an, brauchte man dafür irgendein beglaubigtes Dokument. Aber vielleicht drückte man bei kleinen weinenden Mädchen auch mal ein Auge zu.

»Halt! Keinen Schritt weiter!«, hörte sie auch schon eine der Wachen ausrufen.

Tara war bereits auf dem Deck angelangt. Wenige Meter vor den Soldaten blieb sie stehen und wischte sich ein paar vorgetäuschte Tränen aus den Augenwinkeln.

»Meine Herren«, sagte sie mit weinerlicher Stimme. »Ich bin den ganzen weiten Weg …«

Sie verstummte mitten im Satz, denn plötzlich hörte sie aus dem Innern des Schiffes Schritte heraufpoltern.

Auch die Soldaten hatten diese gehört, denn sie schienen Tara plötzlich vergessen zu haben. Auf der Stelle wirbelten die zwei auf den Absätzen herum und nahmen mit dem Rücken zu ihr vor dem Treppenabgang Haltung an.

Tara hatte sich derweil panisch nach allen Seiten umgesehen und war in Windeseile hinter dem Häuschen der Wachen in Deckung gegangen. Jetzt schaute sie vorsichtig zur Öffnung in den Bodenplanken, aus der eben zwei Männer herauskamen.

Sie hielt die Luft an. Der eine war ein waschechter General. Der andere war ihr Großvater! Sie hatte also mit ihrer Vermutung ins Schwarze getroffen. Unter den Insassen des Schiffes befand sich auch der Mann, den sie dort vermutet hatte.

Plötzlich ging Tara auf, dass sie vor einer schweren und womöglich folgenschweren Entscheidung stand. Sollte sie ihrem Großvater nach, um ihn zur Rede zu stellen? Oder sollte sie versuchen, in das Schiff zu gelangen, um mit dem Gefangenen zu sprechen?

Nun verschwanden die Besucher des Zuchthauses aus ihrem Sichtfeld und Tara schlich an der Rückseite des Wärterhäuschens entlang, damit sie um die nächste Ecke äugen konnte. Sie sah, dass die Soldaten mit den Rücken zum Abgang strammstanden und ihrem Großvater und dem General salutierend nachblickten.

Ehe sie es sich anders überlegen konnte, huschte Tara – einer inneren Eingebung folgend – die Treppenstufen hinab in den finsteren Kerker unter dem Deck der *Euphemia*.

Bislang hatte Tahnee keine Menschenseele auf diesem Anwesen gehört oder gesehen. Nun aber wehten leise Geräusche heran. Huschende Schritte, murmelnde Stimmen und das Scheppern von Geschirr.

Sie stand in einer hohen Eingangshalle, von der verschiedene Türen abgingen, die allesamt geschlossen waren. Rechts befand sich eine gewundene Holztreppe und vor Tahnee thronte eine Galerie, auf der sich Glasschränke voller Bücher aneinanderreihten.

Plötzlich ging eine der Türen auf und eine junge Dienstmagd erschien auf der Schwelle. Als diese Tahnee sah, schlug sie erschrocken die Hand vor den Mund und wich merklich erschüttert in den Raum zurück, aus dem sie gekommen war. Einen Augenblick darauf war die Tür wieder zu und man konnte dahinter aufgeregtes Getuschel hören.

Tahnee schüttelte verwundert den Kopf. Allmählich kam es ihr so vor, als sei sie in einem merkwürdigen Traum gelandet.

Unschlüssig blickte sie sich noch einmal um. Wohin sollte sie jetzt?

Aufs Geratewohl entschied sich Tahnee für die Treppe und ging die Stufen hinauf.

Auf dem Absatz befand sich links die Treppe zum zweiten Stock. Vor ihr lag ein langer Flur mit einigen Türen zu beiden Seiten. Die erste stand sperrangelweit offen. Plötzlich meinte Tahnee, aus dem Raum dahinter ein Schluchzen zu hören.

Auf Zehenspitzen schlich sie sich zum Eingang. Vorsichtig lugte sie an dem Türpfosten vorbei und spähte in ein hübsch eingerichtetes Zimmer, das von der Morgensonne erleuchtet wurde.

Rasch ließ sie ihren Blick kreisen. Sie sah einen Kleiderständer, eine Ebenholzkommode, einen Sekretär und ein wunderschönes, blütenweiß bezogenes Himmelbett. Auf dessen Rand saß eine beleibte, grauhaarige Frau, die das Gesicht in den Händen vergraben hatte.

Doch nun hob die Frau den Kopf und blickte mit schwimmenden Augen genau in ihre Richtung.

»Tara, bist du da?«, fragte sie.

Ohne zu überlegen, trat Tahnee einen Schritt vor.

Die Frau wurde kreidebleich. Wankend kam sie auf die Beine und fasste nach einem der Pfosten für den Betthimmel, um sich daran festzuhalten.

»Was ist mit … w-wer … bist du?«, fragte sie voller Erstaunen.

»Ich heiße Tahnee Fitch. Ich suche nach einem Herrn namens Charles Reed.«

Plötzlich stand in den Augen der Frau das blanke Entsetzen. Dann trat sie vor und starrte mit erregter Miene Tahnee an.

»Was willst du hier? Sag es mir! Ich muss es wissen!«

Tahnee schaute die Frau erschrocken an.

Was sollte sie ihr sagen? Wer war diese Matrone überhaupt? Ihrer Kleidung nach zu urteilen, arbeitete sie wohl in diesem Haus. Vielleicht konnte diese Frau sie zu Charles Reed bringen.

Also fasste sich Tahnee ein Herz. »Mein Vater soll heute Morgen in der Stadt hingerichtet werden. Mr Reed hat seinen Tod befohlen. Es waren seine Bluthunde, die meinen Vater eingefangen haben. Ich muss ihn finden, bevor es zu spät ist. Bitte, helfen Sie mir.«

»Herr, steh uns bei!«, rief die Frau darauf aus. Dann stürmte sie auf Tahnee zu, packte ihre Hände und sah sie angsterfüllt an. »Ich bringe dich zu ihm. Wir müssen ein schreckliches Unrecht verhindern! Komm mit!«

Das Gefängnis war düster. Nur alle paar Meter drang ein wenig Licht durch eines der Bullaugen in das Schiffsinnere. Tara ging mit zögernden Schritten einen schmalen Gang entlang und kam an den Gittern winziger Zellen vorbei. Sie sah in jede einzelne, doch in keiner war irgendjemand zu entdecken. Allesamt waren sie leer und Tara beschlich die Gewissheit, dass man das schwimmende Zuchthaus aus unbekannten Gründen geräumt hatte.

Tara war schon beinahe am Ende des engen Schlauchs angelangt, als sie ein schmerzerfülltes Stöhnen vernahm.

Hier war also doch jemand!

Obwohl ihr eine Gänsehaut über den Rücken kroch, ging sie weiter. Vor der letzten Zelle blieb sie stehen. In dieser war es so dunkel, dass sie den Körper auf der Pritsche nur erahnen konnte.

Wieder war ein Stöhnen zu hören.

Tara spürte ihr Herz im Hals pochen. »Hallo?«, wisperte sie mit dünner Stimme.

Sekunden verstrichen, in denen sie auf eine Antwort wartete. Doch nur das Klatschen der Wellen gegen den Schiffsrumpf und die dumpfen, fernen Geräusche der Stadt waren zu hören.

Tara trat dichter an die Gitterstäbe heran, plötzlich voller Furcht, dass ihr nicht genügend Zeit blieb, um herauszufinden, wer dort im Dunkeln lag. Die Wachen konnten jede Sekunde hier auftauchen.

»Hören Sie?«, sagte Tara eine Spur lauter als zuvor. »Ich muss mit Ihnen reden.«

Endlich bewegte sich der Körper auf der Liege. Mit einem Ächzen richtete er sich auf.

»Kleines? Bist du … es? W-was machst du hier?«, stammelte eine schwache Stimme.

Endlich stand der Gefangene auf. Humpelnd kam er auf Tara zu und sie hörte in ihrem Innern Mollys Antwort auf ihre Frage nach dem Unbekannten nachhallen.

Ich weiß nicht, wer er ist, denn ich habe ihn nie kennengelernt. Aber ich habe ihn schon einmal gesehen. Das war vor deiner Geburt. Auf Coney Island. Er ist der Mann, dem Nell ihr Herz geschenkt hat und an dessen Seite deine Mutter in ein neues Leben floh.

Aus dem Dunkeln schälte sich ein Gesicht und Tara hielt den Atem an.

In diesem Augenblick trampelten schwere Schritte die Treppe herunter. Tara wirbelte erschrocken herum. Es waren nicht die beiden Wachen, sondern mehrere Männer, die nacheinander in den Gang marschierten.

Voller Entsetzen stolperte Tara von ihnen weg, bis es nicht mehr weiterging. Mit aufgerissenen Augen starrte sie zu dem Mann, der den anderen vorausging und nur wenige Schritte von ihr entfernt stehen blieb.

»Crane«, hauchte sie voller Entsetzen und eine narbige Hand schlang sich mit brutaler Kraft um ihren Arm.

Die Frau hatte Tahnee an die Hand genommen und war mit ihr ins Erdgeschoss geeilt. Dort hatte sie sogleich einen breitschultrigen Mann mit blonden Haaren und einem gutmütigen Gesicht aus der Küche des Hauses gerufen und ihn angefleht, eiligst die Kutsche vorzufahren.

Während sie in der Einfahrt auf das Gefährt warteten, hatte Tahnee immer noch das Gefühl zu träumen, so merkwürdig kam ihr alles vor. Immer wieder sah sie zu dem herrschaftlichen Haus zurück, um sich zu vergewissern, dass die Bediensteten, die an den Fenstern standen und sie begafften, keine Einbildung waren. Sie war heilfroh gewesen, als sie endlich in die Kabine stiegen und losfuhren.

Nun rollte die Kutsche durch die Einfahrt.

Die füllige Frau an Tahnees Seite drehte sich sogleich zu

ihr um. »Ich weiß nicht, wer du bist und woher du kommst. Aber aus Gründen, die ich dir hier und jetzt nicht erklären kann, glaube ich dir jedes Wort. Sag mir nur eines: Wo ist deine Mutter?«

»Sie ist tot.«

»Wann ist sie gestorben?«, fragte die Frau drängend.

»Gleich nach meiner Geburt. – Wieso?«

»Weil es vielleicht wichtig ist«, sagte die Frau und legte sanft eine Hand auf ihre Schulter. »Wie ist das geschehen?«

»Das ist eine lange Geschichte«, erwiderte Tahnee widerwillig.

»Dann sag es mir so knapp wie möglich. Ich flehe dich an!«

»Sie ist vermutlich erfroren. Droben in den Bergen. Es gab einen schrecklichen Schneesturm, der ihren Treck überrascht hat. Sie und mein Dad waren ganz allein. Er … er konnte nur mich retten.«

»Ich wusste es«, murmelte die ergraute Frau leise vor sich hin.

»Was?«, fragte Tahnee zögernd. »Was haben Sie gewusst?«

Es dauerte lange Sekunden, bis die Frau etwas auf ihre Frage erwiderte. »Mein liebes Kind, wie sollte ich dir dies erklären, ohne dass du von Dingen erfährst, die vor deiner Geburt geschehen sind? Es ist eine Geschichte voller Irrtümer und Täuschungen. Ich fürchte, du musst mit jemand anderem reden als mit einer alten Kinderfrau, um die ganze Wahrheit ans Licht zu bringen.«

Tahnee blickte die Frau abwägend an. Plötzlich wurde ihre Miene ernst.

»Können Sie denn nicht verstehen, dass ich endlich erfahren muss, warum Mr Reed meinen Vater hasst? Ich glaube, Sie wissen das ganz genau. Ich flehe Sie an, sagen Sie es mir.«

Die Frau wich ihrem Blick nicht aus. Mitleidig sah sie Tahnee an.

»Natürlich möchtest du das wissen«, sagte sie. »Aber du musst deine Frage dem Richtigen stellen. Wir sind auf dem Weg zu ihm. Es ist sein Hass, der dieses Unglück angerichtet hat. Deshalb soll er dir eine Antwort geben.«

Tahnee merkte, dass sie den Tränen nahe war. Rasch richtete sie den Blick zu den kahlen Hügeln in der Ferne.

Ein paar Minuten herrschte zwischen ihnen Schweigen und allmählich reifte in Tahnee eine Erkenntnis.

»Sie waren es, von dem Leclerc den Wachskopf bekommen hat. Nicht wahr?«, sagte sie schließlich und wandte ihr das Gesicht zu.

Die Frau antwortete zunächst nicht. Schuldbewusst starrte sie auf ihre gefalteten Hände.

»Du weißt also davon«, sagte sie leise. »Ja, ich bin es gewesen.«

»Wenn Sie mir alles andere nicht erzählen können, dann möchte ich wenigstens diesen Teil der Geschichte von Ihnen erfahren.«

Nun wandte auch die Frau ihr den Kopf zu. Dann nickte sie.

Während sie den Hügel hinabfuhren und der Kutscher die Pferde durch den Verkehr der Stadt lenkte, erzählte die Frau Tahnee, wie sie zu dem Abbild ihres Vaters gekommen war.

Tara starrte abwechselnd zu dem Kopfgeldjäger, der sie festhielt, und zu den Männern in seinem Rücken.

»So sieht man sich wieder«, sagte Crane.

Noch ehe sich Tara über seine Worte wundern konnte, bellte dieser einen Befehl und nahm sie in den Schwitzkasten. Blitzschnell waren ihre Hand- und Fußgelenke verschnürt. Dann schlang sich ein Tuch um ihren Mund, das ihr Schreien erstickte. Nur Sekunden später wurde Tara ein großer, stinkender Sack über den Kopf gestülpt und die Welt um sie herum versank in Dunkelheit.

Wie durch Watte drangen Worte zu ihr.

»Ist das Miststück doch tatsächlich aus seinem Käfig ausgebüxt!«, sagte eine Stimme.

»Aber wieso sieht die denn jetzt wie ein Prinzesschen aus?«, fragte eine andere.

»Haltet euer verdammtes Maul!«, hörte Tara Crane knurren. »Dago und Two-Knife, versenkt das Bündel in der Bucht! Ich warne euch: Wenn mir dieses Gör noch ein Mal lebend unter die Augen kommt, werdet ihr es bereuen!«

Plötzlich drehte sich die Welt um Tara und sie wusste nicht mehr, wo oben und unten war, als man sie forttrug.

Von irgendwoher hallte noch einmal Cranes Stimme heran.

»Reuben, Duck, Hank! Schafft unseren Gast rüber zum Portsmouth Square. Dort ist alles schon vorbereitet.«

Die letzten Worte, die Tara hörte, klangen verzweifelt und stammten von dem Gefangenen.

»Lasst das Kind frei! Ich flehe euch an! Ihr begeht einen Fehler!«

Die Frau hatte sich Tahnee als Molly Rahner vorgestellt und angefügt, dass sie schon seit vielen Jahren in Diensten von Charles Reed stehe. Darauf erzählte sie in raschen Worten, dass ihr Arbeitgeber schon seit langer Zeit nach ihrem Vater suche und von seinem Hass auf ihn regelrecht aufgefressen worden sei. Um ihren Herrn endlich von seiner blinden Wut zu erlösen und weil sie überzeugt war, dass sich der Gesuchte nichts hatte zuschulden kommen lassen, habe sie vor etlichen Jahren diesen Franzosen beauftragt, der wahnhaften Suche Reeds ein Ende zu bereiten.

Nicht lange zuvor war Molly Rahner das Plakat eines Wanderzirkus ins Auge gesprungen, der in der Stadt Station machte. Neben den üblichen Attraktionen wurde für eine Schaubude geworben, in der Wachsnachbildungen berühmter Köpfe des Landes präsentiert wurden. Da war Molly eine Idee gekommen und sie ging mit ihrem Ersparten und einem der Steckbriefe, die damals überall aushingen, zu diesem Zirkus. Dort suchte sie den aus Italien stammenden Künstler auf, von dem die täuschend echten Wachsköpfe stammten, und unterbreitete ihm ein Angebot.

»So war das also«, murmelte Tahnee und blickte zugleich besorgt auf die Straße, weil die Kutsche wegen des Gedränges nur noch stockend vorankam. »Dann haben wir es Ihnen zu verdanken, dass die Suche nach meinem Dad eingestellt wurde und man ihn nicht schon viel früher aufgespürt hat. Mr Reed kam in den Besitz des gefälschten Kopfes und dachte, der Gesuchte sei tot.«

Die Frau stieß ein schwermütiges Seufzen aus und nickte.

Tahnee war nun aufgestanden und starrte über die Köpfe der Pferde hinweg auf das heillose Durcheinander auf der Straße.

»Verdammt, warum geht es denn nicht mehr voran?«, schimpfte sie.

Plötzlich wurde sie von der Frau am Arm gefasst. »Du hast recht, uns läuft die Zeit davon. Die Kutsche braucht zu lange. Ich bin alt und nicht gut zu Fuß. Du aber hast schnelle Beine!«

Tahnee sah sie ungeduldig an. »Was soll ich tun?«

»Das, weshalb du hergekommen bist. Du musst zu Mr Reed! Such ihn!«

»Aber wie soll ich ihn finden?«

»Geh zum Portsmouth Square. Folge einfach immer dieser Straße. Dort wird er sein.«

»Ist das … der Ort?«

»Ja, mein Kind. Dort finden die Hinrichtungen immer statt.«

Tahnee blickte die Frau erschrocken an. »Ich bin ihm noch nie begegnet. Wie soll ich ihn erkennen?«

Molly Rahner beschrieb ihr sein Aussehen.

»Und dann?«, fügte Tahnee mit gehetzter Stimme noch eine Frage an. »Was soll ich ihm sagen?«

»Du brauchst ihm gar nichts zu sagen. Du musst ihn nur finden und zu ihm gehen.«

Der Sack war inzwischen zugeschnürt. Während Tara fortgetragen wurde, hallten Cranes Worte in ihrem Kopf wider und Entsetzen erfasste sie.

Versenkt das Bündel in der Bucht!

Kurz darauf änderte sich die Geräuschkulisse jenseits der stickigen Dunkelheit. Das gedämpfte Lärmen der Stadt drang nun wieder klarer an ihre Ohren. Die Männer mussten mit ihr aus dem Schiff herausgekommen sein.

Zuerst krümmte und wand sich Tara in dem Sack, doch als sie das Branden der Wellen hörte, war sie plötzlich vor Angst wie gelähmt, sodass ihre Gegenwehr versiegte. Mit rasendem Herzen lauschte sie dem Gespräch der Männer.

»Okay, wir können. Hier hinterm Schiff sieht uns niemand.«

»Dago, warte! Soll'n wir die echt wie 'ne Katze ersäufen?«

»Befehl ist Befehl.«

»Mir ist nicht wohl dabei. Da stimmt doch was nicht!«

»Du hast doch Augen im Kopf!«

»Grade deswegen.«

»Was weiß ich, wie das Balg so schnell herkommen konnte und wieso die auf einmal rausgeputzt ist, als wär sie was Besseres. Aber du hast's doch mitbekommen: Die Kleine hat unsern Chef gleich wiedererkannt. Also brauchst dir keinen Kopf zu machen.«

»Ich weiß nicht.«

»Hör mal gut zu: Wenn du Lust auf 'ne Kugel hast, kannste dir ja gern eine von ihm einfangen. Dann erledig ich das hier allein.«

»Ist ja schon gut.«

Jetzt begann der Sack hin- und herzuschwingen. Auf einmal war es Tara, als würde sie fliegen. Einen Augenblick darauf hörte sie ein lautes Klatschen und sofort sickerte eiskaltes Wasser durch den Jutestoff.

Sie schrie wie von Sinnen, aber niemand konnte sie hören.

Tahnee wusste noch immer nicht, warum Charles Reed ihren Vater hasste und Jagd auf ihn machte. Sie hatte keine Ahnung, was das Verbindungsglied zwischen diesen beiden Männern sein konnte. Auch war es für sie komplett unverständlich, warum ihr Molly Rahner beinahe wortwörtlich denselben Auftrag mit auf den Weg gegeben hatte wie ihr Vater vor vier Tagen, kurz bevor sie am Feather River voneinander getrennt worden waren. Die Frau hatte ihr gesagt, sie solle zu Charles Reed gehen und mehr brauche sie nicht zu tun. Unter anderen Umständen hätte sich Tahnee darüber den Kopf zerbrochen. Im Moment gab es jedoch nur einen einzigen Gedanken in ihrem Kopf.

Ich darf nicht zu spät kommen!

Während sie die Straße hinabraste und an Karren, Kastenwägen, mit Ballen bepackten Mulis und abgerissenen Gestalten vorbeistürmte, merkte sie kaum, wie ihr der Schweiß ausbrach und ihr Herz wild in der Brust trommelte.

Ganz gleich, warum, sie musste Charles Reed finden, bevor ihr Vater am Galgen hing.

Unaufhaltsam strömte das kalte Hafenwasser in den Sack und begann ihren Körper zu umspülen. Bald ragte nur noch Taras Kopf aus der schäumenden Brühe. Dann verschwanden binnen Sekunden das Licht und die Luft und zurück blieben nur das Wasser und die Kälte.

Tara wusste, dass sie den Tod brachten. Mit einem letzten Atemzug nahm sie Abschied von ihrem Leben.

Doch da zerrte und zog plötzlich etwas an dem Jutesack. Tara spürte, wie sie von starken Armen hochgehoben wurde. Rasch floss das Wasser aus ihrer Umhüllung und es gab wieder Luft zum Atmen.

Tara wusste nicht, wie ihr geschah, als mit einem Mal ein Lichtkegel auftauchte und dazu die Spitze eines Messers. Mit einem ratschenden Geräusch fuhr die Klinge durch den Stoff. Jetzt klaffte ein breiter sonnenheller Spalt in dem Sack, der sogleich von Händen geweitet wurde.

Blinzelnd sah sie in zwei Gesichter. Das eine war dunkelhäutig, das andere hell und voller Sommersprossen. Die beiden Jungen, zu denen die Gesichter gehörten, starrten sie an wie das achte Weltwunder.

Tara öffnete den Mund, um ihnen zu danken. Doch da wurden die Augen der beiden noch größer und sie legten rasch einen Finger auf die Lippen. Dann wiesen sie Richtung Himmel.

Tara wandte den Kopf und sah, dass sie auf einem felsigen Vorsprung am Fuß der Hafenmauer lag. Von dort oben musste sie ins Wasser geworfen worden sein. Vermutlich befürchteten ihre Retter, dass sich die Männer noch in der Nähe befanden.

Tara zeigte mit einem Nicken, dass sie verstanden hatte. Sogleich wurde sie aus dem Sack befreit und auf die Beine gezogen. Sie blickte sich um. Einige Meter entfernt führte eine Steintreppe hinauf zum Kai. Ein wenig schwindlig lief sie über den felsigen Sims darauf zu.

Da erinnerte sich Tara siedend heiß an Cranes Worte.

Schafft unseren Gast rüber zum Portsmouth Square. Dort ist alles schon vorbereitet.

Mit beklommener Miene sah Tara die Jungen an. »Wer auch immer ihr seid, ich danke euch. Aber jetzt muss ich los und meinem Vater das Leben retten.«

PORTSMOUTH SQUARE

30. Oktober 1856

Die Baracken am Wegesrand waren inzwischen Läden, Tavernen und Herbergen gewichen. Noch immer rannte Tahnee im Zickzack an den Hindernissen vorbei. Sie war mittlerweile schweißgebadet und völlig außer Atem. Mit wachsender Sorge fragte sie sich, ob sie irgendwo eine verkehrte Richtung eingeschlagen hatte oder vielleicht an dem Platz vorbeigelaufen war, wo die Hinrichtung stattfinden sollte.

Demnächst musste sie auf den Küstenstreifen stoßen, denn das Rauschen der Wellen und das schrille Geschrei der Möwen waren schon deutlich zu hören.

Keuchend blieb sie stehen, um Atem zu schöpfen und sich zu orientieren. Da fiel ihr Blick auf einen Lattenzaun am Wegesrand. An diesem war ein Anschlag befestigt.

Ahnungsvoll ging Tahnee auf das Papier zu und las mit bangem Herzen die aufgedruckten Worte.

ANKÜNDIGUNG:

AM DONNERSTAG, 30. OKTOBER, 8 UHR ORTSZEIT,

WIRD AUF DEM PORTSMOUTH SQUARE
DAS URTEIL GEGEN DEN ENTFÜHRER UND
MÖRDER VON MS ELEANOR REED VOLLSTRECKT.
DER TOD DES VERURTEILTEN WIRD DURCH
DEN STRANG HERBEIGEFÜHRT.

GEZEICHNET, GENERAL JOHN KEYES

Fassungslos starrte Tahnee auf den Namen der Frau, als plötzlich von irgendwoher ein vielstimmiges Johlen und Grölen zu ihr getragen wurde.

Eilig folgte sie dem Lärmen. Nach zwei Biegungen sah sie hinter einem Durchgang zwischen zwei Holzhäusern eine Wand aus dicht gedrängten Körpern.

Dort musste der Portsmouth Square sein!

Tahnee rannte über die Straße und blieb hinter Männern in Flanellhemden und Baumwolljacken stehen.

Der Platz, an dessen Rand sie nun stand, platzte vor

Schaulustigen aus allen Nähten. Dem Geruch nach zu urteilen, mussten die Anwesenden direkt aus den Spelunken des Hafenviertels hergekommen sein, denn es stank gotterbärmlich nach Bier, Schnaps und Schweiß.

Tahnee blickte rasch nach links und rechts zu den nicht weit auseinanderstehenden Gebäudereihen. Zur Seeseite wurde der Platz von Spielhallen, Saloons und einem Theater begrenzt. Zur Hügelseite gab es einige Läden und Bars sowie ein hochaufragendes Kontor mit einer von Zierbögen und Pilastern geschmückten Fassade.

Tahnee stellte sich auf die Zehenspitzen und reckte den Kopf. Sie musste herausfinden, wo sich der Galgen befand. Doch geradeaus konnte sie außer Haarschöpfen, Fellmützen und zerknitterten Schlapphüten nichts sehen.

Suchend starrte sie jetzt auf die Reihe der Männer vor sich. Schließlich entdeckte sie eine Lücke. In diese stürzte sie sich hinein und war auf der Stelle umringt von verschwitzten Körpern.

Mit aller Kraft drängelte sich Tahnee voran. Der Gestank war nun fast unerträglich und raubte ihr schier den Atem. Doch merkte sie es kaum, denn die schreckliche Angst um ihren Vater hatte vollständig von ihr Besitz ergriffen.

Nach einigen Minuten hielt sie kurz an und reckte erneut den Kopf. Dann tauchte sie wieder in das Getümmel und kämpfte sich mit ausgefahrenen Ellbogen an den Menschen vorbei, die gebannt zu einer Stelle auf dem Platz starrten.

Das Blut gefror in ihren Adern, als sie ein paar Meter weiter den Galgen erblickte, der dunkel und drohend in den blauen Himmel ragte.

Mit doppelter Anstrengung quetschte sich Tahnee weiter durch das Gerangel und hörte bald, dass sich anfeuernde Pfiffe unter das Gejohle und Gegröle mischten.

Wieder reckte sie den Kopf. Dieses Mal konnte sie auch die Tribüne unter dem von zwei Pfosten gestützten Querbalken erkennen. Vor dieser hatten etliche Soldaten Stellung bezogen, die mit erhobenen Gewehren die Menge auf Abstand hielten. Auf dem Podest stand …

… Lennard Crane!

Voller Schrecken sah Tahnee, wie der Kopfgeldjäger in diesem Moment die Schlinge über den Querbalken warf.

Sie musste sich regelrecht zwingen, den Blick von ihrem Todfeind zu lösen und den Galgenplatz nach einem Mann abzusuchen, der aussah, wie ihn Molly Rahner beschrieben hatte. Doch war dieser nirgends zu entdecken. Noch einmal blieb Tahnees Blick auf dem Kopfgeldjäger haften, dann gab sie sich einen Stoß und kämpfte sich mit wachsender Verzweiflung weiter.

Kurz darauf merkte sie, dass das Gebrüll allmählich von einem allgemeinen Gemurmel abgelöst wurde. Eine fiebrige Spannung schien sich unter den Zuschauern breitzumachen.

Furchtsam sah Tahnee zur Hinrichtungsstätte. Endlich konnte sie diese überschauen, ohne sich auf die Zehenspitzen stellen zu müssen.

Da brandete ein ohrenbetäubender Beifallssturm auf und Tahnee wusste, dass Pokom und Chip, die zum Gefängnis der Stadt aufgebrochen waren, das Unglück nicht hatten abwenden können. Denn nun musste sie bestürzt mit ansehen, wie Cranes Bluthunde einen gebeugten und humpelnden Mann, dem man die Hände hinter dem Rücken verbunden hatte, die Stufen hinaufzerrten. Obwohl ein schwarzes Tuch über seinen Kopf gestülpt war, erkannte Tahnee ihren Vater sofort an der Kleidung und am vor Blut starrenden Verband um seinen Oberschenkel.

Ein Schrei des Entsetzens löste sich aus ihrer Kehle, der jedoch in dem Getöse unterging.

Auf einmal begann die Menschenmenge erregt nach vorn zu drängen und Tahnee wurde wie von einer Welle mitgespült. Für einige Sekunden verlor sie zwischen den wogenden Körpern die Orientierung.

In diesem Augenblick sah sie, dass links von ihr, auf ungefähr gleicher Höhe, Männer zur Seite geschubst und gestoßen wurden. Schlugen sich dort vielleicht Pokom und Chip eine Schneise durch die Menge?

In dieser Sekunde verstummte der Jubel und eine unheimliche Stille sank auf den Platz herab. Tahnee hielt den Atem an. Dann wandte sie sich um und lähmendes Grauen erfasste sie.

Ihr Vater stand leicht wankend auf der Falltür. Direkt über ihm baumelte der Galgenstrick. Das schwarze Tuch um seinen Kopf flatterte im Wind.

Jetzt trat Lennard Crane vor, griff nach dem Seil und Tahnee schrie aus Leibeskräften: »*Daaaad!*«

Dieses Mal hallte ihre Stimme schrill von den Fassaden der umliegenden Häuser wider. Schmutzige, sonnenverbrannte Gesichter drehten sich zu ihr um und glotzten sie an. Tahnee achtete nicht darauf. Voller Panik starrte sie zu ihrem Vater und seinem Henker, der innehielt, den Kopf anhob und einen Moment lang suchend in das Menschenmeer blickte. Doch dann zog er die Schlinge zu sich heran.

Tahnee riss sich aus der Erstarrung und setzte alle Kräfte ein, die ihr verblieben waren. Mit den Schultern voran hechtete sie vorwärts und drängte sich durch die Körper.

Dann endlich war sie aus dem Pulk und stand vor der Reihe der Soldaten. Gebückt rannte sie an den Spitzen der Bajonette vorbei und hielt auf die Treppe der Erhöhung zu.

In ihrer Panik bekam sie nur unterbewusst mit, dass auf der anderen Seite des Aufgangs noch ein Mädchen in einem triefend nassen Kleid und mit feuchten Haaren aus der Masse der Zuschauer stürzte und wie sie zur Treppe rannte.

Sekunden später stürmte Tahnee die Stufen hinauf und sah, dass der Strick schon um den Hals ihres Vaters lag. Eben zog sein Henker den Knoten fest.

Jetzt hatte Tahnee die letzte Stufe erreicht und war oben auf dem Richtplatz.

Während sie wie ein kleiner Stier mit vorgerecktem Kopf und ausgefahrenen Armen auf die beiden Männer zuraste, starrte Crane sie mit geweiteten Augen an. Ein Raunen ging durch die Menge, als Tahnee den Kopfgeldjäger mit voller Geschwindigkeit rammte.

Keuchend kam Tahnee auf alle viere und betrachtete benommen das Blut, das von ihrer Stirn auf die Bretter tropfte. Dann blickte sie zur Seite und starrte ungläubig das Mädchen in dem weißen Kleid an, das panisch an dem Strick um den Hals ihres Vaters zerrte.

Da sah Tahnee aus den Augenwinkeln Lennard Crane. Erschrocken erfasste sie, dass er auf den Hebel für die Falltür im Boden des Schafotts zumarschierte.

Blitzschnell war sie auf den Beinen, um sich noch einmal auf ihn zu stürzen, doch da schlangen sich schon Hände um ihre Arme. Kreischend und um sich schlagend, warf Tahnee den Kopf hin und her, während sie weggezogen wurde.

Wie durch einen Schleier sah sie Pokom mit gezücktem Messer auf den Galgen zurennen. Dann erblickte sie das Mädchen, das ihr den Rücken zuwandte und sich noch immer mit dem Strick abmühte. Ihr Herz setzte für einen Schlag aus, als ihr Blick auf den Verurteilten fiel. Ihr Vater bebte am ganzen Körper und schien sich nur noch mit letzter Kraft auf den Beinen halten zu können.

Noch einmal wandte Tahnee den Kopf zu Crane. Dessen Hand lag bereits auf dem Hebel und ein abgrundtief böses

Grinsen lag auf seinen Lippen, als er die Tochter des Todeskandidaten ansah.

Tahnee verstand in dieser Sekunde, dass sie am Ende doch zu spät gekommen war. Ihr gefährlicher und aufreibender Irrweg die Berge hinab, durch die Flusstäler und über den Sacramento River bis hierher war umsonst gewesen. In wenigen Augenblicken war ihr Vater ein toter Mann.

Plötzlich aber wirbelte der Kopfgeldjäger mit einem Zornesschrei herum und Tahnee traute ihren Augen nicht. Jemand hing auf Cranes Rücken und klammerte sich wie ein wild gewordener Affe an ihm fest.

»Chip!«, wisperte Tahnee noch, dann wurden sie und ihre Häscher von heraneilenden Menschen angerempelt und umgestoßen.

Kurz darauf spürte sie, wie die trampelnden Stiefel der herbeistürmenden Soldaten den Holzboden unter ihr zum Vibrieren brachten.

Der markerschütternde Knall, der vielfach von den Fassaden widerhallte, kam aus dem Nichts und ließ die Menschen ringsumher mitten in der Bewegung erstarren.

Ächzend kam Tahnee auf die Beine und wischte sich mit bebenden Händen klebriges Blut von den Augen. Dann erst sah sie, dass alle Leute zu einer Stelle in der rechten Gebäudereihe starrten.

Nun blickte auch Tahnee zum Balkon des Holzgebäudes mit der verzierten Fassade. Auf diesem stand ein alter, würdevoller Herr und hielt einen rauchenden Revolver in die Höhe.

»Genug damit!«, brüllte er gebieterisch von seiner Erhöhung hinab und Tahnee wusste sofort, wer das war. Sie hätte es auch erraten, wenn Molly Rahner ihn nicht beschrieben hätte.

Doch schon hatte sie sich wieder von Charles Reed abgewandt und ihre Augen suchten ängstlich die Bühne ab. Zuerst glitt ihr Blick an Crane und seinen Schergen vorbei, die mit verdatterten Mienen und gezückten Revolvern inmitten der Soldaten standen. Dann sah sie Pokom und Chip, die auf den ausgestreckten Körper unter dem abgeschnittenen Strick starrten. Ihr Herz begann zu rasen. Neben dem reglosen Verurteilten kniete das fremde Mädchen. Behutsam zog es eben das schwarze Tuch von dessen Kopf.

Tahnee wankte zu ihrem Vater und sank auf der anderen Seite des Liegenden gleichfalls auf die Knie.

Gemeinsam banden die beiden Mädchen die Schlinge um den Hals des Verurteilten los. Nach unerträglichen Sekunden begannen die Augenlider in seinem aschfahlen Gesicht zu flattern und nun betrachtete Paul Fitch mit ungläubiger Miene die zwei besorgten Mienen über sich. Plötzlich umspielte ein schwaches Lächeln seine Mundwinkel.

Langsam hob Tahnee den Kopf und sah zu dem anderen Mädchen. Auch dieses schaute über den Körper ihres Vaters hinweg zu ihr.

Als sich ihre Blicke trafen, starrten sich Tara und Tahnee fassungslos an. Die Mädchen verstanden die Welt nicht mehr und für lange Sekunden schien alles um sie herum stillzustehen. Gleichzeitig spürten beide, dass sie der Lösung für das Rätsel ihres Lebens direkt ins Gesicht sahen.

DER GROSSVATER

30. Oktober 1856

Vor einer gefühlten Ewigkeit waren die Kinder von Soldaten in das weiträumige Büro mit den getäfelten Wänden eskortiert worden. Seither hockten die vier auf gepolsterten Stühlen vor einem mächtigen Schreibtisch, die Mädchen von den beiden Jungen flankiert. Keiner von ihnen hatte bislang auch nur ein Sterbenswort von sich gegeben, denn der Schreck steckte allen noch in den Knochen. Außerdem wusste keiner von ihnen mit der Situation umzugehen. Während sich Tara und Tahnee gelegentlich aus den Augenwinkeln scheue Blicke zuwarfen, wurden die beiden von den Jungen hemmungslos angeglotzt.

Tahnee schwirrte der Kopf und sie bemühte sich vergebens, einen klaren Gedanken zu fassen. Immer wieder betastete sie die dicke Beule auf ihrer Stirn und linste dabei vorsichtig zu dem Mädchen, das ihr trotz des hübschen Kleides und dem seidigen Haar so verblüffend ähnelte. Warum nur lebte inmitten einer fremden Stadt eine vornehme

Version ihrer selbst und was hatte diese mit den Vorgängen zu tun?

Auf einmal tat sich endlich etwas.

Vor der geschnitzten Eichenholztür waren Schritte zu hören. Nun schwang sie auf und Charles Reed trat herein, gefolgt von einem General.

Während der alte Herr zum Schreibtisch ging und auf dem Lehnstuhl dahinter Platz nahm, stellte sich der Befehlshaber der Truppe neben dem Eingang auf.

Gebannt starrten die Kinder auf den Mann hinter der Tischplatte, dessen traurige Augen zwischen Tara und Tahnee hin- und herwanderten. Schließlich sank er erschöpft in seinen Stuhl zurück und rieb sich sekundenlang mit den Händen übers Gesicht.

Dann blickte er jeden einzelnen seiner Gäste an. »Entschuldigt bitte, dass ich euch so lange warten ließ. Hier in meinem ehemaligen Büro im Kontor der *Pacific Trading Company* können wir uns ungestört …«

»Wo ist mein Dad?«, fuhr Tahnee plötzlich dazwischen. »Was haben Sie mit ihm gemacht?«

Charles Reed bedachte sie mit einem schuldbewussten und zugleich mitleidigen Blick, dann wandte er den Kopf zu dem General. »General Keyes, würden Sie dem Mädchen für mich antworten? Ich fürchte, sie schenkt Ihnen verständlicherweise mehr Glauben als mir.«

Tahnee zitterte am ganzen Körper, als sie zu dem hochdekorierten Soldaten sah.

Der bedachte sie mit einem freundlichen Lächeln, ehe er sprach: »Dein Vater ist in Sicherheit. Er befindet sich im Presidio an der Einfahrt zur Bucht. In unserem Militärstützpunkt haben wir Wundärzte, die seine Verletzung behandeln können. Er wird überleben, aber es ist fraglich, ob er sein Bein wird behalten können.«

Tahnee nickte und wusste mit einem Mal nicht mehr, wie ihr zumute war. Einerseits war sie unendlich glücklich, dass sie die Hinrichtung wie durch ein Wunder in allerletzter Sekunde verhindert hatten. Auf der anderen Seite kam ihr alles unwirklich vor. Wieder fragte sie sich, wie es sein konnte, dass sie hier im Büro von diesem Charles Reed zusammen mit einem Mädchen saß, das ihr wie aus dem Gesicht geschnitten schien.

»Was ist hier eigentlich los, Großvater?«, meldete sich nun auch ihre Doppelgängerin zu Wort und klang mindestens genauso aufgebracht wie Tahnee eben. »Wer ist dieses Mädchen? Warum sieht sie so aus wie ich? So rede doch endlich! Sie und ich haben ein Recht darauf, von dir eine Erklärung zu bekommen!«

Der alte Mann blickte ruhig zu seiner Enkeltochter. Seine traurigen Augen erinnerten Tahnee an schwarze, bodenlose Tümpel. In diesem Moment mischte sich unter ihren Zorn auf diesen Mann auch ein Anflug von Mitgefühl. Der alte Herr kam ihr nicht wie ein böser Mensch vor und gewiss war er auch kein skrupelloser Schweinehund wie Lennard Crane.

Weshalb hasste Charles Reed ihren Vater nur so sehr?, fragte sie sich und hoffte zugleich, dass sie von ihm nun endlich die Wahrheit erfuhr.

»Mein Liebes, verzeih mir«, sagte dieser nun mit sanfter Stimme zu seiner Enkeltochter. »Du warst zu klein, um all das zu verstehen. Ich musste dich beschützen. Darum habe ich dich belogen. Ich konnte die Vergangenheit nicht einfach ruhen lassen. Ich war es meiner Nell schuldig, ihren Tod zu rächen. Denn es gab für mich nie einen Zweifel, dass dieser Kerl ihren Tod verschuldet hat und sie in der schwersten Stunde ihres Lebens im Stich ließ. Ich hatte das Recht dazu, ihn für seine Tat zur Rechenschaft zu ziehen. Doch jetzt ...«, er verstummte und seine Augen richteten sich auf Tahnee, »... ist etwas geschehen, das durch nichts in der Welt zu erklären ist. – Es sei denn, ich habe mich geirrt.«

»Aber warum wolltest du seinen Tod?«, sagte Tara mit empörter Stimme. »Was kann er dafür, dass sich Mama auf Coney Island in ihn verliebt hat? Niemand hat sie gezwungen, mit ihm zu gehen. Ich habe ihren Brief gelesen. Da steht alles drin! Ich möchte endlich wissen, warum du ihm das angetan hast!«

Während der vorwurfsvollen Rede seiner Enkeltochter war ein harter, unbarmherziger Ausdruck im Gesicht des Mannes aufgezogen. Tahnee kroch eine Gänsehaut über den Rücken, als sie erkannte, wie gefährlich die Augen des alten Mannes plötzlich funkelten.

Auf einmal schlug Charles Reed mit der Faust donnernd

auf den Tisch, sodass die Kinder zusammenschraken. »Was fällt dir ein, diesen Brief zu lesen? Sein Inhalt geht nur mich an! Woher hast du ihn?«

Auf einmal liefen dicke Tränen Taras Wangen hinab.

Der Patriarch starrte auf seine Fäuste und öffnete sie zu heftig zitternden Händen. Als er aufblickte, sah er zu Tahnees Erleichterung wieder wie ein nachsichtiger Großvater aus.

»Mein Liebes, du brauchst nichts zu sagen«, erklärte er und lächelte schwermütig. »Natürlich hat Molly ihn dir gegeben.«

»Sei ihr bitte nicht böse«, schluchzte Tara.

»Ich bin ihr böse! Aber ich werde dieses törichte Weib schon nicht aus dem Haus jagen.« Darauf wandte er sich Tahnee zu. »Wie heißt du, mein Kind?«

»Tahnee«, sagte sie.

»Und wie noch?«

»Tahnee Fitch.«

»Verrätst du mir auch, wie dein Vater heißt?«

Tahnee blickte den Mann abwägend an, ehe sie antwortete. »Paul Fitch.«

»Paul Fitch«, wiederholte Charles Reed abwesend und leise den Namen ihres Vaters. Sekunden verstrichen, ehe er sagte: »Tahnee, ich muss dich um einen Gefallen bitten.«

»Und der wäre?«, fragte sie misstrauisch.

»Du musst beginnen. Erzähle uns bitte, was du über deine Mutter weißt und … wie sie gestorben ist.«

»Warum? Sie sollen doch erzählen!«, sagte Tahnee widerwillig.

Charles Reed nickte verständnisvoll. »Schau einmal da herüber.« Er wies mit dem Kopf auf das Mädchen neben ihr. »Seht euch an und dann sagt mir: Ist ein solcher Zufall denkbar?«

Tara und Tahnee blickten sich kurz scheu in die Gesichter und schauten dann kopfschüttelnd zu dem alten Herrn.

Der sah zuerst seine Enkelin ernst an. »Tara, du irrst, wenn du glaubst, dass ich dafür eine Erklärung habe«, sagte er und nahm nun Tahnee ins Visier. »Ich glaube, es gibt zwei unterschiedliche Geschichten. Wir müssen beide hören. Nur dann können wir das Geheimnis lüften. Davon bin ich überzeugt. Deshalb bitte ich dich nochmals: Berichte uns, was du weißt, Tahnee.«

Nachdenklich blickte Tahnee vor sich hin. Dann nickte sie und erzählte die Geschichte von ihrer Geburt und dem Tod ihrer Mutter ein zweites Mal binnen weniger Tage.

Während Tahnee schilderte, wie ihr Vater seiner Frau Eleanor den letzten Wunsch erfüllte, indem er das Neugeborene forttrug und ihre Mutter in dieser Hölle aus Schnee und Eis zurücklassen musste, erfüllte das leise Weinen von Tara den Raum.

Anschließend erzählte Tahnee, wie ihr Vater den lebensgefährlichen Rückweg zu dem Lager angetreten hatte, nachdem er sie in Sicherheit gebracht hatte.

»Aber als er in dem Lager ankam, war es nicht mehr da. Eine Lawine hatte es mit sich gerissen«, sagte sie am Ende.

Danach herrschte langes Schweigen.

Tara wischte sich die Tränen aus den Augen und Charles Reed schien plötzlich körperliche Schmerzen zu leiden. Mit zusammengepressten Lippen massierte er seine knotigen Finger. Seine Augen hatten unterdessen allen Glanz verloren.

Schließlich richtete er sich mühevoll in seinem Stuhl auf. Dann begann er ohne Vorrede seine Version der Geschichte wiederzugeben.

So erfuhr Tahnee nun Dinge aus dem Leben ihrer Eltern, auf die ihr Vater nie eingegangen war. Paul Fitch und Eleanor Reed hatten sich auf einer Insel vor New York kennengelernt und ihre Mutter war aus einem wohlbehüteten Elternhaus abgehauen, um ihrem Liebsten in ein neues Leben zu folgen.

Gebannt hörte Tahnee zu, als Charles Reed anschließend berichtete, wie er alles Erdenkliche unternommen hatte, um seine Tochter zurückzubekommen. Eines Tages meldete sich jemand auf eine seiner Suchanzeigen. Angeblich war Eleanor Wochen zuvor mit einem Mann in der Stadt Independence gesehen worden. Umgehend reiste ihr Vater nach Missouri und fand heraus, dass sich das jungvermählte Paar im Frühjahr einem der Siedlertrecks in den Westen angeschlossen hatte. Charles Reed engagierte daraufhin eine

Handvoll Scouts und erfahrene Trapper, um ihn durch das Land zu geleiten. Er wollte den Treck, der schon viele Meilen voraus sein musste, einholen, um seine Tochter wieder zur Besinnung zu bringen.

»Wir waren beritten und konnten in wenigen Wochen die Strecke zurücklegen, für welche die Trecks viele Monate benötigen. Ich wollte die beiden unbedingt finden, ehe sie in ihrer neuen Heimat ankamen. Ich wusste, in dem riesigen Landstrich hinter den Bergen wären sie womöglich nicht mehr aufzuspüren gewesen. Darum habe ich alles darangesetzt, Nell und diesen Kerl auf dem Weg in das gelobte Land zu stellen. Ich gebe zu, ich empfand schon damals mehr als Wut gegen den Mann, der sie mir weggenommen hatte.« Er machte eine Pause. »Aber ich hätte ihn nicht getötet, mein Liebes«, fügte er in Richtung seiner Enkeltochter an.

»Was hättest du denn dann gemacht?«, fauchte Tara wütend. »Ihn auspeitschen lassen? Ihm die Finger abgeschnitten? Herrgott, Mama hat ihn geliebt! Die beiden waren glücklich. Was hast du dir bloß dabei gedacht?«

Während Tara sprach, wich erneut alle Wärme aus den Zügen des Mannes und für Sekunden brannte in seinen Augen ein alter Hass. Er schlug jedoch nicht wieder mit der Faust auf den Tisch, sondern rieb mit gesenktem Blick weiter seine Finger.

»Sollte ich sie denn in ihr Unglück rennen lassen?«, sprach er wie zu sich selbst. »Mit diesem … diesem dahergelaufenen Hund. Meine Nell? Niemals! Er hat ihr den Kopf verdreht. Sie wusste nicht, was sie tat. Sonst hätte sie niemals das Leben aufgegeben, das ich ihr geschenkt habe.«

Nun schwiegen alle betreten.

»Mr Reed, was ist dann passiert?«, drängte Tahnee schließlich. Sie musste endlich erfahren, was der Mann bei seiner Suche herausgefunden hatte.

In monotonem Tonfall führte dieser seine Erzählung fort. »Der Oktober neigte sich schon seinem Ende zu, als wir am Fort Bridger ankamen. Wir hatten den Treck noch immer nicht eingeholt und ich war in Sorge, dass die Wagen bereits in Kalifornien angekommen waren. Heute wünschte ich mir, meine Befürchtung wäre wahr gewesen, denn dann würde Nell jetzt noch leben. Plötzlich schlug das Wetter um und die Temperaturen fielen rapide. Meine Führer erzählten mir, dass in der Sierra die Schneefälle eingesetzt hätten und die Pässe nun unpassierbar seien. Wir konnten also nicht weiter und sie rieten mir deshalb, direkt am Fort unser Winterquartier aufzuschlagen. Das kam für mich jedoch nicht infrage. Ich wollte die beiden in die Finger bekommen, ehe es zu spät war. Außerdem: Wer konnte schon sagen, ob es der Siedlertreck auch wirklich über die Berge geschafft hatte und Nell nicht irgendwo dort oben festsaß? Es kostete mich eine Stange Geld, meine Leute zu überreden, dass sie mich begleiteten. Am nächsten Morgen zogen wir los. Einige Tage später kämpften wir uns auf den Pferden die Hänge hinauf. Schließlich fanden wir ein Lager aus ein paar wenigen provisorischen Unterständen. Zuerst dachte ich, es sei verlassen. Nirgends war eine Menschenseele zu sehen. Aber dann entdeckten wir, dass aus einem behelfsmäßigen Zelt eine dünne Rauchsäule aufstieg. Dort habe ich Nell gefunden.«

Charles Reed blickte nun auf und sah abwechselnd zu den Mädchen.

»War sie … tot?«, fragte Tara mit dünner Stimme.

»Es war alles voller Blut und sie lag im Sterben. Ich glaube, sie hat noch mitbekommen, dass ich bei ihr war, als sie ihren letzten Atemzug tat. Wenigstens wünsche ich mir das mehr als alles in meinem Leben.« Wieder starrte er auf seine Finger und schwieg lange, bedrückende Sekunden.

Tahnee spürte plötzlich, wie ihr heiß und kalt wurde. »Sie haben aber nicht nur sie gefunden, nicht wahr?«

Charles Reed fixierte sie mit seinen schwarzen, unergründlichen Augen und schüttelte vage den Kopf.

»Ich war da«, murmelte nun Tara vor sich hin.

»Du lagst in ihren Armen. Deine Geburt musste nicht lange zuvor stattgefunden haben.«

»Du lieber Himmel!«, stieß Chip plötzlich betroffen aus und Tahnee fiel erst jetzt wieder ein, dass die beiden Jungen ja auch mit im Raum waren.

Zuerst sah sie zu Chip, dann zu Pokom, der sie mit stoischer Miene anschaute. Seine Augen waren voller Mitgefühl und Tahnee fragte sich, was der Indianer vom Inhalt des Gesprächs verstanden haben mochte.

»Wir sind in aller Eile aufgebrochen«, hörte sie Charles Reed weiterreden. »Stunden darauf trafen wir im Sutter's Fort auf der anderen Seite der Bergkette ein. Dort gab es Familien und darunter auch einige Mütter, die sich um das Neugeborene kümmern konnten.«

»Dann … dann liegt Mama gar nicht in ihrem Grab?«, fragte Tara schockiert.

»Wie kommst du darauf?«, sagte ihr Großvater. »Wir haben ihren Leichnam mitgenommen. Wir waren es übrigens, die beim Aufstieg die Lawine losgetreten haben, die das Lager unter sich begrub.«

Tahnee sah dem alten Mann fest ins Gesicht. »Sie dachten, mein Vater hätte Eleanor und ihr gemeinsames Kind im Stich gelassen, um die eigene Haut zu retten!«

»Was hättest du an meiner Stelle gedacht, Tahnee?«

»Dasselbe«, sagte sie zögernd und schlug die Augen nieder.

»Keiner konnte ahnen, dass Nell in Erwartung von Zwillingen war. Weder dein Vater noch ich. Und vermutlich nicht einmal sie selbst«, beendete Charles Reed seine Erzählung.

In dem Augenblick klopfte jemand an die Tür. General Keyes, der die ganze Zeit über reglos neben dem Eingang gestanden hatte, zog sie auf und sprach kurz mit einem Soldaten. Dann richtete er das Wort an den ehemaligen Gouverneur und Geschäftsmann.

»Mr Reed, der Anführer Ihrer Spürhunde ist unten und verlangt Einlass. Er möchte den Lohn für seine Dienste abholen.«

»Danke, General Keyes. Lassen Sie ihn nach oben führen.«

Noch ehe der General die Tür öffnen und seinen Männern den Auftrag erteilen konnte, war Chip von seinem Stuhl aufgesprungen und mit geballten Fäusten zur Tischkante vorgetreten.

»Sie woll'n diesen Dreckskerl doch nicht auch noch belohnen! Er ist es, der dort draußen aufgeknüpft gehört«, schimpfte er.

Charles Reed blickte ihn verwundert an. »Mein Junge«, sagte er. »Glaube mir, meine Meinung über ihn ist um keinen Deut besser als deine. Aber der Mann hat nur einen Auftrag erledigt, den ich ihm gegeben habe.«

Nun platzte Chip der Kragen und es sprudelte nur so aus ihm heraus. Mit überschlagender Stimme berichtete er, dass Crane Tahnee in einer verlassenen Siedlung in eine Zelle gesperrt und dort zurückgelassen hatte. Anschließend erzählte der Schiffsjunge, wie er und Pokom Tara aus den Fluten gerettet hatten.

Charles Reeds Gesicht war während Chips Berichts immer blasser geworden.

»Ist das alles wahr?«, wandte er sich an Tahnee.

»Allerdings. Crane wollte mich in dieser Zelle verhungern

und verdursten lassen. Wenn Pokom nicht gewesen wäre, wäre ich dort gestorben.«

Erschüttert blickte der alte Herr zu dem Indianerjungen, der bestätigend nickte.

Nun sah Charles Reed seine Enkelin an. »Du bist wirklich von seinen Leuten in einen Sack gesteckt und ins Wasser geworfen worden?«

Tara nickte und wurde plötzlich genauso blass wie ihr Großvater. »Crane dachte, ich sei sie.« Tara deutete zu Tahnee hinüber. »Die zwei Jungs hier haben mir in letzter Sekunde das Leben gerettet, Großvater.«

»Gütiger Gott«, murmelte der alte Mann und blickte fragend zu dem Uniformierten an der Tür.

General Keyes nickte Charles Reed mit ernstem Gesicht zu. Die beiden Männer schienen ohne Worte eine Vereinbarung zu treffen.

Dann öffnete der General die Tür und sagte etwas zu einem Soldaten.

»Was ist denn jetzt?«, fragte Chip ungeduldig.

»Wartet bitte ab und verhaltet euch still«, sagte der alte Mann ruhig. Dann wandte er sich an Pokom, dessen Hand den Griff seines Messers umklammerte. »Lass das bitte stecken.«

Eine Minute darauf kam Lennard Crane in den Raum gestiefelt. Er hielt auf den Schreibtisch zu, ohne auf die Kinder zu achten.

»Sie wissen, warum ich hier bin. Wir haben Ihren Auftrag erledigt. Für das Malheur dort unten sind wir nicht verantwortlich. Also schulden Sie mir die Belohnung!«

Ohne etwas darauf zu erwidern, zog Charles Reed aus einer Schublade einen Umschlag und reichte diesen dem Kopfgeldjäger.

Er sah Crane dabei nicht an, sondern sagte nur: »Und jetzt gehen Sie mir aus den Augen!«

Cranes Gesicht wurde kalt und hart. Nun richtete er seine vor Mordlust blitzenden Augen zuerst auf Tara und anschließend lange Sekunden auf Tahnee. Dann machte er wutschnaubend auf dem Absatz kehrt und war eine Sekunde darauf aus dem Raum.

»Sie … Sie lassen ihn einfach gehn?«, stöhnte Chip ungläubig.

Der alte Herr lächelte milde. »Kommt, Kinder! Ich möchte euch etwas zeigen.«

Nebeneinander standen sie zu fünft an der Balkonbrüstung und blickten auf den Portsmouth Square hinab. Die schaulustige Meute hatte sich aufgelöst. Rechter Hand waren jetzt Arbeiter damit beschäftigt, den Galgen abzubauen. Direkt unter ihnen waren entlang der Hausmauer ein paar Dutzend Soldaten postiert. In der Platzmitte warteten Cranes Schergen neben ihren Pferden auf die Rückkehr ihres Anführers.

Tahnee betrachtete voller Abscheu die zwei Schnauzbärte,

den Totengräber Dago, den dicken Two-Knife sowie einen fünften Kopfgeldjäger mit arglistigen Augen, dem sie bislang noch nicht begegnet war. Es musste der Mann sein, den Crane vorausgeschickt hatte, um Charles Reed darüber in Kenntnis zu setzen, dass sie ihren Vater erwischt hatten. Der sechste Mann war Leclerc. Der Franzose stand etwas abseits und schaute unglücklich drein. Anscheinend, so vermutete Tahnee, hatte Crane ihn noch immer nicht aus seinen Fängen gelassen.

Nun kam der Anführer der Gruppe aus dem Gebäude und wedelte seinen Männern mit dem Umschlag zu. Die Kopfgeldjäger jubelten auf und zogen feixende Grimassen. Als Crane bei ihnen angelangt war, bellte er einen Befehl. Sofort machten sich seine Leute daran, auf die Rücken der Pferde zu steigen.

In diesem Augenblick traten die Soldaten mit erhobenen Gewehren vor und nahmen die Kerle ins Visier. Zugleich marschierte der General heran und nun war er es, der einen lautstarken Befehl rief.

Crane, seine Bluthunde und der Franzose legten gleichzeitig die Hände auf die Hinterköpfe. Schon wurden sie von den heraneilenden Soldaten zu Boden geworfen und gefesselt.

Eine Minute darauf führte man sie über den Platz ab.

Tahnee schaute ihnen grüblerisch nach. »Mr Reed, was passiert jetzt mit denen?«

»Sie werden nach Australien verschifft. Hier legt jeden Tag

ein Segler nach Sydney ab. Sie bekommen dort eine Unterkunft in der Strafkolonie.«

»Im Ernst?«, fragte Tahnee ungläubig, ohne auf Chips gehässiges Kichern zu achten.

Der alte Mann neben ihr nickte geistesabwesend. Dann sagte er leise: »Es ist höchste Zeit, dass wir in der Stadt aufräumen. Recht und Ordnung müssen auch an diesem Ort einziehen, damit er für meine Enkeltöchter zu einer Heimat werden kann.« Nun blickte er Tahnee nachdenklich ins Gesicht. »Dieser Aufgabe werde ich mich verschreiben. Ich denke, das bin ich dir und deiner Schwester schuldig.«

Tahnee sah den Mann lange Sekunden an. »Würden Sie mir einen Gefallen tun?«, fragte sie schließlich.

»Jeden, mein Kind.«

Tahnee deutete zu dem Franzosen. »Der da«, sagte sie. »Lassen Sie ihn bitte gehen. Er gehört nicht zu den anderen.«

»Bist du sicher?«

Tahnee sah noch einmal zu Leclerc. Sie dachte an die Stunden, die sie an seiner Seite verbracht hatte, und an seinen Verrat. Er hatte sie ans Messer geliefert, um sein Leben zu retten. Doch hatte er auch Reue gezeigt und ihren Beutel in die Zelle geschmuggelt. Der Franzose war ein Gauner und Halunke, aber im Grunde kein schlechter Mensch.

»Ja, bin ich«, sagte sie schließlich.

»Nun gut«, sagte Charles Reed und rief dem General ihren Wunsch zu.

Eine Minute darauf war Leclerc von seinen Fesseln befreit und blickte verblüfft um sich, bis er die Kinder und den alten Mann auf dem Balkon entdeckte.

Als er Tahnee erkannte, winkte er ihr zu und rief: »Merci, ma petite!«

Anschließend machte er eine formvollendete Verbeugung. Aber dann rannte er, so schnell ihn seine Beine trugen, auf und davon.

AUS TARAS TAGEBUCH

31. Oktober 1856

… und dann ist der Franzose, dem plötzlich die Freiheit geschenkt worden war, wie vom Teufel besessen quer über den Platz gerannt und war nicht mehr zu sehen.

So, liebe Mama, jetzt weißt Du beinahe alles, was ich gestern erlebt und erfahren habe. Nachdem diese unglaubliche Geschichte erzählt ist, gibt es in meinem Tagebuch nur noch wenige leere Seiten.
Draußen ist es schon vor einiger Zeit dunkel geworden. Allmählich fallen mir die Augen zu. Trotzdem möchte ich Dir noch rasch berichten, wie es nach der Unterredung in Großvaters Büro weiterging.
Kaum waren die Kopfgeldjäger abgeführt, haben wir das Kontor verlassen und blieben alle erst einmal unschlüssig auf dem Portsmouth Square stehen.
Pokom, der Indianerjunge, war der Erste, der etwas unternahm. Zuerst hat er feierlich die Arme auf seiner Brust über-

kreuzt und Tahnee dabei lang in die Augen gesehen. Anschließend blickte er mit erhobener Hand in die Runde und ging darauf schnurstracks zu den Pferden der Kopfgeldjäger, die noch immer am Fahnenmast in der Platzmitte herumstanden. Als wäre es das Selbstverständlichste der Welt, schwang er sich, zu unser aller Verwunderung, sogleich auf den Rücken eines schönen Grauen und galoppierte mit dem Pferd davon.

Eine ganze Weile haben wir dem Indianer hinterhergeschaut. Dann hat meine Schwester Großvater berichtet, dass der Schiffsjunge eine Fähre entführen musste, um sie in die Stadt zu bringen, und nun in ernsthaften Schwierigkeiten steckt. Und so kam es, dass Chip inzwischen in den Dienstbodentrakt eingezogen ist. Großvater hat ihn als Stalljungen eingestellt und der Bursche wird nun künftig Cyrill zur Hand gehen.

Tahnee ist nicht mit zu uns auf den Hügel gekommen. Sie wollte so schnell wie möglich zu unserem Vater. Deshalb ist sie in den Wagen des Generals gestiegen und mit ihm zum Militärstützpunkt gefahren, während Großvater, Chip und ich eine Mietsdroschke nach Hause nahmen.

Als wir vor unserem Anwesen anhielten, erwartete uns Molly schon am Tor. Sie hat mich sofort eine halbe Ewigkeit an sich gedrückt, derart glücklich war sie, dass sie mich wohlbehalten zurückbekommen hat. Nicht lange danach schaute Doktor Lindsay bei mir vorbei, um sich nach meinem Befinden zu erkundigen. Damit ich mich rasch von dem über-

standenen Schrecken erholen kann, hat er mir für eine Weile absolute Ruhe verordnet.
Deshalb wurde mein Essen seither aufs Zimmer gebracht und ich von jeder Aufregung ferngehalten. Mir war das ganz recht, denn so hatte ich reichlich Zeit, Dir diesen Brief zu schreiben.
Nur Großvater ist hier gestern und heute Abend für ein paar Minuten aufgetaucht, um mir eine gute Nacht zu wünschen. Er war bei seinen kurzen Besuchen kaum wiederzuerkennen. Man könnte meinen, er wäre von einem Dämon befreit worden, denn von dem verbitterten Ausdruck in seinem Gesicht ist nichts mehr zu entdecken. Irgendwie wirkt er auf mich aber auch schwächer und unsicherer auf den Beinen als je zuvor. Mag sein, dass ihn die Ereignisse sehr mitgenommen haben, doch mir scheint, dass noch etwas anderes auf ihm lastet. Nachdem er nun weiß, was damals wirklich geschehen ist, muss ihm wohl aufgegangen sein, was seine Engstirnigkeit angerichtet hat. Vielleicht konnte er sich deshalb dazu durchringen, unseren Vater hierher einzuladen.
Es stimmt tatsächlich! Großvater hat vorhin angekündigt, dass er ihn für morgen früh erwartet. Ich kann noch gar nicht glauben, dass der Mann, dem Großvater so viele Jahre nach dem Leben getrachtet hat, bei uns als Gast erscheinen darf.
Aber nicht nur er wird hier erwartet! Tahnee wird selbstverständlich auch dabei sein und wir beide können uns nun endlich kennenlernen.

Ich sehne den Besuch der beiden so sehr herbei! Ich kann mein Glück noch gar nicht fassen. Zugleich bin ich schrecklich aufgeregt. Es geschieht schließlich nicht alle Tage, dass man von heute auf morgen plötzlich einen Vater und dazu eine Zwillingsschwester hat, von der man sein Leben lang nichts wusste.

Liebe Mama, jetzt bin ich tatsächlich auf der letzten Seite meines Tagebuchs angelangt und damit nähert sich auch mein letzter Brief an Dich seinem Ende. Ich habe heute viel nachgedacht und denke, dass nun der richtige Zeitpunkt gekommen ist, Dich loszulassen. Nichts in der Welt kann Dich zurückbringen. Ich muss mich endlich damit abfinden, dass Du nicht da sein kannst, weil sich unsere Leben nur für wenige Minuten überschnitten haben.
Auch so wirst Du immer in meinem Herzen sein. Jetzt aber sollte ich nach vorn schauen. So vieles wird sich für mich verändern, denn nun habe ich eine richtige Familie.
Obwohl die ganze Geschichte erzählt ist, gibt es unzählige Fragen, die ich meinem Vater und Tahnee stellen möchte. Ich kann es kaum erwarten, mehr von ihnen zu erfahren.

Ich vermisse Dich unendlich!

Deine Dich über alles liebende Tochter,
Tara

EPILOG

Die zwei Männer standen nebeneinander unter dem raschelnden Blätterdach. Der eine alt, hager und auf seinen Stock gestützt. Der andere blass und aufrecht gehalten von den Krücken unter seinen Achseln. Wie auch die Mädchen an ihrer Seite blickten Paul Fitch und Charles Reed schweigend auf das Grab mit der Inschrift:

ELEANOR
»NELL«
7.12.1822 – 23.11.1844

Unbemerkt von den Männern beugte sich Tara vor und schaute an ihnen vorbei. Tahnee schien ihren Blick auf sich zu spüren, denn im selben Moment wandte auch sie ihr den Kopf zu. Tara wies mit den Augen in Richtung Ausgang und Tahnee nickte.

Sogleich traten die Schwestern auf leisen Sohlen ein paar

Schritte zurück und gingen über die Wiese davon. Die Kutsche wartete bereits vor dem Tor.

Einige Zeit später hockten sie auf einem Felsen und sahen den Seelöwen dabei zu, wie sie in der Sonne badeten und ins Wasser sprangen. Molly und Cyrill waren beim Wagen geblieben und so saßen die Mädchen allein nebeneinander.

»Das ist für dich«, sagte Tara irgendwann und streckte ihrer Schwester ein in Leder gebundenes Büchlein hin.

»Was ist das?«, fragte Tahnee.

»Mein Tagebuch. Eigentlich sind es Briefe an Mama. In denen steht, was bei uns in den letzten Wochen passiert ist. Du darfst es lesen, wenn du magst!«

»Gerne«, murmelte Tahnee. »Danke.« Unterdessen führte sie eine Hand in die Tasche ihrer Hirschlederjacke. »Ich möchte dir auch etwas geben«, sagte sie.

Mit großen Augen betrachtete Tara den Anhänger. Sie erkannte das Kreuz mit dem eingefassten gelben Stein auf der Stelle wieder, obwohl sie es bisher nur auf dem Porträt ihrer Mutter gesehen hatte.

»Ich kann das nicht annehmen«, sagte sie zögernd und ihre Schwester lächelte.

»Natürlich kannst du! Der Talisman hat mir Glück gebracht. Unserer Mutter hätte es sicher gefallen, wenn auch du ihn trägst.«

Tara nickte und Tahnee legte ihr die Lederschnur mit dem Anhänger um den Hals. Dann wandten sich die Zwillinge wieder dem Meer und den Seelöwen zu.

Patrick Hertweck, geboren 1972, bereiste nach dem Abitur mit dem Fahrrad viele Gegenden Europas, arbeitete danach im Management eines Medienunternehmens und beschloss irgendwann, seine heimliche Passion zum Beruf zu machen. Seither lebt und arbeitet der Vater von drei Söhnen als freier Schriftsteller in Freiburg im Breisgau.

Von Patrick Hertweck bereits erschienen:
Maggie und die Stadt der Diebe

Mehr über unsere Bücher, Autoren und Illustratoren auf:
www. thienemann.de

Hertweck, Patrick:
Tara und Tahnee – Verloren im Tal des Goldes
ISBN 978 3 522 18467 0

Gesamtgestaltung: Max Meinzold
Reproduktion: DIGIZWO Kessler + Kienzle GbR
Druck und Bindung: CPI Books GmbH

FSC® www.fsc.org
MIX
Papier aus verantwortungsvollen Quellen
FSC® C083411

Dieses Werk wurde vermittelt durch die
Montasser Medienagentur, München.

Weitere spannende Abenteuer ...

Patrick Hertweck

Maggie und die Stadt der Diebe

304 Seiten · Gebunden
ISBN 9978-3-522-18403-8

New York, 1870. Kalt und düster ist es in den Slums von Manhattan. Ziellos irrt Maggie durch schmutzige Gassen voller Bettler. Sie ist heilfroh, als sie bei einer Bande junger Diebe Unterschlupf findet. Schon bald fühlt sie sich dort wie zu Hause. Bis eine gemeinsame Diebestour sie zu einem Kirchturm führt, der schlimmste Erinnerungen in ihr wachruft. Maggie muss sich endlich ihrer Vergangenheit stellen. Doch Licht ins Dunkel kann nur einer bringen: der sagenumwobene Herrscher über die New Yorker Unterwelt. Atmosphärisch und fesselnd - ein brillant geschriebenes Erstlingswerk in der Tradition von Rowling und Funke.